中传学者文库编委会

主 任： 廖祥忠　张树庭

副主任： 蔺海波　李　众　刘守训　李新军　王　晖
　　　　　杨　懿　柴剑平

成 员（按姓氏笔画排序）：

王廷信	王栋晗	王晓红	王　雷	文春英
龙小农	付　龙	叶　龙	刘东建	刘剑波
任孟山	李怀亮	李　舒	张绍华	张　晶
张根兴	张毓强	林卫国	郑　月	金　炜
金雪涛	周建新	庞　亮	赵新利	徐红梅
贾秀清	高晓虹	隋　岩	喻　梅	熊澄宇

中传学者文库

1954-2024

主编／柴剑平
执行主编／龙小农
副主编／张毓强 周建新

从核桃林到钢琴湖

周靖波自选集

周靖波 著

中国传媒大学出版社

·北京·

图书在版编目（CIP）数据

从核桃林到钢琴湖：周靖波自选集 / 周靖波著 . -- 北京：中国传媒大学出版社，2024.8.

（中传学者文库 / 柴剑平主编）.

ISBN 978-7-5657-3732-9

Ⅰ. I206.7-53

中国国家版本馆 CIP 数据核字第 2024EX8947 号

从核桃林到钢琴湖：周靖波自选集
CONG HETAOLIN DAO GANGQINHU: ZHOU JINGBO ZIXUANJI

著　　者	周靖波
责任编辑	于水莲
封面设计	锋尚设计
责任印制	李志鹏
出版发行	中国传媒大学出版社
社　　址	北京市朝阳区定福庄东街 1 号　　邮　编　100024
电　　话	86-10-65450528　65450532　　传　真　65779405
网　　址	http://cucp.cuc.edu.cn
经　　销	全国新华书店
印　　刷	北京中科印刷有限公司
开　　本	710mm×1000mm　1/16
印　　张	15.75
字　　数	240 千字
版　　次	2024 年 8 月第 1 版
印　　次	2024 年 8 月第 1 次印刷
书　　号	ISBN 978-7-5657-3732-9/I · 3732　　定　价　79.00 元

本社法律顾问：北京嘉润律师事务所　郭建平

总　序

　　媒介是人类社会交流和传播的基本工具。从口语时代到印刷时代，再经电子时代至今天的数智时代，媒介形态加速演变、融合程度深入发展，媒介已然成为现代社会运行的基础设施和操作系统。今天，人类已经迈入媒介社会，万物皆媒、人人皆媒，无媒介不社会、无传播不治理。今天，无论我们怎么用力于信息传播的研究、怎么重视信息传播人才的培养都不为过。

　　中国传媒大学（其前身为北京广播学院）作为新中国第一所信息传播类院校，自1954年创建伊始，即与媒介形态演变合律同拍、与国家发展同频共振，努力探索中国特色信息传播人才培养模式、构建中国信息传播类学科自主知识体系，执信息传播人才培养之牛耳、发信息传播研究之先声，被誉为"中国广播电视及传媒人才摇篮""信息传播领域知名学府"。

　　追溯中传肇始发轫之起源、瞩望中传砥砺跨越之未来，可谓创业维艰而其命维新。昔日中传因广播而起，因电视而兴，因网络而盛，今天和未来必乘风破浪、蓄势而上，因人工智能而强。在这期间，每一种媒介兴起，中传均吸引一批志于学、问于道、勤于术的

学者汇聚于此,切磋学术、传道授业,立时代之潮头,回应社会需求,成为学界翘楚、行业中坚,遂有今日中传学术研究之森然气象,已历七秩而弦歌不断,将传百世亦风华正茂。

自新时代以来,中传坚守为党育人、为国育才初心,励精图治、勠力前行,秉承"系统治理、创新图强、交叉融合、特色发展"的办学理念,牢牢把握高等教育发展大势、传媒业态发展趋势,瞄准"智能传媒"和"国际一流"两大主攻方向,以世界为坐标、以未来为向度,完成了全面布局和系统升级,正在蹄疾步稳、高质量推动学校从传统高等教育向未来高等教育跨越、从传统传媒教育向智能传媒教育跨越、从国内一流向世界一流跨越,全力建设中国特色、世界一流传媒大学。

中国特色、世界一流,在于有大先生扎根中国大地,汇聚古今、融通中外;在于有大先生执教黉门,学高为师、身正为范;在于有大先生躬耕杏坛,敦品积学、启智润心。习近平总书记更强调,高校教师要立志成为大先生,在教书育人和科研创新上不断创造新业绩。中传广大教师素来以做大先生为毕生职志,努力成为新时代"经师"与"人师"的统一者,做真学问、立高品行,践履"立德树人"使命。

2024 岁在甲辰,欣逢中传建校 70 华诞,学校特邀约部分学者钩玄勒要、增删批阅,遴选已公开刊发的论文汇编成集,出版"中传学者文库",意在呈现学校在学科建设、科学研究、服务行业实践等方面的最新成果,赓续中传文脉,谱写时代新声。

文库汇聚老中青三代学者,资深学者渊渟岳峙、阐幽抉微;中年学者沉潜蓄势、厚积薄发;青年学者踌躇满志、未来可期。文库与五十周年校庆所出版的"北广学者文库"相承接,大致可勾勒中传知识生产薪火相传、三代辉映之概貌，反映中传在构建中国特色新闻传播类、传媒艺术类、传媒技术类学科体系、学术体系和话语体系方面的耕耘与收获，窥见中国特色信息传播类学科知识体系构建的发展脉络与轨迹。

这一构建过程，虽筚路蓝缕，却步履铿锵；虽垦荒拓野，亦四方辐辏。一批肇始于中传，交叉融合、具有中国特色的学科，如播音主持艺术学、广播电视艺术学、传媒艺术学、数字媒体艺术学、政治传播学等，从涓涓细流汇入滔滔江河，从中传走向全国，展现了中传学者构建中国自主知识体系的学术想象力和创新力。文库展示的虽然是历史，实则是呈现今天；看似是总结过去，实则是召唤未来。与其说这套文库的出版，是对既有学术成果的展示，毋宁说是对未来学术创新的邀约。

回首过往，七秩芳华。我们深知，唯有将马克思主义基本原理与中华优秀传统文化相结合，才能推动中华学术创造性转化和创新性发展，推动中国自主知识体系的构建。我们深知，唯有准确把握媒介形态演变的脉动、深刻认知媒介形态变革所产生的影响，才能推动中国信息传播类学科自主知识体系的构建与时俱进。

展望未来，星辰大海。我们深知，以人工智能为代表的产业和科技革命正迅疾而来，媒介生态正在加速重构，教育形态正在全面重塑，大学之使命与价值正在被重新定义；我们深知，唯有"胸怀国之大者"、面向世界科技前沿、面向经济主战场、面向国家重大需求，才能确保中传始终屹立于中国乃至世界传媒教育发展之潮头。

如何应对人工智能带来的深刻变革，对中传而言是一场要么"冲顶"、要么"灭顶"的"兴亡之战"。我们坚信，不管前方是雄关漫道，还是荆棘满途，唯有勇敢直面"教育强国，中传何为？"这一核心命题，奋力书写"智能传媒教育，中传师生有为！"的精彩答卷，才能化危为机，奋力开创人工智能时代中传智能传媒教育新纪元。

功不唐捐，芳华七秩；风帆正举，赓续创新。

是为序。

第十四届全国政协委员，中国传媒大学党委书记、教授、博士生导师

目 录

论抗战时期国统区历史剧 …………………………………………………… 001
《棠棣之花》的创作过程与郭沫若思想和艺术的发展道路 ………… 028
论郭沫若的旅游文学创作 …………………………………………………… 040
论延安时期丁玲的创作及其转变 …………………………………………… 049
吴岸诗歌的价值取向 ………………………………………………………… 062
电视剧的题材定位 …………………………………………………………… 072
论电视剧人物的三角关系 …………………………………………………… 081
影视叙事文本特性初探 ……………………………………………………… 087
《青春底悲哀》与"悲哀的青春" ………………………………………… 103
论鲁侍萍角色的功能性 ……………………………………………………… 112
略论杨村彬在现代戏剧史上的贡献 ………………………………………… 124
话剧《槐树庄》的年画结构 ………………………………………………… 133
新世纪戏剧创作漫评 ………………………………………………………… 140
对"国家舞台艺术精品工程"话剧作品的政治美学分析 ……………… 150
重述与转写
　　——歌剧《原野》叙事片论 ………………………………………… 158
曲式的解放与戏剧性的增强
　　——京剧《大·探·二》文本分析 ……………………………… 169
余叔岩艺事评论浅议 ………………………………………………………… 181

"三突出"述评……191

"样板戏创作经验"制约下的"文革"后期戏剧
　　——以黄梅戏《红霞万朵》为例……200

重读田本相《曹禺剧作论》……209

美国戏剧是一面镜子
　　——评《戏剧在美国的衰落：又如何在法国得以生存》……219

文本的旋涡
　　——评申丹《叙事、文体与潜文本》……226

富于个性的人才培养与学科建设之路
　　——《曹禺"弥留之际"的诗意独白》序……233

后　记……238

论抗战时期国统区历史剧*

中国现代文学史上出现过三个创作高峰：五四时期、左联时期和抗战时期。抗战时期的文学以意识到的革命政治内容、进步的创作方法和比较成熟的创作队伍为特征，虽然它不像五四文学那样具有开创意义，没有那种令人目不暇接的纷呈的色彩，但它比五四文学的步伐更稳重，色彩更明朗，艺术上更凝练，它是五四文学和左联文学的进一步发展与成熟。题材的相对集中，说明作家对文学为人民革命服务在认识上的一致性和自觉性的提高。众多栩栩如生的形象和雨后春笋般涌现的长篇小说、多幕剧、长诗等大型文学作品，反映了新文学对更高的美学理想的追求。如果把"五四"比作播种的春天，那么抗战文苑则呈现出一派金秋景象。

历史剧的大量涌现是抗战文学创作的一个引人注目的现象。以郭沫若为首的国统区史剧家，发扬五四文学的光荣传统，以执着现实的精神，通过广阔的历史画面，塑造了一批既有鲜明时代特征，又体现中华民族伟大精神的人物形象，喊出了"坚持抗战，反对投降；坚持团结，反对分裂；坚持进步，反对倒退"的时代呼声，并在话剧艺术的民族化方面作了有益的探索。虽然我们今天见到的三十部左右的多幕历史剧在数量上不算很多，作品之间的水平亦有参差，但从总体上看，它们完成了时代所赋予的历史使命，成为抗战文学创作的重要一翼。

然而，忽略对抗战文学的研究，忽略对国统区历史剧的整体研究，却是

---

* 本文原载于《重庆师院学报（哲学社会科学版）》1985年第4期，收入本书时略有删改。

多年来中国现代文学研究中的一个偏枯现象。为了更加全面地总结中国现代文学发展的历史经验，为了更加科学地确立抗战时期国统区历史剧以至整个抗战文学的历史地位，从历史与美学的结合上对国统区历史剧进行深入细致的总体综合研究，是必要的。

一、民族革命战争中的史剧创作

作为一种现代文学体裁，历史剧是伴随着新文学的产生与发展而逐步成长起来的。在新民主主义革命的各个阶段，时代曾赋予新文学以不同的风貌，这些风貌同样表现在历史剧中。在论述抗战时期国统区历史剧之前，对抗战前十几年间的历史剧创作作一个简单的回顾，有助于我们更清楚地认识抗战时期国统区历史剧的历史面貌。

五四时期的历史剧创作是从现实的反帝反封建的精神出发的。为了战斗，剧作家们"是黄莺便黄莺般叫；是鸱鸮便鸱鸮般叫""要叫出没有爱的悲哀，叫出无所可爱的悲哀"[①]。当时的历史剧主要有两类题材：一是借讴歌历史上为民除害的民族英雄，以控诉军阀混战给人民带来的灾难；二是表现封建婚姻和传统伦理道德造成的精神创伤。追求个性解放，追求自由幸福，成为五四历史剧最集中、最突出的主题。"孔雀东南飞"的爱情悲剧，得到了那么多人的青睐，在再创作的过程中，女主人公顽强性格中的反抗精神被大大加强了。郭沫若选取了卓文君、王昭君、聂嫈这"三个叛逆的女性"典型，描写她们为了争取人格的尊严和爱情的幸福，敢于打破"男子们制下的旧礼制"，不怕荆棘满途，"永远要向生的路上走去"。这些形象是中国现代文学史上第一批具有高度时代觉悟的新女性形象。

浪漫主义是五四历史剧占主导地位的创作方法。在"狂飙突进"的时代浪潮冲击下，理想的世界和内心的冲动成为经常的表现内容，"翻案"成为历史剧创作的主导动机。当时，"历史"并非被当作一个有特殊意义的题材领

---

① 鲁迅.随感录四十[M]//鲁迅.鲁迅全集：第1卷.北京：人民文学出版社，1981：322-323.

域来开拓的。郭沫若"借历史上的影子",只是当作"驰骋"他"创造的手腕"①;王独清"只是把历史当成一块被火山倾陷了的名胜的土地,我要在它上面用我底情热重新地建筑一所有生气的建筑物出来"②;欧阳予倩把潘金莲改写成为了爱情敢于挣脱一切道德束缚的英雄;王独清笔下的杨贵妃"变成了一个甘为民族甘为自由牺牲的人物"③;徐葆炎笔下的妲己则诱导人们逃离现实中污浊的政治,去尽情享受爱情的甜美。在趋于一致的创作倾向中,作品的思想意义却有着明显的差异。当时的一些所谓"历史剧"相当数量取材于古代文学作品和传说,远非严格的历史题材,这样,历史的影子就更加淡薄了。

左联时期的历史剧创作有两种倾向:一种以陈白尘的《虞姬》和宋之的的《武则天》为代表,仍然运用"翻案"的手法。前者"把现代的东西,塞进历史的躯壳里"④,后者则将武则天写成"在封建社会下产生的一个较强的变态女子""只择目的不择手段、积极反抗的个人英雄"⑤。另一种以夏衍、阳翰笙的剧作为代表。夏衍努力寻求一条"历史"与"现实"相通的路,运用"讽喻"的手法,主张描写"可以唤起联想的,与今日的时事最有共同感的事象"⑥,注意到了历史题材的特殊性。阳翰笙找到了一种"历史的现实主义手法",即"根据新的历史的观念,象沙里淘金地尽可能去发掘"历史的真实。⑦左联时期,历史剧创作开始进入"自觉"的阶段,它逐渐地与现实题材分离开来,寻求独特的题材规律及相应的艺术手法,现实主义精神日益明显地占据了上风。

某种文学形式在一定时期内的繁荣,必须具备至少三个条件:第一,它的外在形式及其所能负荷的特定内容能够满足基于社会的经济—政治活动而

---

① 郭沫若.棠棣之花[N].时事新报·学灯增刊,1920-10-10(1).
② 王独清.貂蝉·序[M]//王独清.貂蝉.上海:江南书店,1929.
③ 王独清.杨贵妃之死·作者附言[M]//王独清.杨贵妃之死.上海:创造社,1927.
④ 陈白尘.历史与现实:史剧《石达开》代序[M]//陈白尘.习剧随笔.重庆:当今出版社,1944.
⑤ 宋之的.武则天·序[M]//宋之的剧作.北京:人民文学出版社,1958.
⑥ 夏衍.历史与讽喻:给演出者的一封私信[J].文学界,1936.
⑦ 唐纳.关于《李秀成之死》:与剧作者阳翰笙氏的谈话[J].抗战戏剧,1938(4-5).

产生的社会审美心理的需要，适合于文学家们的生活感受的表现方法；第二，这种形式开始走向成熟，具有鲜明的特征，即将自身显示为与其他形式相对立的一个独立的存在；第三，有一支能够准确地把握这种形式的美学特性、熟练地从事创作的队伍。另外，还应加上社会政治形势的影响等其他因素。历史剧在抗战时期国统区的集中出现，正是上述诸因素综合作用的结果。

"七七"事变的爆发，标志着历时十四年的伟大的抗日战争的开始。燃烧在960万平方千米土地上的抗战烽火，使文学家空前高度地意识到了自己所肩负的社会使命。他们再也不屑去咀嚼个人的悲哀，而是与人民群众同呼吸、共命运，全身心地投入民族解放战争的洪流，团结在抗日民族统一战线的旗帜下，为抗战发出怒吼，为大众写出心声。在这种时代环境中，艺术的功利性受到了前所未有的高度重视："文艺者是人类心灵的技师，文艺正是激励人民、发动大众最有力的武器。"[1] 诗歌、戏剧等易与人民群众取得密切联系的体裁获得了蓬勃发展。抗敌演剧队的活动培养和锻炼了一批戏剧工作者，为国统区历史剧的创作、演出准备了条件。

宣传中华民族的优良传统，激发人民群众的民族自豪感，坚定必胜的信念，是民族革命战争的伟大时代向戏剧提出的要求。中华民族具有五千年的文明历史，开掘这一丰富宝藏，对于更好地发挥戏剧的功利作用，对于抗战文艺的健康发展，有着不可忽视的积极意义。1938年，郭沫若在《复兴民族的真谛》一文中指出，中华民族有三个特点："富于创造力""富于同化力"和"富于反侵略性"。[2] 许多剧作家从历史上抗击外族入侵的民族英雄的斗争事迹中，找到了民族传统的集中表现，他们要让它在抗日战争中"发挥其更大的力量，作民族的怒吼"[3]。这成为贯穿国统区历史剧创作的主导精神。

以历史上反侵略的民族英雄为主人公的历史剧，有杨村彬的《秦良玉》（1938年）、顾一樵的《岳飞》（1939年）、吴祖光的《正气歌》（1940年）、张

---

[1] 中华全国文艺界抗敌协会发起旨趣[J].文艺月刊·战时特刊，1938（9）.

[2] 郭沫若.复兴民族的真谛[M]//郭沫若.沫若文集：第11卷.北京：人民文学出版社，1959：332.

[3] 杨村彬.新演出[M].重庆：独立出版社，1941：1.

光中的《夏完淳》(1942年)、郭沫若的《南冠草》(1943年)、赵循伯的《民族正气》(1943年)、孙家琇的《复国》(1943年)、周彦的《桃花扇》(1943年)和舒湮的《董小宛》(1944年)等。这些作品的一个共同特点，就是歌颂主人公誓死捍卫民族利益的大无畏精神，揭露和鞭挞出卖民族利益的汉奸行径。由于创作时间的先后，作品所表现的内容也打上了抗战时期各个阶段的烙印。《秦良玉》作于作者入川初期，他有感于"不少新的秦良玉出川杀敌"，把它"献给守土抗战的英勇的将士"，①剧作充满抗战必胜的乐观情绪。《民族正气》写的是唐代张巡、许远在断兵绝粮的极端艰苦的环境中抗击胡羯、坚守睢阳，最后壮烈牺牲的故事。由于作者耳闻目睹了抗战中的许多艰难困苦，紧张的情节和悲壮的气氛成为它引人注目的特色。作者还批判了"抗战似乎可以告一段落了""抗战似乎没有前途和目标了"等悲观论调。《桃花扇》和《董小宛》写的是秦淮歌妓在南明覆灭后，毅然洗尽铅华、隐遁山水、坚守民族气节的事迹。文学史上的同类题材作品多是借主人公的爱情悲剧，探讨南明覆亡的原因，抒发"兴亡之感"，这两部作品则对"个人气节""民族气节"大加褒扬，着重表现主人公的精神境界，具有鲜明的时代特征。

艺术上比较有成就的是吴祖光的《正气歌》和郭沫若的《南冠草》。《正气歌》的出现，较早为国统区历史剧创作带来了生动的气象。这部描写南宋抗元英雄文天祥的五幕剧，情节时间跨度长达七年，写来却情节紧凑，涉笔成趣，在与朝廷内部主和派和元朝统治者的激烈交锋中，展示了主人公的高风亮节。郭沫若的《南冠草》以铺排的手法描写以夏完淳为代表的抗清英雄群像，气势宏大，笔力雄健，充满诗意。

抗战时期，中国共产党领导中国人民在抗击日本帝国主义的同时，也对反动派"假抗日，真反共"的投降路线不断展开斗争。这种斗争必然也会在文学创作中表现出来。1940年年底到1941年年初，反动派掀起第二次反共高潮，陆续公布了《战时图书杂志原稿审查办法》等法令，钳制进步舆论。"在反动政府的严格的检查制度下，当代的事迹不能自由表达或批判"，革命剧作

---

① 杨村彬. 前言[M]// 杨村彬. 秦良玉. 成都：四川省立戏剧教育实验学校，1939.

家便"采取了迂回的路，用历史题材来兼带着表达并批判当代的任务"。[1] 先后出现的郭沫若的战国题材史剧、欧阳予倩的《忠王李秀成》(1941年)、阳翰笙的《天国春秋》(1941年)等就是在与黑暗统治的斗争中创作的。《忠王李秀成》向人们表明，"太平天国之败，不是败于帝国主义之手，而是败于内部的分裂，败于奸臣贼子的挑拨离间，霸道当权，血肉民众，"[2] 把人们的视线引向当代。1941年年底，留渝话剧界公演了郭沫若的《棠棣之花》和阳翰笙的《天国春秋》，这两部剧作把"时代的愤怒复活"[3] 到古代，通过新生与腐朽、正义与邪恶的斗争来体现作品的现实意义。《新华日报》及时组织了对《棠棣之花》和《天国春秋》的评论，指出"现实对于我们比什么都重要"，在历史剧中，"以历史的真实为第一位，在尽可能做到历史真实之外，相当的掺杂着现代的成分，只要不和第一位的历史真实相矛盾"[4]，是完全允许的。这次公演，对国统区历史剧创作是一个有力的促进。

现实的黑暗导致历史文学的集中出现，并非文学史上的个别现象。借历史表现现实，或用历史形成与现实的鲜明对比，用历史的表象掩盖现实的内涵，能够在一定程度上避开反动统治对进步文学的迫害，顺利地发挥文学的功利作用。从《棠棣之花》开始，郭沫若的浪漫主义创作激情一发而不可收，两年之内即陆续创作了《屈原》《虎符》《高渐离》《孔雀胆》《南冠草》等剧本，形成了他创作道路上的第二个高峰。这些历史剧，主题充满战斗精神，以表现时代的愤怒、民族的性格和人民的理想为己任，实现了革命理想主义和浓重的悲剧气氛、战斗的现实精神和铺张扬厉的艺术风格的统一。

国统区还有一些历史剧，如熊佛西的《袁世凯》(1942年)、阳翰笙的《草莽英雄》(1942年)、陈白尘的《大渡河》(又名《石达开》，1943年)、杨村彬的《清宫外史》(第一部《光绪亲政记》，1941年；第二部《光绪变政记》，

---

[1] 郭沫若.关于历史剧[M]//郭沫若.郭沫若论创作.上海：上海文艺出版社，1983：511.
[2] 韦昌英，黄今.读《忠王李秀成》[J].文艺生活，1941，1(2).
[3] 郭沫若.序俄文译本史剧《屈原》[M]//郭沫若.沫若文集：第17卷.北京：人民文学出版社，1963：158.
[4] 欧阳凡海.论历史剧[N].新华日报，1941-12-07.

1943年），它们虽然不直接表现抗战主题，但作者的构思仍然来源于现实，作品的锋芒针对着现实。《袁世凯》是要"矫正"和"抨击""现在还普遍的蔓延或活跃在中国各阶层的社会里"的"所谓'袁世凯的作风'与一般封建势力腐化思想的渣淀"[①]。《大渡河》通过石达开的覆灭，否定了他所走的那条分裂道路。《草莽英雄》取材于四川保路运动，它不仅以鲜明的人物性格和生动的情节真实地再现了高县保路同志会的斗争历程，并且提醒人们记住保路运动失败的历史教训，暗示只有无产阶级才能领导中国革命走向胜利，《清宫外史》以甲午战争和戊戌变法为背景，力图表现19世纪末世界风云变幻对古老的中国封建社会的巨大冲击，通过清廷内部主战派与主和派、改良派与保守派的斗争，揭示末代封建统治者和资产阶级改良派的历史命运。对于历史人物的评价，作者不是"强加标签"，而是让人物"在行动中去展现"性格发展的逻辑，[②]艺术手法在国统区历史剧中堪称独步。《清宫外史》在批评界引起了强烈反响，不少人肯定它是现实主义创作方法在历史剧创作中取得的胜利，指出它"揭出了满清统治者的荒淫无耻与出卖民族利益"，它的现实意义在于使人意识到"没有一致贯彻的国策，没有全力对外，没有民众支持，没有团结一致的对外战争，是得不到胜利的"。[③]

抗战时期国统区史剧家是一支成熟的创作队伍，现实主义的深化和浪漫主义的恢复发扬是抗战文学在创作方法上的显著标志，也是国统区历史剧创作队伍成熟的重要特征。新文学的现实主义创作方法的起点是相当高的。早在五四初期，鲁迅的短篇小说就奠定了新文学发展的坚实基础，并成为后世难以逾越的高峰。左联时期，又有茅盾、巴金、老舍等在广阔的社会背景上塑造了具有丰富历史内容的典型环境和典型人物，出现了现实主义小说创作的丰收。到了抗战时期，新文学中的现实主义因素在质和量两方面都占据了绝对的优势，逐步深入到了对较大的思想深度和意识到的历史内容的开掘，

---

① 熊佛西.关于我写的《袁世凯》[J].文学创作，1943，1（4）.
② 杨村彬.重排《清宫外史》导演阐述[M]//杨村彬.清宫外史：第一部　光绪亲政记.北京：中国戏剧出版社，1982.
③ 陈辛慕.甲午之役的教训：《清宫外史》读后[N].新华日报，1943-03-21.

在小说、诗歌、戏剧、散文等方面都出现了优秀的作品。在这种形势下，许多史剧家都更加急切、更加自觉地运用现实主义创作方法，有的改变了好剧本应该"蕴蓄着无穷的趣味"①的观点，把严肃的现实主题放在第一位；有的放弃了"根据社会科学的概念来写成了理想的故事和人物"②的做法，让作品的思想内容从符合性格逻辑的人物行动中流露出来；有的不再仅仅以"爱"或"恨"这种简单的个人感情来表现，而"试图着以现实主义的方法来创造"③历史人物的艺术形象。因此，一旦他们获得了艺术创作的灵感，就能够通过栩栩如生的艺术形象，把时代脉搏的跳动节奏准确地、直接地传达给群众。

新文学的浪漫主义经历了一个曲折的发展过程。五四时期，它与现实主义、各种现代主义共同形成了一个色彩斑斓的创作局面，但是，当新文学追随着中国革命一步步前进、一天天成长时，浪漫主义却显露出了它脆弱的一面。曾经用浪漫主义的芦笛吹出高昂的曲调的郭沫若"斩钉截铁"地说："我们现在所需要的文艺是站在第四阶级说话的文艺，这种文艺在形式上是现实主义的，在内容上是社会主义的。除此以外的文艺都已经是过去的了。包含帝王思想宗教思想的古典主义，主张个人主义自由主义的浪漫主义，都已经过去了。"④但是，人民需要理想，时代正呈现出越来越多的亮色，有着优秀的文学传统的中国文坛需要浪漫主义。虽然时代选择了现实主义作为新文学的主流，但是现实主义并不排斥浪漫主义，在漫长的文学史长河中，它们一直是齐头并进的。终于，从抗日战争的熊熊烈火中，浪漫主义的凤凰重生了，那曾经沉寂了的歌喉重新唱出了更加嘹亮的曲调。抗战时期的浪漫主义被注入了新的时代特质，它保持了五四时期构思奇特、气势磅礴、形象宏伟、色彩强烈等风格特征；它经受了革命风暴的考验，不再像五四时期那样脆弱；它自觉地接受科学的世界观的制约，注重表现人民革命斗争的历史题材，注

---

① 熊佛西.戏剧与趣味［M］//熊佛西.写剧原理.上海：中华书局，1933.
② 王瑶.中国新文学史稿［M］.上海：上海文艺出版社，1982：243.
③ 陈白尘.历史与现实：史剧《石达开》代序［M］//陈白尘.习剧随笔.重庆：当今出版社，1944.
④ 郭沫若.文艺家的觉悟［M］//郭沫若.沫若文集：第10卷.北京：人民文学出版社，1959：309.

重理想和实际紧密结合,具有更加广阔、更加深邃的艺术境界;在艺术风格上,它更深地植根于中国艺术史的土壤,更多地运用中华民族特有的感情表达方式,出现了郭沫若这样的杰出的浪漫主义史剧家,出现了吴祖光、孙家琇这样的沿着民族艺术的道路走向浪漫主义的史剧家。

抗战时期国统区历史剧的现实针对性是非常鲜明的,但它们并不像五四和左联时期的许多历史剧那样,主要以"翻案"的手段来实现作品的功利性,而是十分注重作品的历史真实性。史剧家们认为:"优秀的史剧家必须得是优秀的史学家。"[①] 他们普遍把历史真实作为实现作品功利价值和美学价值的基础。在从事创作前的准备工作时,他们认真阅读有关史料,从中发掘历史的真实,把握历史的精神;然后再根据现实的需要,发挥艺术想象的才智,填补史料的缺环,沟通"历史"与"现实"的联系,达到"发展"历史的精神的目的。他们的成功的艺术实践,催促着新文学中的历史剧艺术的成熟,使之从一般的文学题材中独立出来,越来越鲜明地显现出独特的美学性格。

作为艺术创作的历史剧,显然不能满足于仅仅再现过去的历史,仅仅于历史细节的考证,而忽略主题的现实性和人物性格的塑造。它所表现的应该是人类历史发展的普遍真实;它应该去挖掘某一具体的历史事件中所包含的人类历史发展的本质因素。欧阳予倩说,"前代的事也是人类的事,古人也是和我们同样的人。看他们怎样和自然界斗争,怎样和猛兽毒虫斗争,被压迫者怎样反抗压迫者,奴隶们怎样得到解放,恶势力怎样才被消灭,不良的制度怎样才被改善"[②],使今人从人类历史的斗争中获得教益,这就是历史剧应该表现的历史的真实。在抗战时期国统区史剧家那里,"真实"和"功利"是不可分离的,没有真实做基础,作品的功利无从附着;没有功利做目的,历史的真实也就失去了意义。慎重选材是国统区史剧家正确处理历史真实和艺术功利的关系的重要方法。国统区历史剧之所以多以抗击外族入侵的民族英雄事迹为题材,阳翰笙等之所以热衷于表现太平天国运动,就是因为这些历史

---

① 郭沫若. 历史·史剧·现实 [M] // 郭沫若. 沫若文集:第13卷. 北京:人民文学出版社,1961:17.
② 欧阳予倩.《忠王李秀成》自序 [J]. 文艺生活,1941,1(2).

素材中所包含的顽强的战斗精神仍然给人以鼓舞,历史人物的失败教训仍然使人警醒。

郭沫若在历史科学研究的基础上从事历史剧艺术创作,运用历史唯物主义的观点解释和阐发史实,摸索出了一条历史剧创作的独特规律,成为国统区创作最丰富、成就最高的史剧家。他从历史发展的长河中找到了"古今共通的东西",即要求统一、反对分裂,要求进步、反对倒退,要求民主、反对独裁,张扬民族气节、唾弃汉奸行径。这不仅是现代中国人民的愿望,"也是中国自有历史以来的历代人的希望"①。他不拘泥于某一人物和事件的细节真实,而是将其放在历史发展的运动过程中加以考察,从人物与环境的矛盾和斗争中发现时代的火花。在把握了历史和现实的精神后,他获得了艺术创造的极大自由。郭沫若艺术地掌握世界的方法的特点是:大处着眼,虚处落笔。用他自己的话说,就像一面凹面镜,"汇集无数的光线,扩展出去,制造一个虚的焦点"②。在郭沫若笔下,越是历史久远的故事越显得有生气,越是事迹简略的历史人物反倒越加丰满。历史,成了他驰骋浪漫主义艺术想象的广阔天地。虽然郭沫若的史剧创作和主张带有他浓厚的浪漫主义个性气质,但他所阐述的基本原则和他取得的经验是具有普遍意义的。

并不是所有国统区史剧家都圆满地解决了历史剧的真实、功利和美学三者的关系问题。例如,陈白尘就认为,"所谓历史剧的问题根本不存在,存在的依然是创作办法上的问题而已"③,否认从"历史"到"现实"必须经由一条特殊途径,因而他的作品虽然真实感较强,但在人物塑造上过于拘谨,时代气息就不太强了,没有达到他的现实题材剧作所达到的高度。又如,有人提出,"写历史剧就老老实实的只写历史,不要去创造'历史',不要随自己的

---

① 郭沫若.我怎样写《棠棣之花》[M]//郭沫若.沫若文集:第3卷.北京:人民文学出版社,1957:168.
② 郭沫若.历史·史剧·现实[M]//郭沫若.沫若文集:第13卷.北京:人民文学出版社,1961:17.
③ 陈白尘.历史与现实:史剧《石达开》代序[M]//陈白尘.习剧随笔.重庆:当今出版社,1944.

意欲去支使古人"①。这种观点既不符合国统区历史剧创作的实际,也不利于历史剧艺术的发展。有的剧作家则认为,某些民族英雄的"可歌可泣的史迹,单独截取来看,和我们今日神圣的抗战,实在寻不出时代的差别"②。他们不顾历史题材的可能性,硬加给人物许多"现代意识",使之成为抗战时代精神的喇叭。这两种倾向都妨碍了历史剧艺术的"真善美"的统一。

二、历史性与悲剧性的统一

戏剧的本质是冲突,冲突的性质决定戏剧的类型。抗战时期国统区历史剧的戏剧冲突的结局,往往是主人公的失败或死亡。屈原联齐抗秦的政治主张不适用于楚怀王,被迫流亡汉北;如姬为了获得人格的尊严,献出了宝贵的生命;太平天国的英雄们为理想的社会制度而奋斗,却由于主客观条件的限制而失败;光绪皇帝和维新派幻想改良中国,其结局却是被囚甚至被杀;岳飞、文天祥、夏完淳等抗击外族入侵的豪杰志士,竟敌不过统治阶级内部的投降势力……这些冲突的结局的共同特征是,革命的或善的社会力量在与反动的或恶的社会力量进行斗争时,由于自身力量不够强大而付出了惨重的代价。这正是悲剧艺术的典型特征。

抗战初期曾经有人认为:"在抗战后的今日,看悲剧于心理上甚不适宜。"这种看法遭到了阳翰笙的反对,他说"在我认为,悲剧也许还比喜剧更能感动群众、刺激群众、鼓励观众","我们写代表恶势力的人物获得胜利和代表革命势力的受到牺牲,是能使观众对这个剧本详力思考,从剧中获取教训"。③尤其是随着抗战进入相持阶段,人们看到,要取得胜利并非一朝一夕之事,要经过艰苦的斗争,付出巨大的代价。国统区史剧家要使群众在黑暗中看见光明,提高胜利的信心和勇气,他们并没有刻意去追求悲剧效果。但是,历史题材中包含着丰富的悲剧因素,严酷的现实给了他们强烈的悲剧感受,他

---

① 荃麟.两点意见[J].戏剧春秋,1942,2(4).
② 赵循伯.《民族正气》自序[M]//赵循伯.民族正气.重庆:商务印书馆,1944.
③ 唐纳.关于《李秀成之死》:与剧作者阳翰笙氏的谈话[J].抗战戏剧,1938,2(4-5).

们在追求历史的真实、追求创作心理的表现的过程中,题材的选择、主题的提炼、人物形象的塑造诸方面都显示出悲剧艺术的特征,形成了历史性与悲剧性的统一这一抗战时期国统区历史剧的总体艺术风格。

在西方古典悲剧中,悲剧艺术几乎是与历史题材共生的。这一现象的出现,固然是由于从史诗中取材的古希腊悲剧被后世奉为悲剧创作的楷模,但是,题材本身的特征却是更主要的。因为"现实中的悲剧只能使人采取特定的伦理态度,不能成为审美对象;只有当现实肯定实践之后,这一转化才有可能,对象所引起的才不是悲伤而是愉悦"[①]。在古典悲剧家那里,哲理性压倒了历史性,题材本身的情节远比促使它产生、发展的具体历史条件更具吸引力。在他们看来,为了人物的性格和悲剧主题,他们可以随意地离开历史的真实,而由人物的性格来决定冲突的发展和情节的转折。抗战期间的国统区历史剧与此不同,在国统区史剧家看来,历史性是第一位的,悲剧性是第二位的,一个史剧家如果不从历史发展的角度着眼,不能在历史和现实之间发现有机联系,或者不能在富于机趣的情节中体现历史发展的某些必然因素,那么,他的作品的生命力将是脆弱的。从悲剧角度看,在旧世界最终被推翻之前的一切进步人类的斗争,大都具有某种悲剧性。把这种悲剧性正确地表现出来,是历史剧创作的一项重要内容。抗战时期国统区历史性与悲剧性统一的首要特征,就是从"历史的必然要求和这个要求的实际上不可能实现"[②]之间的冲突中发掘产生悲剧的根源,在激烈的悲剧冲突中体现丰厚的历史内容。

掌握了马克思主义理论武器后的郭沫若这样写道:"革命时期是容易产生悲剧的时候,被压迫阶级与压迫者反抗,在革命尚未成功之前,一切反抗是容易归于失败的。阶级的反抗无论由个人所代表,或是由团体爆发,这种个人的失败史,或者团体的失败史,表现成文章便是一篇悲剧。"[③]这就保证了他

---

① 李泽厚.关于崇高与滑稽[M]// 李泽厚.美学论集.上海:上海文艺出版社,1980:210.
② 恩格斯.致斐·拉萨尔(1859年5月18日)[M]// 中共中央马克思恩格斯列宁斯大林著作编译局.马克思恩格斯选集:第4卷.北京:人民出版社,1972:346.
③ 郭沫若.革命与文学[M]// 郭沫若.沫若文集:第10卷.北京:人民文学出版社,1959:318–319.

的历史剧的艺术大厦建筑在历史唯物主义的科学基础之上。郭沫若根据自己治史的专长，着重从中国历史上奴隶社会向封建社会转化的战国这一大动荡时期取材，表现新兴地主阶级的代表人物与旧的社会力量的斗争及前者的悲剧命运。在指导思想上，他奉"人民本位"①为圭臬，凡是符合人民利益的，就着力歌颂；凡是与人民为敌的，就力加挞伐。郭沫若概括当时的历史特征说，"战国时代是以仁义的思想来打破旧束缚的时代，仁义是当时的新思想"，"战国时代是人的牛马时代的结束"。②他紧紧扣住这一时代主题组织戏剧冲突，通过聂嫈、聂政、屈原、信陵君、如姬、高渐离的正义斗争表现悲剧的历史内容。《屈原》《虎符》《高渐离》等剧的冲突不仅是悲剧性的，更是历史性的。这不仅仅是因为合纵派与连横派以及六国对秦国、地主阶级对奴隶主阶级的斗争只能出现在特定的历史阶段，更主要的是，屈原、如姬等人物的进步性与局限性都是与战国这一历史时代分不开的。每当郭沫若用仁义思想武装作品中的悲剧人物时，这些古代英雄形象就放射出了时代的光辉，给予正在为建立新中国而奋斗的人们以鼓舞。对于同样具有仁义思想的群众形象（春姑、婵娟、怀贞夫人以及渔父、屠户等）的塑造，郭沫若也无疑扩大了悲剧的历史容量，表现了在创造历史的伟大运动中，英雄人物对普通人民群众的依赖关系。

五四时期，郭沫若也曾塑造过屈原、王昭君、聂嫈、聂政等悲剧形象，但当时郭沫若的悲剧以性格悲剧为主。摆脱命运观念的束缚，不从性格的缺陷而从完美的性格与罪恶社会的矛盾中揭示悲剧产生的根源，这是五四时代特征对郭沫若早期创作中的悲剧精神的影响。由于郭沫若当时还是以"借古人的骸骨来，另行吹嘘些生命进去"③的方法从事创作，因此他笔下的悲剧人物着重是从现实的角度来体现历史必然性的因素，而不像抗战时期的历史剧

---

① 郭沫若.《历史人物》序［M］//郭沫若著作编辑出版委员会.郭沫若全集·历史编：第4卷.北京：人民出版社，1982：3.
② 郭沫若.献给现实的蟠桃：为《虎符》演出而写［M］//郭沫若.沫若文集：第13卷.北京：人民文学出版社，1961：58.
③ 郭沫若.孤竹君之二子·幕前序话［J］.创造季刊，1923，1（4）.

那样，从历史发展的角度，从古今人类的相似命运中体现历史必然性的因素。

从五四到抗战，郭沫若的创作立场从"个人本位"转到"人民本位"，创作动机从追求个性解放转到追求人民解放，题材处理从一任个人想象的自由驰骋转到着意揭发历史发展的精神，作品主题从歌唱英雄的觉醒转到歌唱觉醒的时代，作者本人从一个民主主义者和积极浪漫主义者成长为一个共产主义者和革命浪漫主义者，他笔下的悲剧人物形象也发生了深刻的变化。五四时期那种批判的热情与理想的矛盾，献身精神与不时出现的幻灭情绪和遁世思想的矛盾，都在更高的层次上得到了解决。诗剧《棠棣之花》的男女主人公，虽有"愿将一己命，救彼苍生起"的献身精神，但由于对人民的苦难生活缺乏深切的感受，对造成苦难的社会根源缺乏科学的认识，因此他们的议论便难免带有一种迂阔空疏的成分。五幕史剧《棠棣之花》的主人公则明确此去刺杀侠累，目的在于"去破灭那奴隶的枷锁，把主人翁们唤起"，将青春的热血浇灌人类解放的自由之花。五幕史剧中的屈原，也完全摆脱了在《湘累》中曾无休止地纠缠着他的厌倦和梦魇，把"不屈不挠，为真理斗到尽头"当作人生的奋斗目标。面对周围的邪恶势力，他不再沉湎于一个泛神论者在对宇宙的崇拜之中去寻求解脱，而是向往战斗，渴望化作劈开黑暗的闪电，化作迸射光明的烈火，在与旧世界的殊死搏斗中获得永生。宏伟的理想和韧性的战斗精神，合成了屈原形象的悲剧性格。

抗战时期国统区历史剧体现了一种"中国新悲剧的性格"，这种性格是由半殖民地半封建的社会性质和反帝反封建的民族革命斗争任务所决定的，它与中外文学史上任何一种悲剧形式都有所区别。有的评论家指出："旧的悲剧是消极的，是宿命论的命运的悲剧，失掉了自主的性格；新的悲剧是战斗的，自觉自主的，他看到自己的战斗的道路，而积极地向不合理的现实冲突搏斗。"[①] 还有的指出，"革命的失败，乃是悲剧，反革命的失败，就不是悲剧"，"写悲剧是要引起群众对于失败者寄予伟大的同情，对于失败者觉得可歌可

---

① 周钢鸣.夏衍剧作论[J].文艺生活，1941，1（3）.

泣"。① 国统区史剧家是站在历史发展的高级阶段上回顾进步人类的战斗历程的，历史新纪元的曙光已经出现在东方地平线上，特别是他们中的许多人力图以科学的世界观指导创作，所以，他们能从纷纭复杂的历史事件中看清主要矛盾所在，并从中找出矛盾的主要方面，根据现实斗争的需要进行创作。

阳翰笙、欧阳予倩、陈白尘笔下的太平天国农民英雄，就是沿着历史为他们规定的战斗道路积极进取的形象。上述史剧家注意到了导致太平天国失败的外部原因，即封建统治阶级和帝国主义的联合进攻，但他们更注重表现的是太平天国农民进步的社会理想和自身的历史局限性之间的矛盾。农民阶级在取得一定的胜利后，自身的否定性因素就会逐渐占据主导地位，从而使革命走向失败。揭示出太平天国失败的内部原因，能够扩大剧作的历史容量，加强剧作的历史悲剧因素。将戏剧冲突集中在投降与反投降、分裂与反分裂的斗争中，进而总结出团结必胜，分裂必败的历史教训，剧作的现实针对性也会得到加强。《天国春秋》通过杨秀清挽救太平天国危机这一斗争的失败来显示太平天国的历史命运。大幕在欢庆元宵节的鼓乐声中拉开，一片乌云正爬上太平天国的战旗，韦昌辉霸占了别人的妻室，清朝间谍混进了太平军队伍，洪宣娇也陷入了个人利益的狭隘圈子……胜利成了太平军身上的沉重包袱。杨秀清清醒地意识到了潜在的危机，他着手加强革命队伍内部的团结，对韦昌辉、洪宣娇等动之以战友之情，晓之以革命大义。但是，要克服农民阶级的历史性缺点，只有站在更高的历史地位上，用新的社会思想武装农民的头脑，这些却是杨秀清所无法做到的。《忠王李秀成》与《天国春秋》有异曲同工之妙，面对着日益加剧的分裂趋势，李秀成决心"拼着我的血，拼着我的性命"挽救太平天国。但是，洪氏诸王的争权夺势使李秀成的行动处处受到钳制，超群的指挥才能无法施展，眼睁睁地望着太平天国的战旗浸染在血泊中。《大渡河》把悲剧性集中在主人公主观上的革命要求和实践上的分裂行径这种双重人格的对立中。作者虚构了石达开自刎乌江的结局，对人物的

---

① 陈家康.论剧作家对历史的态度：观《清宫外史》所感[N].新华日报，1943-07-09.

悲剧性格施以重彩，加强了否定的力量。

曾经有人对《清宫外史》的悲剧性提出异议，认为"对于光绪皇帝这样的失败者，无法写成悲剧"[①]。这是只看到了光绪的封建性，而没有看到他带有某些资产阶级改良派的革命色彩。这种封建性和革命性的矛盾，也是康有为、谭嗣同等维新派代表人物的悲剧性的根源。颇具现实主义创作才华的杨村彬"没有让剧中人物超越了他们所处的那个时代与那个社会"[②]，既肯定他们的变法要求有顺应历史潮流的一面，又指出他们仍在相当大的程度上保持了封建主义的传统，他们的思想武器的虚假性和软弱性，决定了他们无法与帝国主义的坚甲利兵和封建阶级的顽固势力相抗衡，所以仅仅一个回合，就被挤下历史舞台，扮演了一出中国资产阶级革命的悲剧。阳翰笙的《草莽英雄》也包含有这种悲剧因素。同盟会会员唐彬贤虽然比罗选青等人更清醒地认识到革命不能以攻占叙府而告成功，还有更远大的目标，可他自己也说不出革命成功以后应该干些什么。其实，在取得资产阶级革命的胜利后应该干什么，这个问题只有中国无产阶级才能正确回答，20世纪50年代初，郭沫若在追述自己历史剧创作的经验时，着重谈到了他对悲剧的美学特征的认识：

> 悲剧的戏剧价值不是在单纯的使人悲，而是在具体地激发起人们把悲愤情绪化而为力量，以拥护方生的成分而抗斗将死的成分。……它的目的是号召斗争，号召悲壮的斗争。它的作用是鼓舞方生的力量克服种种的困难，以争取胜利并巩固胜利。[③]

这也是对抗战时期国统区历史剧美学特征的高度概括。

在历史悲剧中，靠什么打动人？是通过对人物悲惨境遇的渲染，以唤起无尽的"悲哀"和"怜悯"，还是着力表现主人公对命运的抗争，使人从悲痛

[①] 陈家康.论剧作家对历史的态度：观《清宫外史》所感[N].新华日报，1943-07-09.
[②] 刘念渠.略论《清宫外史》编剧[N].中央日报，1943-03-18.
[③] 郭沫若.由《虎符》说到悲剧精神[M]//郭沫若.沫若文集：第17卷.北京：人民文学出版社，1963：165.

中获得力量,激起奋发向上的勇气?国统区史剧家毅然选择了后者。他们怀着满腔热忱,塑造了一批在历史大动荡的激流漩涡中成长起来的叱咤风云的英雄形象。这些形象与现实的关系是矛盾、冲突、对抗和斗争,在艰难困苦的斗争环境中显示出英勇、顽强的斗争精神,表面具有一种粗粝形态,给人以激烈和震荡的心灵感受。聂政在刺杀侠累后,为了不累及姐姐,毁容自杀,而聂嫈和春姑为了使英雄的精神流芳百世,昭人感奋,却毅然以死相殉;高渐离刺杀秦始皇的计划暴露,被剜去双目,但他凭着不屈的意志,抱着坚定的信念,战斗到生命的最后一息;文天祥被捕后,整整三年忍受着"暴晴暴热,日晒风吹"和种种"恶气",没有丧失丝毫民族气节;翠娘及群众为了保存士兵的战斗力,在睢阳危亡的紧要关头竟"舍身食士"。显然,这些英雄人物以自己的行动表明,他们的死是出于一种坚定的信念,是为了实现美好的理想,因而他们的死所引起的不是悲悯而是钦慕和敬仰,不是消沉而是奋起,不是对不可知的命运的恐惧,而是对如何才能使有限的生命获得深远的意义的深沉的思考。"崇高",是抗战时期国统区历史剧的突出美学特征。

既然是历史性与悲剧性的统一,国统区史剧家们就力图以历史的标准确立自己的是非观和善恶观。凡是推动历史进步的人物及其行为,就是善的、美的;凡是阻碍历史进步的人物及其行为,就是恶的、丑的。在历史的试金石面前,一切伪装都将被剥去。由于正确地认识到了悲剧之所以产生的历史根源,他们也就避免了曾经纠缠过古希腊和人文主义的及其他古典悲剧家们的痛苦、烦恼和不可解脱的苦闷,而以主动积极的姿态和明朗的笔触处理人物的命运,把重点放在主人公与黑暗势力作斗争时所表现出来的巨大力量上。

郭沫若在比较自己的《屈原》和莎士比亚的《李尔王》之间的差异时说:"屈原是与雷电同化了,而厘雅王依然保持着异化的地位,屈原把自然力与鬼神分化了,而厘雅王则依然浑化,屈原主持自己的坚毅,厘雅则自承衰老。"① 诸多的差异都集中在是否认识到了世界的规律、是否把握了自己的命运上。勃兰兑斯在分析莎士比亚悲剧人物的共同特征时说:"这种人敏锐地感觉到理

---

① 郭沫若.《屈原》附录[M]//郭沫若.郭沫若论创作.上海:上海文艺出版社,1983:388.

想和环境之间的冲突，力量和任务之间的不适应；这种人具有他这一类型的种种精神气质：精细的情感和残忍，他的毫无快乐心情的机智，他的永远少不了的迟误迂延以及急不可耐的性情。"① 郭沫若的屈原则把握了自己的命运，能在险恶的斗争环境中明察时势，清楚自己的地位，以进攻的姿态采取行动，在黑暗势力铺天盖地而来的时候保持清醒的头脑。这种形象代表了人类征服自然、征服社会的力量，给人的感受是崇高的。郭沫若历史剧中的其他英雄形象也都具有这种主动积极的牺牲精神。假如如姬不是自己献身在曙光出现的时候而是死于魏王的淫威，假如婵娟不是以自己"微弱的生命"代替了屈原"这样可宝贵的存在"而感到幸运，假如高渐离不是在刺秦的紧要关头失败而是被酷刑折磨致死，都不会影响整个作品成为一部悲剧，但给人的美学感受，绝不是目前这种崇高和感奋。

抗战时期国统区历史剧充满着崇高的形象、庄严的气氛和昂扬的格调，在完整地体现历史性与悲剧性的统一的同时，又具有鲜明的民族风貌和时代特征。他们不仅没有陷入把悲剧看作"生存本身之罪"②的泥淖，而且扬弃了古典悲剧用不可知的命运和人物的性格缺陷来解释人物的悲惨境遇，渲染恐怖气氛，以达到"净化"心灵的目的的手法；代之以乐观向上的情绪，以中华民族历史上的英雄人物的光辉事迹为题材，使人们从悲愤中获取战斗胜利的信念和力量。国统区史剧家成功的艺术实践，大大推动了中国现代悲剧艺术的发展，并在世界悲剧艺术中独树一帜。

三、前进在民族化的道路上

成熟的艺术是民族的艺术。五四新文化运动在运用新世纪的思想武器向封建文化展开进攻的同时，引进了适合表现现代人的思想感情的艺术形式。如何对这些外来形式进行民族化的改造，使之具备"新鲜活泼的、为中国老

---

① 勃兰兑斯.十九世纪波兰浪漫主义文学［M］.成时，译.北京：人民文学出版社，1980：100.
② 叔本华.作为意志和表象的世界［M］.石冲白，译.北京：商务印书馆，1982：352.

百姓所喜闻乐见的中国作风和中国气派"①，是时代向中国现代文学提出的崭新课题。话剧是作为中国传统戏曲的对立形式出现在中国文坛上的，文学革命初期有人提出："如其要中国有真戏，这真戏自然是西洋派的戏，决不是那'脸谱'派的戏。要不把那扮不像人的人，说不像话的话，全数扫除，尽情推翻，真戏怎样能推行呢？"②但是，真要让"西洋派的戏"植根在中国土壤，采取"尽情推翻"中国戏曲的方式是行不通的。必须在内容上真正以中国人民大众的斗争生活为表现对象，在形式上拆除与中华民族传统审美心理的隔阂，话剧才能为中国老百姓所乐于接受。

艺术的民族化，就是民族的审美意识的外化，即通过民族的语言和民族的艺术手段，表现民族的生活，描写在民族生活的典型环境中成长起来的典型性格。此外，它还应当包括对外来的艺术形式按照民族审美意识的要求进行能动的改造，使之符合民族的审美习惯，同时丰富民族的审美意识。

话剧运动的先驱者们执着地进行着不懈的艰苦探索，从移植、改编外国剧本到着手创作，从热衷于倾吐个人的郁积情感到认真寻求表现工农民众生活的途径，他们推动话剧艺术一步步地朝着民族化的目标迈进。抗战开始后，对话剧艺术民族化的认识产生了一个飞跃，提出了"在抗战中建立我们的民族演剧活动的完整体系"③的口号。杨村彬在《新演出》一书中发表的看法，代表了当时戏剧界对"民族艺术"的认识，他说："所谓民族艺术，我认为最理想的是：以这一民族的生活为题材，用这一民族熟悉的方式而表现，唤起民族精神，以使之成为民族之生存竞争之武器的艺术。民族生活的题材．就是这一民族生存竞争的记录，这一民族之反抗暴强的奋斗精神的描写，这一民族在争取自由独立的斗争中的得失的分析。"④当时文艺界普遍开展的关于"民族形式"问题的讨论，是在总结五四的"平民文学"、左联的"大众文艺"等

---

① 毛泽东.中国共产党在民族战争中的地位［M］//毛泽东.毛泽东选集：第2卷.北京：人民出版社，1991：534.
② 钱玄同.随感录十八［J］.新青年，1918，5（1）.
③ 葛一虹.战时演剧论［M］.上海：读书生活出版社，1938.
④ 杨村彬.新演出［M］.重庆：独立出版社，1941.

理论主张的经验教训的基础上进行的，它对话剧艺术民族化起到了强大的推动作用。"民族形式问题，首先是在一定的立场，一定的革命阶段上提出来的"①，剥削阶级有剥削阶级的民族形式，劳动人民有劳动人民的民族形式，民族化不是一味迁就老百姓的"习闻常见"，而是继承中国旧有的民间形式和士大夫形式与吸收欧洲文学的优秀成分这两者之间的辩证的统一。民族化的目的"是要反映民族的特殊性以推进内容的普遍性"②，让新文学以独特的风姿屹立于世界文学之林。理论认识的提高促进了戏剧创作的进步。剧作家自觉地从民族的战斗生活中寻找素材，一批具有鲜明的时代特征和民族性格的人物形象开始出现在剧坛，他们的喜怒哀乐和广大人民群众的心声相呼应，引起了强烈的共鸣。从抗战开始，话剧艺术沐浴着中华民族战斗生活的风雨，吮吸着中华民族的艺术营养，便在中国的肥沃土壤中扎下了根。国统区史剧家是幸运的，他们选取历史上的民族英雄的事迹，天然地与群众少了一层隔膜，但是，题材上的优点并不能保证"民族化"的成功。像五四时期的某些历史剧，里边的人物抒发的都是作者的小资产阶级知识分子的思想感情，其民族化的程度可想而知。国统区史剧家成功的艺术实践，体现了他们的严肃的创作态度和严格的艺术标准：不仅选材要考虑时代和群众的需要，而且人物的思想感情、性格气质和道德观念，也必须与群众息息相通，体现积淀在民族生活中的历史内涵和哲理内涵，艺术上必须借鉴中国传统艺术的表现手法。

　　道德是民族心理素质的重要表现形式。着力从伦理角度发掘和表现中华民族的优良传统，是国统区历史剧对话剧艺术民族化的特殊贡献。中国文学有寓教于乐的传统，特别强调"善"与"美"的结合，在反映现实的同时，尤其注重改造人生，发挥"美教化，移风俗"的作用，培养了一种希望在欣赏美的愉快的同时，感受严肃的伦理力量的审美习惯。所以在中国文学中极

---

① 潘梓年.新文艺民族形式座谈会上潘梓年同志的发言[M]//北京大学，北京师范大学，北京师范学院中文系中国现代文学教研室.文学运动史料选：第4册.上海：上海教育出版社，19979：429.
② 郭沫若."民族形式"商兑[M]//郭沫若.沫若文集：第12卷.北京：人民文学出版社，1959：32.

少有像莎士比亚笔下的麦克白（《麦克白》）和克莉奥佩特拉（《安东尼与克莉奥佩特拉》）那样集善、恶、美、丑于一身的复杂性格，更多的是体现实践理性原则的"善"与"美"结合的完满人格，善于塑造英雄形象。郭沫若选取屈原为题材，很大程度上是由于"在屈原死后的二千余年，无论何时何代的中国人，都是在他的伟大影响之下，都在他的精神感召之下"①。屈原形象摒弃了神鬼的观念，有勇于实践的精神，在敌对力量面前无所畏惧，体现了唯物主义的人生观。这个形象也是重修身的哲学传统与新的时代精神的结合，是郭沫若的人生经验和人生理想的艺术结晶，是中国现代文学史上继阿Q这个"国民性"典型之后，从民族精神的优秀传统中提炼出来的艺术形象。

中华民族的传统道德重义轻利，鄙视见利忘义的行为，把为了理想和信念而献身看作无上光荣。国统区史剧家都不约而同地以"充塞宇宙，至大至刚"的浩然正气作为主人公性格的主导方面。《民族正气》甚至不惜以直白的手法，让人物直接喊出对浩然正气的急切呼唤："我们在抗战时期，难免不无惶惑疑虑，像这雾似的；要不受它的蒙蔽才好！……我们抗战决心，要学那坚贞的松柏。"

为了剔除封建时代民族英雄思想意识中藏有的相当浓厚的"忠君"观念，国统区史剧家有的通过人物的悲惨结局给予否定性评价（如《岳飞》），更多的则是在历史的可能性的前提下，提高主人公的精神境界，把主人公为国为民的一面加以突出强调。例如，文天祥怒斥降将吕文焕："你这六年苦守襄阳是为了什么？是为了国家，还是为了朝廷？还是为了奸臣？还是为了你自己？""我们是为了国家而抵抗敌人的。"张巡等人则意识到他们的战斗，"是争取民族光荣的伟大战争！""是保卫大汉族不受外人欺凌！是为救整个民族！"这就使传统道德经过了艺术的蒸馏而变得更加纯洁，更加富有生命力。

中国古典艺术的主流是抒情和表现，讲求形神兼备、虚实相生、情景交融，通过艺术形象抒写思想感情，与西方艺术重再现、重写实的传统形成鲜明对照。五四时期的优秀话剧，就比较注重发挥民族艺术抒情性的特长，力

---

① 郭沫若. 屈原考 [M]// 郭沫若. 沫若文集：第12卷. 北京：人民文学出版社，1959：93.

图通过诗剧的语言和溶溶的月色等深邃幽远的舞台气氛，寄托作者的憧憬，激发观众的联想，但随之而来的不足是，对情节的忽略和冲突被淡化。其实，西方戏剧也有抒情的成分。中国艺术的抒情与西方艺术的抒情的区别在于：西方艺术的抒情往往可以与叙事部分互相独立，中国艺术则将抒情的精神融汇到完整的艺术构思中，使之成为整个作品的灵魂。抗战时期国统区史剧家努力将民族艺术的抒情传统和话剧艺术自身的规律紧密地结合起来，在每一幕、每一场、每一个人物和每一个动作上，都贯穿抒情的原则。例如，郭沫若的四部战国题材史剧的时季"恰巧是相当于春夏秋冬"，《棠棣之花》"刻意孕育了一片和煦的春光"，《屈原》中人物内心的热烈火花和夏日的雷电交相呼应，《虎符》在桂花开放的仲秋"有一片飒爽倜傥的情怀，随着清莹嘹亮的音乐，荡漾"，《高渐离》以初冬的寒雪衬托环境的冷酷。[①] 这些巧妙的艺术手法，化用了抒情和"重机趣"的美学原则，同时也体现了剧作家艺术构思的整体性，以及对人类历史前进的、不可更易的规律的坚定信念和乐观精神。

郭沫若、吴祖光等还直接化用古典诗歌中的艺术境界，为塑造人物形象服务。例如，《屈原》的人物性格、言辞、动作以及借橘树抒怀、与自然同化等情节，无疑是受了《离骚》《橘颂》等作品的启发，《南冠草》《正气歌》中人物的伟大精神和就义前的壮烈场面，简直就直接脱胎于夏完淳的《南冠草》集和文天祥的《正气歌》等优秀诗篇。如果说，借橘树抒怀、以天地喻志等可以看作对古典诗歌比兴手法的化用，那么赵循伯的《民族正气》给人的感受则与汉大赋的夸张、沉雄、开阔有近似之处。大概正因为如此，《民族正气》与其他剧作比起来，其直白、浅露的缺点也显得更突出些。对古典诗歌意境的化用，使得《屈原》等剧在虚实关系的转化的处理上具有某些特色，如《雷电颂》一场，特地选择了"东皇太一"庙的正殿这一场所，把人物放在与神鬼对立的规定情境中，随着屈原感情洪流的奔涌，使人觉得仿佛雷电与他合为一体，驰骋在无边无际的宇宙中。欧阳予倩的《忠王李秀成》采用

---

① 郭沫若.献给现实的蟠桃：为《虎符》演出而写［M］//郭沫若.沫若文集：第13卷.北京：人民文学出版社，1961：58.

幕间的人声、乐声、枪炮声等扩大舞台的空间，让声音的"实"来填补观众视觉上的"空"，收到了较好的效果。

曾经有人认为，郭沫若的《屈原》和莎士比亚的《李尔王》之间有"平行"的地方。其实，从文学传统来看，屈原的暴风雨性格毋宁说是对屈原作品的风格的继承，是对庄子散文中的汪洋恣肆的想象的继承，是对李白歌行的"奔流到海不复回"的宏伟气势的继承。中国古典叙事文学中确实少有"狂飙突进"的性格，这是它的不足，但这种不足在抒情文学中得到了补偿。郭沫若等史剧家笔下线条粗犷、轮廓鲜明的人物形象，为中国文学传统增添了新的美学特质。

在历史剧创作领域成功地借鉴中国传统艺术的美学原则的剧作家，是吴祖光和孙家琇。从小生长在北京的吴祖光，"受西方、外国的影响比较少。……真正受到影响的还是我们的传统戏，尤其是京剧"[①]。孙家琇早年在美国攻读戏剧，但她对中国古典戏曲怀有深厚的感情，《复国》就是在传奇《浣纱记》的影响和启发下创作的。他们吮吸着中国戏曲的丰富养料，将人物命运的传奇性和对理想的憧憬融会在一起，他们的艺术个性中融进了中国传统艺术的美学特质。

与其他史剧家高度重视故事情节和作品的功利性不同，吴祖光、孙家琇把理想和情感的表达放在第一位。吴祖光出于对生活的不可动摇的"爱"的观念，找到了历史上的文天祥作为艺术的对象；[②] 孙家琇则要借历史人物来表达她"对于祖国的热诚同对于世界和平的渴望"[③]。在他们看来，主观世界比客观世界更值得通过戏剧来表现，因而他们笔下的人物凝聚着作者从人生经历中获得的一切美好的印象和深挚的爱情，闪耀着熠熠的青春火花。他们将人物放在非同寻常的环境中加以塑造，在题材的处理上与浪漫主义作品在"事件和情节上加上一种想象的光彩，使日常的东西在不平常的状态下呈现在心

---

① 吴祖光.写作生涯汇报［J］.文汇月刊，1984（8）.
② 吴祖光.《正气歌》跋［M］//吴祖光.吴祖光论剧.北京：中国戏剧出版社，1981.
③ 孙家琇.复国·序［M］//孙家琇.复国.重庆：商务印书馆，1944.

灵面前"①的手法有近似之处，但他们不像西方浪漫主义那样"从生活的瞬息万变、精神的动荡不安以及富于特征性和神秘意蕴的各种奇特现象中揭示美"②，而是在合乎理性的描写中将生活的美加以高度的凝练和集中，将强烈的感情置于"含蓄"的美学原则下。在孙家琇笔下，太阳是温暖的，小河是欢快的，一切山水花树都满贮着诗意。西施，"不但有形状的美，而且有由头至脚都焕发出一种内在的精神的美——一种健康，纯洁，娴静，同爱混合起来的美。"她抛弃即将来临的幸福，为了越国的复国大业前往吴国，去取悦敌国的君主，内心的痛苦无以复加，但作者只用强忍着眼泪的微笑和独自的叹息来表现。这种高尚人格的激烈内心冲突，在孙家琇笔下却是温情脉脉，含蓄悠长。吴祖光是在感受到了现实社会的黑暗和不合理之后，才确立起对生活的"爱"的信念的，他的理想中含有一种沉郁的调子，让人在阴沉的天地间发现光明，在肃杀的气氛中感觉到温暖。他更注意通过人物强烈的外部动作揭示人物美好的内心世界。如果说，孙家琇的"热诚"和"渴望"给人以恬适、安详和优美的感觉，吴祖光的"爱"则粗犷、有力，在人们心中掀起一股要消灭丑类、发扬正气的激情。吴祖光还在剧中成功地运用了对比手法。不同于郭沫若着重从"道义"的角度进行对比，吴祖光借鉴了戏曲中的正剧角色（正生、正旦等）和喜剧角色（丑等）的行当对比手法，鲜明地表达了作者对文天祥和对贾似道、史良清等的截然对立的感情。

要在话剧中体现中华民族的审美理想，融汇戏曲艺术中表现的民族美学原则，借鉴戏曲的某些表现手法是一条重要的途径。茅盾认为，"改良旧戏而建立'民族形式'的新歌剧"和"在建立'民族形式'的目标下来继续发展话剧"，是两桩工作，"然而也不无可以交换经验的地方"③。作为世界三大戏剧体系之一的中国戏曲，在戏剧性的表现上有它自己的特点，它既不像斯坦尼斯拉夫斯基体系那样，强调生活化，把戏剧性深掩在抒情性中，也不像布莱

---

① 华兹华斯.《抒情歌谣集》序言［M］//伍蠡甫.西方文论选：下卷.上海：上海译文出版社，1979：6.
② 中国大百科全书·外国文学·浪漫主义［M］.北京：中国大百科全书出版社，1982.
③ 茅盾.戏剧的民族形式问题［J］.抗战文艺，1941，7（2-3）.

希特体系那样,强调"间离效果",而是将有着人物性格和特定情境的坚实基础的内在戏剧性,通过外在的手段(念白、唱腔、舞蹈等虚拟化和程式化的外部动作)含蓄而充分地表现出来。国统区史剧家选取在历史发展紧要关头砥柱中流的民族英雄为表现对象,其外部的史诗的因素远比内在的抒情诗的因素更加吸引人,这就决定了他们必然要以表现外在的戏剧性为主,但他们遵循深刻的心灵基础和强烈的外部动作相统一的原则,将主要由心灵力量构成的冲突表现得清晰、明朗。而在表现外部动作幅度大的冲突时,注意展示人物的内心世界,实现内在戏剧性和外在戏剧性的相互转化。《孔雀胆》就是通过孔雀胆这一贯穿道具的活用以及符合生活逻辑和性格逻辑的人物行动实现这一转化的,如第四幕第二场,沉浸在丧夫之痛中的阿盖,又被车力特穆尔缠上了。一边是身穿白色寝衣、心胸坦荡、感情悲戚的天使,一边是身穿黑色寝衣、心怀险恶、感情阴冷的恶魔,在皎洁如昼的月夜中进行着生命和意志的最后较量。这场戏不仅人物心理动作丰富,外部动作也很鲜明,景物的烘托加强了规定情境中的特殊气氛。《高渐离》的贯穿动作是刺杀秦始皇,易于造成热闹的舞台气氛。郭沫若一方面渲染人物行动的艰巨性,同时着意突出人物思想的正义性和进步性,通过帮人、藏铅、劝宋等情节展示人物的顽强毅力和崇高品德,表现戏剧冲突的内在因素。

纵向的结构方式,从一个个小冲突中酝酿出最后决定人物命运的大冲突,在时间的顺延中展示人物命运的发展变化,减少主干情节之外的枝蔓,是国统区史剧家们从"简洁""明快"的美学原则出发所经常采用的结构方法。

戏剧语言是叙事诗和抒情诗的统一。郭沫若从自己的艺术实践中认识到:"大概历史剧的用语,特别是其中的语汇,以古今能够共通的最为理想。"[1]对观众来说,戏剧是正在发生的事实。如果历史剧的人物满口"之乎者也",只好被当作是出土文物,但如果完全与现代口语没有距离,也不能唤起观众的特殊感受。历史剧的语言应该在不削弱艺术感染力的前提下,造成一种"间

---

[1] 郭沫若.我怎样写《棠棣之花》[M]//郭沫若.沫若文集:第3卷.北京:人民文学出版社,1957:167.

离效果"。《高渐离》第一幕有怀贞夫人与其子阿季的一段对话，里边的"猛犬不吠，吠犬不猛"一语，颇具古风，但作者随后即加上"先是汪汪地乱叫的狗是一点也不中用的"，既古今相通，又有生活气息，把一个循循善诱的母亲和一个天真可爱的儿童形象立了起来。国统区史剧家继承古典戏曲的优秀传统，注重遣词炼句，使人物语句铿锵有力，富于韵味，同时注意使之符合人物身份和性格，具有较强的艺术感染力。

创造中华民族话剧艺术的完整体系，这是一个重大的实践—理论课题。我国的话剧运动从起步那天起，就在不断地探索着民族化的道路。抗战时期国统区史剧家的努力是有成效的，促使当时的戏剧运动在民族化的道路上迈出了决定性的一大步，他们的成功经验至今仍有借鉴的价值，但是他们的探索中也包含着失败。例如周剑尘的《西太后》（1940年），直接搬用戏曲中某些程式化（如觐见皇帝）和虚拟化（如喝茶用点心）的动作，混淆了写实的艺术和写意的艺术之间的区别；又如张光中的《夏完淳》，过分追求故事情节的完整性，将一部篇幅不大的剧本分割成四幕九景，反而破坏了话剧艺术的完整性（这在戏曲中也是要避免的）。抗战时期国统区史剧家是前进在民族化道路上的特定阶段的一支力量，因此，他们的成就及其不足都烙有鲜明的时代印记。他们的探索远未穷尽，也不可能穷尽，因为时代在发展，民族的心理素质在变化，话剧艺术也在日益革新。响应时代的号召，遵从人民的意愿，这条经验，才真正具有永久的价值。

抗战时期国统区史剧家成功的艺术实践，促进了历史剧艺术的发展，为后世的历史剧创作提供了宝贵的经验。尤其是郭沫若的历史剧创作经验，已经升华到了理论的高度，并形成了一个完整的体系。我们应当把这些经验和理论视为财富，而不应当对之采取虚无主义的态度。文学史上的历史剧创作实践，是我们探索历史剧艺术的特殊规律的起点。从抗战时期国统区历史剧中，我们指出以下几点：

第一，历史剧以真实的历史人物和历史事件为表现对象，历史真实是它的艺术生命的基础。但是它不满足于平铺直叙地再现历史过程，任何一部历史剧都凝聚着作者的历史评价和道德评价。国统区史剧家在表现历史的真实时，特别注重体现历史的发展规律，发现历史的真实，向人们揭示，凡是违背人民意愿、逆历史潮流而动者必然失败。

第二，历史剧创作必须贯穿现实主题。马克思在谈到资产阶级革命运用历史材料的目的时指出："由此可见，在这些革命中，使死人复生是为了赞美新的斗争，而不是为了勉强模仿旧的斗争；是为了提高想象中的某一任务的意义，而不是为了回避在现实中解决这个任务；是为了再度找到革命的精神，而不是为了让革命的幽灵重行游荡起来。"[①] 这一原则同样适用于历史剧创作。郭沫若认为："一个剧本的现实不现实，是不能以题材的"现代'或'历史'来分别，来估计，而是要看剧中的主题是不是现实或非现实的，用历史的题材也许更能反映今天的现实。"[②] 只有立足现代描写古代，历史剧才能发挥艺术所应有的功利作用。国统区史剧家借历史人物讴歌现实的抗战，怒斥统治当局，揭露他们卖国求荣，"是十恶不赦的罪人"，陷害了"我们整个的中国"，使历史剧发挥了很强的战斗作用。

第三，历史剧表现史诗的内容，特别适宜于作者在艺术风格上对阳刚之美的追求。它们的冲突不是源于繁杂的日常生活中的细枝末节，而是历史转折关头的生死搏斗。人物的"动机不是从琐碎的个人欲望中，而正是从他们所处的历史潮流中得来的"[③]。沉溺于知识分子的个人哀怨情绪中的戏剧作品，很难在抗战时期引起广泛的共鸣，国统区史剧家以力拔山、气盖世的民族英雄形象，回答了抗战现实的严峻呼唤，为中国现代文学增添了一个崭新的人物形象系列。

---

① 马克思. 路易·波拿巴的雾月十八日 [M]// 中共中央马克思恩格斯列宁斯大林著作编译局. 马克思恩格斯选集：第 1 卷. 北京：人民出版社，1972：806.
② 郭沫若. 谈历史剧：在上海市立戏剧学校演讲 [N]. 文汇报，1946-06-28.
③ 恩格斯. 致斐·拉萨尔（1859 年 5 月 18 日）[M]// 中共中央马克思恩格斯列宁斯大林著作编译局. 马克思恩格斯选集：第 4 卷. 北京：人民出版社，1972：344.

《棠棣之花》的创作过程与郭沫若思想和艺术的发展道路*

综观郭沫若的文学创作，每一部作品都深深打上了时代的烙印，都与郭沫若自身的思想和艺术的发展道路紧密联系着。这些作品为我们从事郭沫若研究提供了丰富而可靠的资料。《棠棣之花》在郭沫若的全部作品中占据着特殊的地位。作者说："本来这《棠棣之花》的完成，由民国九年到现在，是绵亘了二十二年的岁月。中间经过了好些次的删改。……这些资料如收得齐全，我倒很想把它们汇集起来，以表示一个作者在创作过程中的一些苦心的痕迹。但这工作，恐怕比重新创作一种剧本还要艰难吧。"[①] 摆在我们面前的诗剧《棠棣之花》、二幕历史剧《聂嫈》和五幕六场历史剧《棠棣之花》，分别创作于郭沫若思想发展的三个时期，即"狂飙突进"的《女神》时期，思想转变的黎明时期和最后完成时期。一个相同的题材，作家在二十多年间对之多次发生浓厚的兴趣，在郭沫若的创作中除了《屈原》外，《棠棣之花》就是仅见的了。二十多年间，郭沫若在艺术上走的是一条从积极浪漫主义到革命浪漫主义的道路，两次创作高潮期出现的大量优秀作品，确立了他作为中国文学史上杰出的浪漫主义作家的历史地位。对诗剧《棠棣之花》、二幕历史剧《聂嫈》和五幕六场历史剧《棠棣之花》在主要人物形象的塑造、作品主题思想

---

* 本文原载于《黄石师院学报（哲学社会科学版）》1984年第4期，收入本书时略有删改。
① 郭沫若.由"墓地"走向"十字街头"[M]// 郭沫若.沫若文集：第12卷.北京：人民文学出版社，1959：91.

的提炼及其他艺术手法的运用等方面作一次考察，有助于我们认识郭沫若从五四时期到抗日战争时期思想和艺术的演变发展的一些重要特点。

一

郭沫若以聂嫈、聂政的故事为题材写戏的念头起于1920年春天，最初的计划是十幕，但只写了五幕，便因故停顿了下来。诗剧《棠棣之花》"为第一幕中之第二场"[①]。因取材不够严谨和艺术经验的缺乏，除了这一场和发表在《创造季刊》创刊号上的《邂逅》，作者认为"很有诗趣"[②]外，其他部分因作者不满意，"都完全毁弃了，一个字也没有留存"[③]。

五四是一个空前的思想解放的时代，为了打破封建思想的樊笼，反抗帝国主义的压迫，中国人向西方寻找思想武器，从马克思主义到实用主义，从尼采的超人哲学到达尔文生物社会主义，形形色色的思想都被吸收和鼓吹。时代的洪流冲击着身处异邦的郭沫若，他感受到时代前进的内在动力，思想和艺术在迅疾地变化着。以爱国主义为主导，在哲学上，他接受了人本主义思想和泛神论体系中唯物的成分，在庄子清静的出世思想和孔门哲学、印度哲学的消极影响中加入了入世的、反抗的积极因素，得出了"泛神便是无神"[④]的结论。从而在政治思想上，鼓吹个性解放，主张彻底破坏旧世界，努力创造一个全新的世界，并对十月革命大加颂扬，具有革命民主主义的特征，同时开始接受共产主义思想的影响。在文艺思想上，他对泰戈尔、歌德以及现代派的某些流派，既有吸收，又有扬弃，形成了积极浪漫主义的文学主张。

---

① 郭沫若.《棠棣之花》附白[M]// 郭沫若著作编辑出版委员会.郭沫若全集·文学编：第1卷.北京：人民文学出版社，1982：31.

② 郭沫若.我怎样写《棠棣之花》[M]// 郭沫若.沫若文集：第3卷.北京：人民文学出版社，1957：165.

③ 郭沫若.我怎样写《棠棣之花》[M]// 郭沫若.沫若文集：第3卷.北京：人民文学出版社，1957：165.

④ 郭沫若.《少年维特之烦恼》序引[M]// 郭沫若.沫若文集：第10卷.北京：人民文学出版社，1959：178.

上述思想都不同程度地在郭沫若五四时期的诗歌、戏剧创作中得到了表现。拿诗剧来说，如果说《湘累》着重表现的是要与天地同化的泛神论思想，《棠棣之花》就较为集中地体现了郭沫若五四时期的政治主张。借助聂嫈姊弟之口，诗人控诉了"苍生久涂炭，十室无一完"的黑暗现实，颂扬了愿将"鲜红的血液，迸发成自由之花，开遍中华"的英雄。诗剧所揭露的"人类底肺肝只供一些鸦鹊加餐，人类底膏血只供一些乱草滋荣"这幅战乱年代的荒凉凄惨的景象，正是军阀统治下的中国社会现实的写照。战争是贫困的根源，而私有制又是"永恒争战底根本"，解除灾难的唯一办法是将现存社会从根本上摧毁，重新"去创造个新鲜的太阳"①，由它来"照彻天内的世界，天外的世界"②。聂嫈、聂政就是郭沫若理想中创造新世界的英雄，未来世界的主人。为了解救天下姐妹兄弟的苦难，他们不惜牺牲一己的微躯。他们的"没有牺牲，不见得有爱情；没有爱情，不会有幸福"的英雄主义理想，更是洋溢着五四新时代的战斗者的豪情。郭沫若说："我自己的想法是倾向于革命的。我觉得中国的现状无论如何非打破不可，要打破现状就要采取积极的流血手段。"③所以，聂嫈、聂政又是五四时期郭沫若的自画像。

当然，五四高潮期中的郭沫若还不可能具备历史唯物主义观点。与他哲学思想中的"我即是神，一切自然都是自我的表现"④相呼应，郭沫若在诗剧《棠棣之花》中抒发的主要是小资产阶级民主主义者的感情，歌颂的是个性主义的英雄。聂政只身远赴濮阳，想依靠个人的力量去解救"陷在水深火热之中"的"天下底姐妹兄弟们"，这种英雄的前途，就是悲壮的失败。视群众为"不会体验"的"无机体""河畔上的沙石"，⑤是郭沫若早期思想中明显存在的

---

① 郭沫若.女神之再生［M］//郭沫若著作编辑出版委员会.郭沫若全集·文学编：第1卷.北京：人民文学出版社，1982：8.

② 郭沫若.女神之再生［M］//郭沫若著作编辑出版委员会.郭沫若全集·文学编：第1卷.北京：人民文学出版社，1982：12.

③ 郭沫若.创造十年［M］//郭沫若.沫若文集：第7卷.北京：人民文学出版社，1958：133.

④ 郭沫若.《少年维特之烦恼》序引［M］//郭沫若.沫若文集：第10卷.北京：人民文学出版社，1959：133.

⑤ 郭沫若.宇宙革命底狂歌［M］//朱谦之.革命哲学.上海：泰东图书局，1921.

局限。这除了他主要接受泛神论哲学家和浪漫主义文学家的思想影响这一主观原因外，时代和环境没有提供给知识分子与现实生活紧密结合的条件，是更为重要的原因。所以，作者当时还没有找到社会革命的正确道路。后来郭沫若回顾道："在《棠棣之花》里面我表示过一些歌颂流血的意思，很浓重地带着一种无政府主义的色彩。"① 在诗剧《棠棣之花》中，鲜花开遍的中华，还仅仅是一种朦胧的憧憬。

我们知道，郭沫若的泛神论思想除了加入了中国和印度古代哲学思想的成分外，更有其鲜明的时代特征。重视人的创造力量，把人置于自然界其他事物之上，从而对之竭力歌颂，是郭沫若泛神论思想的特点。"依欲均贫富，依欲茹强权，愿为施瘟使，除彼害群遍"，聂政身上蕴藏着救世救民的巨大力量。聂嫈虽是个"只有眼泪和生命"的弱女子，但她为弟弟壮行色，也具有英雄的气概。聂嫈姐弟的形象，体现了郭沫若五四时期的政治理想和经他改造后的泛神论思想，贯穿郭沫若整个民主革命时期的"民本主义"思想，也在诗剧《棠棣之花》中现出了端倪。

从诗剧《棠棣之花》到二幕历史剧《聂嫈》，中间经历了五四落潮期。郭沫若在此期间经受了痛苦的磨炼，他把自己比作"带了箭的雁鹅""受了伤的勇士"②，把诗集《星空》看作"退潮后的一些微波，或甚至是死寂"③。但郭沫若在思想和艺术上的探索并未停止，主要作于1923年的诗集《前茅》，就以比《星空》较高昂的格调和较为明朗的情绪出现，史剧《卓文君》《王昭君》也是郭沫若创作道路上的一个进步。时代给了郭沫若的创作热情的激发一个契机，"五卅惨案一发生，前面所说的那对现实的'棠棣之花'却使我这虚拟的古事剧复活了转来。我便费了两礼拜光景的工夫把那两幕的《聂嫈》写出了"④。

---

① 郭沫若.创造十年[M]// 郭沫若.沫若文集：第7卷.北京：人民文学出版社，1958：133.
② 郭沫若.星空·献诗[M]// 郭沫若.郭沫若全集·文学编：第1卷.北京：人民文学出版社，1982：173.
③ 郭沫若.序我的诗[M]// 郭沫若.沫若文集：第13卷.北京：人民文学出版社，1961：121.
④ 郭沫若.创造十年续篇[M]// 郭沫若.沫若文集：第7卷.北京：人民文学出版社，1958：211.

1924年，郭沫若翻译了河上肇的《社会组织与社会革命》，为他开始从民主主义到共产主义、从个性主义到集体主义的思想转变做了理论上的准备，他对"自由主义""个性主义"和"天才"等都有了比较正确的看法。尤其值得注意的是，他在《革命与文学》一文中号召革命的作家"到兵间去，民间去，工厂间去，革命的旋涡中去""把自己的生活坚实起来"①。这一年的12月，郭沫若前往江苏宜兴进行了为期一周的卢齐战祸调查，对"水平线下"的社会现实有了具体的认识。1925年，正好是郭沫若从开始思想转变到投入北伐洪流的中间阶段，《聂嫈》处于这样一个历史时期，它写于郭沫若早期思想的清算期，也就是他成为马克思主义者的黎明期。如果说诗剧《棠棣之花》重在个人的郁积和民族的郁积的诗意抒发，《聂嫈》就是郭沫若目睹帝国主义的暴行，亲历残酷现实后的产物。它不再"全部只在诗意上盘旋"，而是作者得益于"五卅"又奉献给"五卅"这出时代悲剧的"一个血淋淋的纪念品"②。我们欣喜地看到，郭沫若笔下的人物由"墓地"走向了"十字街头"，聂嫈和聂政在更为广阔的时代背景下展开了斗争，他们的目标更明确了，手段更激烈了，眼界也更开阔了。聂政在临死时宣传道："他说他和韩王和宰相也并没有世仇，他要杀他们的只是他们不该做王做宰相。只要是王是宰相，无论是那一国的，无论是那一种人，他都要杀的。……他最后劝我们掉头，大家提着枪矛回头去杀各人的王和宰相，把他们杀干净了，天地间没有一个王，没有一个宰相的时候，然后才得太平。"这段话中显然包含着无政府主义思想因素，但作者把希望寄托在"大家提着枪矛回头去杀各人的王和宰相"上，就比个性主义奋斗前进了一步。在"五卅"高潮中，这无疑有着很大的鼓动性。

　　在《聂嫈》中，聂嫈的形象是引人瞩目的，她不仅不再只有"眼泪和生命"，而且跨过了卓文君、王昭君"三不从"的反封建的境界，具备了反暴虐、反强权的"五卅"时代风姿。由此可见，郭沫若也在逐步扬弃对文学创作纯粹是个人活动的看法，将改造自己、改造社会当作文学创作的重要使命。

---

① 郭沫若. 革命与文学 [M] // 郭沫若. 沫若文集：第7卷. 北京：人民文学出版社，1958.
② 郭沫若. 写在《三个叛逆的女性》后面 [M] // 郭沫若著作编辑出版委员会. 郭沫若全集·文学编：第6卷. 北京：人民文学出版社，1986：145-146.

在郭沫若思想转变的黎明期，马克思主义成分有了明显增加，它指导着郭沫若对"资本主义之内的矛盾和它必然的历史蝉变"①有了一定认识，对社会主义革命必胜的信心有了理论上的根据，但各种非马克思主义思想仍时常干扰他。在理智上，郭沫若要成为一个马克思主义者，而一旦运用形象思维进入创作领域，他久已习惯的泛神论、个性主义等又在作品中流露了出来。作者不善于使笔下的人物成为他刚刚开始努力学习和掌握的科学世界观的体现。

郭沫若的思想紧跟时代前进着。当抗日烽火燃烧起来，郭沫若要最后完成《棠棣之花》时，他已经是一个成熟的马克思主义者了。"经过前一次大革命炉火的锻炼，经过十年海外的研究生活，他的革命热情已经受了革命理智的规范，然而他内在的革命烈火，却没有消失，相反的，愈蕴藏便愈丰富。"②1937年，郭沫若身处"孤岛"上海，"想起了把《棠棣之花》来作一个通盘的整理"，③就是决意在历史唯物主义指导下，运用革命浪漫主义的创作方法，用历史剧的形式参加全民族的抗日运动。到了1941年年底，作者终于最后完成了这部绵亘二十二年的《棠棣之花》，把它奉献给了中国人民的解放运动。

关于这部剧作的主题，作者说："《棠棣之花》的政治气氛是以主张集合反对分裂为主题，这不用说是参合了一些主观的见解进去的。望合厌分是民国以来共同的希望，也是中国自有历史以来的历代人的希望。因为这种希望是古今共通的东西，我们可以据今推古，亦正可以借古鉴今，所以这样的参合我并不感觉其突兀。"④当郭沫若把全身心都融汇到人民大众的洪流中后，他不再迷恋资产阶级个性主义和无政府主义理想，很自然地以剧作主题表达全国

---

① 郭沫若.孤鸿：致成仿吾的一封信[M]//郭沫若著作编辑出版委员会.郭沫若全集·文学编：第16卷.北京：人民文学出版社，1989：8.
② 周恩来.我要说的话[N].新华日报，1941-11-16.
③ 郭沫若.我怎样写《棠棣之花》[M]//郭沫若.沫若文集：第3卷.北京：人民文学出版社，1957：166.
④ 郭沫若.我怎样写《棠棣之花》[M]//郭沫若.沫若文集：第3卷.北京：人民文学出版社，1957：169.

人民的共同心声：团结起来，一致抗战。

剧作的主题发展了，聂政的刺杀既不再单是出于"士为知己者死"的封建伦理观念，也不再是个人主义的行为，而是在严仲子对人民、对国家的耿耿忠心的感遇下，在对"兄弟阋墙，引狼入室"行径的揭露的启发下，出于爱国主义，为民除害、为国除奸的英雄行为。"快快团结起来，高举起解放的大旗！"是人们从剧中主人翁的壮举中必然得出的结论。未来的新中国已不再是缥缈的幻影，历史唯物主义教给了郭沫若人类历史发展的必然规律。聂政临死的宣传中，无政府主义的杂音已销声匿迹，人们从中看到的是民族危机的根源和斗争的目标："好端端的晋国本来是中原的擎天柱，他要闹什么三家分晋，闹起内讧来。晋国一分裂了，秦国便抬起头来，时常来侵凌我们，成为中原的大患。丞相侠累不知道团结内部，又去和秦国勾结，教我们的侯韩向秦国称外臣，把我们全国的人都要变成奴隶。他说："那媚外求荣的丞相侠累，才是中原的大汉奸！"这里，对现实的讽喻十分明显。

掌握历史唯物主义之后，郭沫若扬弃了早期的泛神论思想和资产阶级人道主义，而把其中包含着的"人民本位"的思想来了一个大的发展，成为郭沫若抗战时期思想的主导。郭沫若在谈到他的历史剧创作的取材时说："主要是凭自己的好恶，更简单地说，主要是凭自己的好。""我的好恶的标准是什么呢？一句话归宗：人民本位！"[①] 在国民党统治区，"人民本位"的思想确可充当与反动派作斗争的有力武器。郭沫若念念不忘《棠棣之花》这一题材，费了很大的工夫将它最后完成，重要的原因之一，便是聂政诛锄暴虐的行为代表了人心所向，可以从中发掘出富有现实意义的主题。五幕历史剧《棠棣之花》在加强"团结起来，反对分裂"的主题的同时，在第二幕、第四幕和第五幕分别通过严仲子、盲叟、春姑、卫士甲之口，强调了聂政的刺杀行为完全出于国家和人民的大义，又以第三幕着重暴露了韩哀侯和侠累的无耻行径，为聂政的形象作了坚实的铺垫。

---

① 郭沫若.《历史人物》序［M］// 郭沫若著作编辑出版委员会.郭沫若全集·历史编：第4卷.北京：人民出版社，1982：3.

在五幕历史剧《棠棣之花》中,早期剧作中常见的较为驳杂的思想内容为对历史精神的把握和对"古今相通的东西"的正确表现所代替。例如,二幕剧《聂嫈》中有一大段人物对话,描写一个人因迷恋自己的容貌而自杀,这是唯心主义的精神现象学影响的反映。在五幕剧《棠棣之花》中,这一段被删掉了,既减少了剧作的枝蔓,也反映了作者思想的成熟。

二

五四时期和抗战时期是郭沫若浪漫主义文学创作的高峰时期,但这两个高峰并不在同一水平线上。五四新文学创作的起点很高,但存在着对外国文学思潮和艺术手法生吞活剥这一明显的缺点。郭沫若在当时也忽略了对外国文学的影响加以民族气质的限制和改造。到抗战时期,郭沫若的"狂飙突进"的风格经受了长期革命实践的磨炼,在保持发扬蹈厉的创作个性的前提下,他找到了外来形式和民族气派相结合的方法。在文学体裁的运用上,也从侧重诗歌转向了侧重历史剧,并形成了一整套历史剧创作理论,而郭沫若艺术上的根本转变是积极浪漫主义转向了革命浪漫主义。积极浪漫主义是和泛神论思想合拍的,它追求理想世界,崇拜个性解放和人的尊严,歌颂天才和灵感,泛神论者的郭沫若一经掌握了积极浪漫主义的创作方法,诗潮便一发而不可收。他在诗歌中表现高于一切的自我,歌颂个性主义英雄,驰骋奇诡的想象,对并不清晰的理想世界倾注满腔热情。但是,在唯心主义世界观制约下的积极浪漫主义创作方法往往显得比较脆弱,当现实的黑暗吞噬了郭沫若的理想的光辉,他陷入了幻灭和彷徨。革命浪漫主义在科学的世界观指导下追求符合社会发展规律的社会理想,歌颂从人民群众中汲取智慧和力量的英雄。五幕历史剧《棠棣之花》中聂嫈、聂政的形象,已经是人民群众的意志和愿望的体现者了,他们在人们心中激起的是挣脱锁链、迎接解放的战斗热情;他们用热血浇灌的鲜花,必将开放在人民当家作主的新世界。

鲜明的民族特色和独特的艺术风格,是考察一个作家是否具有强大的艺术生命力的关键。观察郭沫若创作生涯中几次风格的变化,他的作品中的民族特色是逐渐增加的，创作个性是逐渐顽强的。早年，他屡次沉湎于从外国作家那里借鉴来的艺术形式，借别人的形式来发抒自己的感情，但这种借鉴，不是亦步亦趋的模仿，而是有胆有识的吸收和扬弃。正是由于郭沫若的这种雄大气魄，才使《女神》成为中国文学史上思想内容和艺术风格全新的第一部新诗集。拿诗剧《棠棣之花》来说，便是郭沫若在翻译了《浮士德》第一部后不久，受到歌德的影响，对诗剧这种形式的尝试。他学习歌德在人物形象中蕴藏丰富的思想内容的方法，但当时郭沫若还受到了新浪漫派和表现主义的影响，在塑造具体人物的手法上，他还力求有自己的特色，所以，仅仅拿某位作家的影响来解释《棠棣之花》等三部诗剧的创作，是远远不够的。二幕剧《聂嫈》中有爱尔兰作家约翰·沁孤、日本旧文艺中的"物之哀"和佛经等印度文学的影响，它们除了提供可资借鉴的体裁和手法外，还在创作思想上给郭沫若以某种启发。聂嫈、聂政的献身行为和"释迦牟尼舍身饲虎的精神"有着某种联系，"濮阳桥畔"一幕力图写得"澄明"一些，"只有真正地了解得深切的慈悲的人，才能有真切的救世情绪"，① 这是郭沫若从佛经等印度文学中得出的体会。"五卅"运动激发了郭沫若的创作热情，但聂嫈形象的塑造，却经过了较长时间的酝酿，这酝酿的过程，也包含有上述佛经文学的影响。从对个别作家的借鉴，到中西文学的综合吸收；从对文学体裁的采用，到创作思想的融汇，最后把外来影响和民族精神完满地结合在一起，郭沫若的创作个性在这一过程中得到了充分的显示。五幕史剧《棠棣之花》虽然还保留着《聂母墓前》《濮阳桥畔》《十字街头》等场次，但要在整个剧作中指出哪一处是受什么影响，已经不容易了。在郭沫若的作品中，"民族气派"不是通过固有的传统形式和带着"泥土气息"的人物，而是以与人民息息相通的时代精神和中华民族两千多年以来形成的伦理观念表现出来的。

许多论者都对郭沫若历史剧中诗剧结合的艺术特色津津乐道。在郭沫若的剧作中，诗、剧的成分并非平分秋色。在诗剧《棠棣之花》中，诗的成分

---

① 郭沫若.创造十年续篇［M］//郭沫若.沫若文集：第7卷.北京：人民文学出版社，1958：212.

是主要的，剧的形式只不过是"驰骋我创造的手腕罢了"①。而到创作《聂嫈》时，作者在诗和剧之间划了一道界限，他"觉得诗总当由灵感迸出，而戏剧小说则可以由努力做出的。努力做出来的诗，无论她若何工巧总不能感动人深在的灵魂，戏剧小说的力量根本没有诗的直切，也怕是这个原故"②。在创作中，作者未能将情感的迸发和戏剧冲突结合得很好，戏剧冲突的发展也未能由诗情来带动。在五幕史剧《棠棣之花》中，剧情和诗情有了比较完满的结合。作者对戏剧这一形式有了比较圆熟的掌握，他以聂政刺侠累作为全剧的贯穿动作，在这条主线上，敷设了聂嫈、春姑、酒家母等人物的性格发展线索。在"主张团结，反对分裂"这一总的戏剧冲突周围，辅以韩山坚与侠累、酒家母女、聂嫈与卫士等冲突，此起彼伏，错落有致。可喜的是，郭沫若没有因戏剧因素的增加而减少诗的成分，虽然人物对白中的诗句减少了，但整个剧情却在诗意的统领下发展。通过《棠棣之花》，郭沫若积累了宝贵的诗剧结合、以诗带剧的创作经验，到写作《屈原》《虎符》《孔雀胆》时，他的这一艺术手法已经达到了炉火纯青的地步。

郭沫若尝试历史剧创作时，还是一个执着于自我表现的泛神论者，他以历史题材写戏，只是"要借古人的尸骸，另行吹嘘些生命进去""借古人来说自己的话"。③ 他在比较文学家与史学家的不同之处时说："历史家是受动的照相机，留声机；创作家是借史事的影子来，表现他的想象力；满足他的创作欲。"④ 这时期他的剧作中的人物，大多是身着古装的现代人，有的干脆就是作者扮作古人在喷发"个人的郁积，民族的郁积"⑤，驰骋主观想象力。这些人

---

① 郭沫若.《棠棣之花》第一幕第二场附白［M］//郭沫若.郭沫若集外序跋集.成都：四川人民出版社，1983：5.
② 郭沫若.写在《三个叛逆的女性》后面［M］//郭沫若著作编辑出版委员会.郭沫若全集·文学编：第6卷.北京：人民文学出版社，1986：145-146.
③ 郭沫若.《孤竹君之二子》幕前序话［M］//郭沫若著作编辑出版委员会.郭沫若全集·文学编：第1卷.北京：人民文学出版社，1982：238.
④ 郭沫若.《孤竹君之二子》附白［M］//郭沫若著作编辑出版委员会.郭沫若全集.文学编：第1卷.北京：人民文学出版社，1982：241.
⑤ 郭沫若.序我的诗［M］//郭沫若.沫若文集：第13卷.北京：人民文学出版社，1961：121.

物的历史的影子是很淡薄的。由于郭沫若当时还没有进行马克思主义的深入研究，尚未掌握人类历史发展长河中不同时期表现出来的相通的东西，因此，郭沫若早期剧作中的人物多是现代精神的传声筒。在诗剧《棠棣之花》中，作者让聂嫈、聂政具备了反对私有制的观念和社会革命的思想；在《孤竹君之二子》中，伯夷和叔齐成了作者浓厚虚无主义情绪的表达者。离史实更远的是《三个叛逆的女性》中的卓文君竟喊出了只有五四青年才能喊出的话："我自认为我的行为是为天下后世提倡风教的。你们男子们制下的旧礼制，你们老人们维持着的旧礼制，是范围我们觉悟了的青年不得，范围我们觉悟了的女子不得！"显然，郭沫若当时还不懂得在历史剧中应把时代的愤怒复活到古人的时代，还不善于表现历史人物在他所处的时代所可能有的合理发展。

历史剧以历史为题材，应给人以历史感。这种历史感，主要来自剧作中所体现的历史的精神。郭沫若说："历史的研究是力求其真实而不怕伤乎零碎，愈零碎才愈逼近真实。史剧的创作是注重在构成而务求其完整，愈完整才愈算得是构成"，"史学家是发掘历史的精神，史剧家是发展历史的精神"。①历史的精神包括两方面：一是过去时代的精神，二是现时代的精神。一个史剧家必须把握住两者，才能使作品较好地发挥现实作用。战国时代，"今日合纵，明日连衡；今日征燕，明日伐楚"，统治者之间的战争给人民带来了深重的灾难。在五幕剧《棠棣之花》的创作年代，中华民族正遭受着日本帝国主义的屠戮，国民党反动派不仅不抗日，反而进行各种分裂活动。郭沫若在古今之间找到了相通的东西——"主张集合，反对分裂"，这是中国人民自古就有的愿望，以此为主题创作的《棠棣之花》，使这一题材获得了最完满的表现。

郭沫若早期历史剧只有少许历史的影子，在相当程度上，它们撇开了史实。郭沫若把史剧和诗歌看作他借以抒发内心情感的体裁，尽管他写作时也查阅史籍，如《史记·刺客列传》《战国策》等，但他未从中找到历史的精

---

① 郭沫若. 历史·史剧·现实 [M] // 郭沫若. 沫若文集：第13卷. 北京：人民文学出版社，1961：16.

神,所以也谈不上发展历史的精神。以五幕历史剧《棠棣之花》为标志,郭沫若开始在"把握历史精神"进而"发展历史精神"这一原则指导下从事戏剧创作。为了使剧作具有更强的现实意义、情节的发展更加合理、人物形象更加丰满,作者没有拘泥于史实。现实题材的作家在从事创作时,要将取自现实的素材加以改造和取舍,一个人物形象,"往往嘴在浙江,脸在北京,衣服在山西"[1]。历史题材的作家从史实中取材时,他可以而且应该根据历史精神和现实目的以及艺术上的需要,赋予历史人物以新的面貌、新的姿态,或者在人物身上虚构情节,直至虚构某些事件和某些人物。这些创作特点,《棠棣之花》都有所体现。在史籍中,严仲子和侠累"有却"的原因不明,聂政行刺、聂嫈为弟身死,也仅仅为了"士为知己者死"的道德。但这些事迹有着可资概括、提炼现实意义主题的基础,把他们反抗暴虐的"古代精神翻译到现代"[2],用来影射国民党反动派媚日反共的投降行径,号召"去破灭那奴隶的枷锁""高举起解放的大旗",这就是郭沫若发展历史的精神后所达到的思想高度。又如春姑这一人物是虚构的,但通过她,聂嫈的性格得到了延伸和发展,她完成了聂嫈没有完成的使命,宣传聂政的事迹,"使天下后世的人晓得……这样一位英雄,也使天下后世的暴君污吏知道儆戒"。春姑这一形象闪耀着人性美和道义美的火花,为史剧《棠棣之花》增添了光辉。

---

[1] 鲁迅.我怎么做起小说来[M]//鲁迅.鲁迅全集:第4卷.北京:人民文学出版社,1981:513.
[2] 郭沫若.我怎样写《棠棣之花》[M]//郭沫若.沫若文集:第3卷.北京:人民文学出版社,1957:168.

论郭沫若的旅游文学创作*

旅游乃是人类以丰富自己的精神生活为目的，以大自然为主要审美对象（兼顾人文景观）的一种游历活动。在中国，文人的游历有着悠久的历史，历代知识分子或为了躲避政治的险恶，或为了增广见闻，或出于科学考察的目的，纷纷游历祖国的名山大川，并写下了许多脍炙人口的以山水诗为主体的旅游文学作品。不少作品本身也已经作为名山胜水的有机构成部分，成了人们审美观照的对象。

郭沫若对文化的贡献是多方面的，他在长期的文学生涯中所留下的以纪旅诗为主的旅游文学作品就是一个重要侧面。这些作品不仅继承了古代山水诗借模山范水以寄托个人感情的传统，更在歌咏精妙的自然的同时传达出强烈的时代精神，在山水诗中注入史诗的某些品格，从而在现代旅游文学中独树一帜。特别是由于郭沫若在当代文化史上的特殊地位，他的许多作品正在作为优秀的文化遗产，丰富着各地的旅游资源。

纵观郭沫若的旅游文学创作，大体可分为两个阶段。第一阶段为1949年以前，这一时期郭沫若经历了从浪漫主义诗人到马克思主义历史学家的发展和转变，主要是以一个独立的现代知识分子的心态从事创作。虽然作品中的抒情主人公主要不是作为一名旅行家出现，所游历的名胜也不很多，但作者与大自然同气相求的艺术个性却表现得极为充分，无意中体现出的旅游活动的本质也相当突出。并且，这些作品扬弃了古代旅游文学某些消极、退缨的

---

* 本文原载于《郭沫若学刊》1994年第4期，收入本书时略有删改。

成分，更凸显着五四一代知识分子的精神风貌。第二阶段为1949年以后，这一时期，旅游文学在郭沫若创作中的比重逐渐加大，从过去的抒情文学和传记文学中独立出来，成为除历史剧之外的另一主要创作内容。由于身份和地位的变化，郭沫若经常作为和平使者出访亚非拉欧，或以国家领导人的身份到各地视察，有机会游历各处风景名胜，从而使他的旅游文学在显现时代精神的基础上具有涉及景点多、地域广的特点。

一

《女神》时期是郭沫若的第一个创作高峰，他早期的旅游文学也集中在这一时期。从1916年到1921年，他相继写下了《与成仿吾游栗林园》《游操山》《咏博多湾》《游太宰府》《夜步十里松原》《登临》《西湖纪游》等诗篇。（考虑到"旅游"所包含的"旅行—游览"的含义，我们未将郭沫若少年时代和《女神》时期众多的歌咏大自然的诗歌纳入本文视域。）

旅游文学的第一要义是模山范水，表现神奇而丰富的自然美。自然美按其形态，可有壮美与秀美之分。《女神》时期郭沫若"崇拜太阳，崇拜山岳，崇拜海洋"[①]，高耸的山峰、咆哮的大海、高悬的红日、辽阔的松原，都能引发他的激情。这一时期的纪游诗的表现对象集中在形态壮大而宽阔、以阳刚之美为特征的自然现象上，如《与成仿吾游栗林园》：

> 清晨入栗林，
> 紫云插晴昊。
> 攀援及其腰，
> 松风清我脑。
> 放观天地间，

---

① 郭沫若.我是个偶像崇拜者［M］//郭沫若著作编辑出版委员会.郭沫若全集·文学编：第1卷.北京：人民文学出版社，1982：99.

> 海光荡东南，
>
> 遍野生春草。
>
> 旭日方杲杲。
>
> 不登泰山高，
>
> 不知天下小。
>
> 梯米太仓中，
>
> 蛮触争未了。
>
> 长啸一声遥，
>
> 狂歌入云杪。

通篇充满自信、肯定、昂扬、向上的情绪。诗人的意趣不在探寻清晨林间光与色的种种微妙变化，也无意在移步换景间流连忘返，而是注重表现光明、刚劲、宽阔之物。这固然与诗人及其游伴"军队式的突进"[①]的游山方式有关，但更主要的是取决于诗人敞开胸怀接纳外部世界的进取精神。正是在这种精神的引导下，诗人的思绪由自然界转向人类社会，对帝国主义发动的第一次世界大战给予了讽刺与抨击。

《游操山》的情绪也是如此。诗人这样回忆作诗时的情景：一天黄昏，"一个人无心地绕着山道而行。那条路达到山腰就闯进松林里去，已变为薄暗的夜色了。山顶的巨石表现着种种的姿态盘踞在树根间，我好像闯进了熟睡的猛兽的王国。太阳开始没入西方山顶，还存着一个半规形。殷红的晚霞弥漫天边，似血潮在迸涌着，我的因士披利纯（Inspiration）给这瑰丽的晚景打动了，疯狂地奔跳，信口吟出了下面一首古风"。这首诗虽然描绘了怪石、奇松，占据诗境中的却是"放声歌我歌，振衣而乱舞"的游者，是他给天地间带来了灵动的生命，使平凡的大自然着上了特异的色彩。

在古代中国，较之日出的恢宏境界，诗人们宁肯表现黄昏的景色，借以抒发时光易逝、人生无常的感伤，众多的山水纪游诗充塞着荒烟落日、羁旅

---

① 郭沫若. 自然的追怀 [M] // 中国现代文艺资料丛刊：第3辑. 上海：上海文艺出版社，1963.

斜阳的景象。郭沫若本时期的纪游诗虽然在艺术上还未臻完美，但却以意象的积极开拓领一代风骚。新诗《登临》（原有副题《独游太宰府》）集中而典型地抒发了旅游者在领略自然美过程中的心理活动。旅游不是消极、被动的观赏过程，它还应具有在与大自然的抗争中塑造灵魂的功能。《登临》的抒情主人公挣脱泥泞的羁绊，登上山顶，放眼四望白云和山岭，心胸豁然开朗。他不仅战胜了自然，也战胜了自我，久困于矛盾中的灵魂在一刹那达到了和谐。

歌德曾说："要想逃避这个世界，没有比艺术更可靠的途径；要想同世界结合，也没有比艺术更可靠的途径。"对大自然亦可作如是观。同是面对山水，有的人视之为现实的遁逃薮，而随着从"昂首天外"到"水平线下"的思想变化，郭沫若却在旅游文学中越来越多地加入社会现实的内容，将纪游与社会批判相结合。组诗《西湖纪游》即显示出这种倾向。"上有天堂，下有苏杭"，历代游人从西湖所看到的大多是"羌管弄晴，菱歌泛夜""红袖织绫夸柿蒂，青旗沽酒趁梨花"，但郭沫若与成仿吾1921年的西湖之游却"没有感觉着多大兴趣""把所有的迷恋都打破了"。① 除了《赵公祠畔》将儿童的歌声、草上的雨声和醉红的新叶、青嫩的绿草相互叠印，传达出西湖带给诗人的美感外，其他几首写景诗均有迷蒙、空旷之感，远远不如献给"锄地的老人"的《雷峰塔下》（之一）来得真切生动。个中原因，一是经济窘迫导致心绪不佳，二是沪杭车中令人不快的见闻使游兴大减。同一时期的焦山之游更是令人兴味索然，"花了几十块大洋，换来的是在这再写几行卖钱的文字"②。自然之美完全被社会的不合理现象破坏了。

这种借山水之情发忧患之思的倾向在抗日战争爆发以后得到了更加充分的展现。1929年11月，郭沫若在南岳参加了一次"猛将如云，谋臣如雨"的会议。时值军事上的危急时刻，当局却召开这一次没有什么实际功效的会议，使郭沫若大为不安，此后的南岳之游也没有什么兴致，"只走到半山的铁佛

---

① 郭沫若.创造十年［M］//郭沫若著作编辑出版委员会.郭沫若全集·文学编：第12卷.北京：人民文学出版社，1992：92-93.
② 郭沫若.创造十年［M］//郭沫若著作编辑出版委员会.郭沫若全集·文学编：第12卷.北京：人民文学出版社，1992：125.

寺便歇下了","并不是我们没有脚力,而是太寂寞的山景没有引诱我们的魄力"![1] 下山途中,郭沫若吟就《登南岳》一首:

中原龙战血玄黄,
必胜必成待自强。
暂把豪情寄山水,
权将余力写肝肠。
云横万里长缨展,
日照千峰铁骑骧。
犹有邺侯遗迹在,
寇平重上读书堂。

诗人眺望七十二峰,恍惚间它们化作了千军万马直向敌人杀去。诗人牵挂着祖国的前途,借衡山之雄抒发豪气,纪游的内容退居次位,言志成为这首诗的主导倾向。

数月之后,郭沫若有了一次与亲友们一道领略大自然神奇秀美之内蕴的真正意义上的游览——舟游阳朔。《舟游阳朔》二首也表现出与《登南岳》迥然有别的情致,较好地体现出旅游氛围的不同对于主体与客体之间审美关系的制约作用。"临流扣楫且高歌,拔地群山奈尔何?"诗人满怀欲与天公试比高之雄心,但表现出来的人与自然的关系却是和谐的,高歌的感兴乃是由群山所引发。看到群山无法阻挡自己的歌声时所发出的嘲讽也是友朋式,而非敌对式。同样,诗人将古人唤醒,也是意在呼朋唤友,同赏大自然。"暂把烽烟遗物外,此游我足傲东坡",反映了美丽的大自然对处于矛盾冲突、失衡躁动状态中的审美主体的安抚疗治作用。审美主体的粗糙情感在明山净水中渐渐磨蚀,达到了和谐与快畅。

---

[1] 郭沫若.洪波曲[M]//郭沫若著作编辑出版委员会.郭沫若全集·文学编:第14卷.北京:人民文学出版社,1992:224.

郭沫若的旅游文学以诗为主，他的纪游散文也清新可读。比起创造社同仁郁达夫20世纪30年代出版的《屐痕处处》《达夫游记》，郭沫若20世纪40年代的游记时刻忘不了对政治的关注和讽刺，这是与他处于国统区政治斗争的中心分不开的。写于1946年的《南京印象》中的有关篇什就在游兴之外加入了战斗气氛，有别于一般的游览名胜之作。南京是六朝古都，当时又是国民党的统治中心，作为来此参加会议的爱国民主力量的代表，郭沫若既对众多的名胜古迹，如秦淮河、中山陵等有着浓厚的游兴，又时刻不忘肩负的政治使命，因而在游记中便频频出现了观赏江山与指点江山交相错杂的文字。例如，游鸡鸣寺求签得到的签文"很合时事"，拜谒中山陵时对中山陵的建筑样式和碑文的批评，都可作如是观。特别是《谒中山陵》结尾处的"可诅咒的卑劣万分的政治暗杀！可悲痛的多灾多难的中国人民！"两行黑体字，更是政治热情压倒游览雅兴的例证。秦淮河是引得不少现代作家在此流连忘返的地方，郭沫若则以写实笔调描绘秦淮河："河水呈黝黑的颜色，似乎有些腥味。"作者凭栏产生的是古今之思，是对于历代统治阶级及其统治方式的思考与批判。显然，这时的游览不再停留于感官愉悦引起感情起伏，而是引发了上升到历史的、理性的层面的思考。

二

进入社会主义建设时期，郭沫若的旅游文学创作达到高峰。据粗略统计，在现行编集的郭沫若旧体诗词中，纪游类超过四百首，占本时期旧体诗词总数的五分之四以上。从旅游文化角度看，它们具有下述特点。

其一，通过对社会主义建设中人民群众的劳动成果的歌颂，扩大了诗的取材范围，开拓了新的意境，在客观上对今日旅游景点的开发起到了推动的作用。

20世纪50年代到60年代，郭沫若几年游遍了大江南北。所到之处，既有西湖、黄山、漓江、北戴河等传统旅游区，也有官厅水库、海南岛热带作物两院及一些革命历史纪念地等新的参观游览点。郭沫若的纪游诗重在发掘

新景点的美学内涵,使经济、政治内容中所包含的艺术观赏价值得以昭显,如写于 1959 年 1 月的《颂武汉》:

> 天堑通衢我再来,
> 披襟岸帻叹雄哉!
> 混茫元气连三镇,
> 骀宕东风遍九垓。
> 火龙驶过龟蛇舞,
> 铁鸟飞临凤鹤回。
> 且喜东湖春早到,
> 红梅万树一齐开。

武汉三镇自古就是东西南北汇合之处,历代骚人墨客对此地的风物也作过不少的咏叹,但无论是崔颢的"昔人已乘黄鹤去,此地空余黄鹤楼",还是揭傒斯的"黄鹤楼前鹦鹉洲,梦中浑似昔时游",都难免给人以惆怅不已的印象。郭沫若的《颂武汉》一改旧时文人人生难再的幻灭感,以奔腾的气势描摹武汉长江大桥等新事物,在淋漓酣畅的诗兴中对武汉全新的风物之美作了尽情的赞颂。

此外,郭沫若在出访苏联、日本、朝鲜、埃及、瑞典、丹麦等国时,也写下了众多的纪游诗。这些诗的内容除关涉世界和平外,对异国风情也作了生动的描绘,如《在上埃及落克沙市夜游尼罗河》:

> 市静人初定,
> 天高月正圆。
> 古祠群柱立,
> 轻舸一帆悬。
> 袅袅歌声发,
> 琮琮浪语传。

尼罗河上夜，
　　上下六千年。

虽然充满异国情调，但此情此景所唤起的审美感受，却能跨越时空，让读者产生与作者共享尼罗夜游之欢乐的冲动。

其二，注重历史名胜，着意开发旅游景点的人文价值。

对于真正的旅游者来说，旅游的吸引力不仅在于山水之美，还在于各地风物中包含的人文历史内容。读万卷书，行万里路。旅游的目的一方面在于改善人与大自然之间的关系，另一方面它往往给人提供直观、可信的人类文化知识。郭沫若身兼历史学家和考古学家，他的纪游诗中关涉历史内容的不仅数量多，而且文笔生动，知识翔实，如《访半坡遗址四首》，着重以纪实笔触正面描绘半坡遗址的文化特征："半坡小儿琢，瓷棺盛尸骸。……大人则无棺，纵横冻荒隈。可知爱子心，万劫永不灰。""彩陶形制美，画纹亦多殊。或则呈人面，或则呈双鱼。农耕既普及，人群已聚居。……"《游晋祠》以生动的笔调讲述历史故事，使历史人物的音容笑貌如在眼前："圣母原来是邑姜，分封桐叶溯源长。隋槐周柏矜高古，宋殿唐碑竞炜煌。……倾城四十宫娥像，笑语嘤嘤立满堂。"《访柳侯祠》《重访柳侯祠》等意在宏扬历史上进步人物的进取精神，使之在新的历史时代得以继承和发扬。

其三，在不少的作品中，自然景物着上了鲜明的感情色彩，寄托着诗人的人生感喟。

20世纪五六十年代，郭沫若对他青年时代到过的地方二度重游，有关的纪游诗也带有沧海桑田之感，颇具个性特征。1955年12月，郭沫若应日本学术会议邀请，率中国科学院代表团访问日本，成为中日之战结束十年后重要的和平使者。对郭沫若来说，此番东瀛之行还有一层含义，即故地重游。日本是郭沫若度过青春岁月的地方，正是在这里，他接受了西方的进步思想；也是在这里，他经历了一生最美妙的爱情生活。重回"第二故乡"，重睹旧物，郭沫若的诗兴一发而不可收，写下了《箱根即景》《吊岩波茂雄墓》等十八首（组）诗歌。在这些诗中，纪游和怀旧紧密联系在一起，构成了郭沫若纪游诗的特异色彩。诗人将自己比作经霜的红叶,对故枝怀着深深的眷恋之情(《箱根即景》)。时过境迁,人事皆非。在须和田故居,当年自己手植的大山林与银杏早已成材,"庭园如旧,城郭已非"(《舟游旭川》之二),旅居日本时常常写入诗中的千代松原已被虫害毁坏。历史与现实、个人与世界、感情与理智,在特定的时空中交融,纪游与怀旧达到了神秘的统一。

西湖也是郭沫若青年时代到过的地方,时迁岁增,步入老年的郭沫若眼中的西湖已是"雨后回山净,湖开一镜平",早年的那种不平和亢奋心绪已被宁静、平和所代替,山水的本原的风貌和阅尽世事的老人的心境发生了和谐的共鸣。"饱览湖山胜,豪游意兴酣。春风吹送我,岭外又江南。"古寺名景,虽无大江东去的气势,但细品大自然的天籁,不也同样令人心旷神怡、鹜接八荒吗?

论延安时期丁玲的创作及其转变[*]

丁玲是中国现代和当代文学史上一位具有相当特殊性的作家。其特殊性在于，中国现当代文学的每一次重大转折，总会在丁玲的创作风格乃至个人命运上带来深刻的变化。当中国的无产阶级文学沐浴着鲜血挣扎成长时，她先是献出了自己的亲人，随后又被统治者幽囚长达三年；当革命现实主义成为一股取代其他创作方法的巨大洪流时，又是她的《太阳照在桑干河上》代表了这一创作方法的实绩。丁玲1956年以后的苦难遭际，更是缪斯女神在中国受难的具体象征。在她被下放到"北大荒"农场养鸡、种菜时，整体的中国文学也在忍受着20世纪当中最大的轻蔑与侮辱。她在二十年后重返文坛，也正是在中华民族走出历史泥潭之际。

由此看来，丁玲又是一位具有普泛代表性的作家。对丁玲的研究，不仅要研究她的文学生涯，还要将她的创作活动放在大的历史舞台背景下加以考察，以探究所隐含的历史必然性。丁玲的大半生，总是处在文学和政治潮流的旋涡当中，这就其个人命运来说固然是很大的不幸，但同时使她的个体意义的典型性大大增强。就作家个人命运与总体文学的相关性而言，在现当代文坛上，丁玲或许是仅见的。

延安时期是一个要确立新的思想体系和文化范式的时期。这个体系和范式的建构者意识到文艺对于社会革命的重要作用，便将文艺也纳入了这一新的思想体系。始于20世纪20年代末期的文学政治化倾向被推向一个高峰，

---

[*] 本文原载于韩国《中国现代文学》第13号（韩国，首尔，1997），收入本书时略有删改。

并以"工农兵方向"这一党的文艺政策的形式固定下来,最终将文艺并入了政治轨道。从那时起,党对文学的介入不再停留在理论的指导和创作方法的提倡上,而是要求作家站在党的工作者的立场,具体地服务于党的政治路线和中心工作。看一个作家、一部作品是否成功,主要视其是否体现了党的政策原则,作为个性表现的艺术风格,则被推到了相对次要的位置。

延安时期的丁玲就典型地代表着这一转折。与其他奔赴延安的青年知识分子不同,丁玲是左联负有盛名的作家,曾经得到鲁迅、茅盾等的高度评价。鲁迅在1933年接受朝鲜《新东亚》记者访问时曾说:"丁玲女士才是唯一的无产阶级作家。"① 在到达陕北的头五年,丁玲仍一如既往地从事小说创作,并显示出对已有的艺术风格的超越,但在1942年延安整风开始后,她的创作倾向受到政界与文艺界的批评责难,使她的创作出现了长时间的停顿,直至1944年才又着手写一些通讯和报告文学。1948年,丁玲根据土改工作的经历,出版了长篇小说《太阳照在桑干河上》,这部作品被誉为"标记无产阶级现实主义文学的初步的成长"② 的代表作,成为"工农兵方向"的一面旗帜。

从接受批判到获得声誉,丁玲创作的转折是巨大的,其中所包含的精神蜕变和艺术转向的痛苦也是深刻的。过去,1930年创作和发表的《韦护》常被视为划分丁玲前后期创作的依据,其实,只有经过了延安整风,丁玲才在思想、生活和创作上发生了一系列的深刻变化。理由很简单,在大都市高唱革命口号,是许多怀有浪漫冲动的人都可以干的事情,而要真正抛弃知识分子的情感,与山沟里的农民认同,以党的文艺战士自律,则是更难的事。从一个擅长描写现代都市女性心理的"文小姐",到毛泽东文艺旗帜下的"武将军",这种转变是如此地坚定,丁玲此后始终坚持延安时期树立的观念,并以"飞蛾扑火,非死不止"③ 自勉。

本文分三部分追寻这一转变的过程,探讨其间丁玲创作的得失,并试图

---

① 李政文.鲁迅约见朝鲜友人的一封信[J].新文学史料,1983(3).
② 冯雪峰.《太阳照在桑干河上》在我们文学发展上的意义[J].文艺报,1952(10):28.
③ 丁玲.我所认识的瞿秋白同志[M]//丁玲.丁玲文集:第5卷.长沙:湖南人民出版社,1984:112.

显示当时解放区文学发展的脉络。第一,陕北最初五年丁玲创作的发展与突破;第二,整风运动中丁玲的思想转变;第三,1944年以后丁玲创作与文学观念的变化。

一

丁玲是以一个"Modern Girl"的姿态①登上文坛的。以《莎菲女士的日记》为代表的第一批创作,充满着独特的反抗精神。在灰暗现实的沉重压力下,小说的主人公既孤独,又苦闷。她们渴望改变命运,却缺少同情者和知音,有寻找光明的冲动,却没有既定的目标,甚至只能以自戕来表达自己的抗争。由于描写上的细腻逼真,更由于这种心境吻合了20世纪20年代中后期青年知识分子的心理,丁玲立即获得了文学上的巨大成功。这种成功对作家个人的影响是深远的。当丁玲敏锐地感受到新社会的一线曙光,并以极大的热情加以表现时,她仍然采取从人物心理着手的描写方法。"我自己代替着小说中的人物,试想在那时应该具哪一种态度,说哪一种话,我爬进小说中每一个人物的心里,替他们想,应该有哪一种心情,这样我才提起笔来。"②

和心理描写相应的是作家在作品中的自我表现与肯定意识。不同于浪漫主义作家的个性张扬,追求现实主义方向的丁玲总是先将自己的意识与感情赋予作品中的某个具体人物,再将艺术准星定在这个人物身上,这个人物也就成了作品的灵魂。由于作者与人物之间存在着"双向流动",即人物不仅表现作家的感情、理想与价值判断,作家也受制于人物的性格、身份和活动场景,使作品的现实主义得到了强化。丁玲的前期创作贯穿着现实主义的批判意识,作品中的主人公总是与环境保持对立、冲突的态势。这一特点构成了丁玲前期大部分小说的氛围。当作家"爬进小说中每一个人物的心里,替他们想"时,人物也就自然地带上了作家的个性色彩。

---

① 钱谦吾.丁玲[M]//袁良骏.丁玲研究资料.天津:天津人民出版社,1982:226.
② 丁玲.我的创作经验[M]//丁玲.丁玲文集:第5卷.长沙:湖南人民出版社,1984:384.

丁玲就是带着这样的艺术财富来到陕北的。身为抗日精英队伍中的一员，丁玲的自我意识与社会改造意识大大增强。她在题为《适合群众与取媚群众》的短文中写道："我们现在要群众化，不是把我们变成与老百姓一样，不是要我们跟着他们走，是要使群众在我们的影响和领导之下，组织起来，走向抗战的路，建国的路。"① 在这种使命感的驱使下，她创作了《一颗未出膛的枪弹》《新的信念》等小说。这些小说中的主人公身处非常态情境，性格被提纯了，洋溢着英雄主义的光彩。他们洞晓环境的特质，以强烈的自我意识战取环境，最终改变环境。对《一颗未出膛的枪弹》，人们往往只注意到它歌颂了团结抗日的政策，其实，它之所以至今仍葆有艺术感染力，乃是由于主人公——少年红军战士面对死亡时所表现出的非凡的精神力量。当他坦然地说出"你可以用刀杀掉我"以便留一个枪弹去打日本时，人物的行动是令人骇异的。正是精神与肉体之间强与弱的巨大反差，使小说具备了独特的魅力。

不同于《一颗未出膛的枪弹》的闪电式速写，《新的信念》借助人物特异行为的反复渲染来叩击读者的心灵。目睹了孙女被日寇蹂躏致死，而自身也惨遭凌辱的陈老太婆并没有在哀戚中苦度余生，她要使自己的仇恨"也在别人身上生长"，于是四处向人倾诉，"一点不顾惜自己的颜面，不顾惜自己的痛苦，也不顾人家心伤"，终于，人们因为她的控诉而产生了复仇的欲望。陈老太婆胜利了，她从一个弱者变成了一呼百应的强人。

随着对抗日现实的认识的加深，丁玲不再满足于对人物作英雄式的歌赞，他们太容易以自己的人格力量来战取环境了。事实上，精神的惰性是很难靠一时一事来摧毁的。丁玲在《我们需要杂文》中这样说："即使在进步的地方，有了初步的民主，然而这里更需要督促，监视，中国的几千年来的根深蒂固的封建恶习，是不容易铲除的，而所谓进步的地方，又非从天而降，它与中国的旧社会是相连结着的。"② 丁玲这时期创作的独特性就在于，她以敏锐的目光捕捉生活中新的社会矛盾，并向纵深开掘这些矛盾的文化心理根源，

---

① 丁玲.适合群众与取媚群众［M］// 丁玲.丁玲文集：第 4 卷.长沙：湖南人民出版社，1984：361.

② 丁玲.我们需要杂文［M］// 丁玲.丁玲文集：第 4 卷.长沙：湖南人民出版社，1984：383.

可以描写与旧的恶习做韧性斗争的英雄。这类英雄虽无振臂一呼，应者云集的能量，却代表着社会前进的方向。

短篇小说《夜》中的乡指导员何华明二十岁时入赘，娶了一个比他大十二岁的女人，婚后，儿子、女儿相继早夭，加上何华明一心扑在工作上，夫妻之间便"像有着解不开的仇恨"，难以和好。而在何华明与同样有着不合理婚姻的妇联会委员侯桂英之间，却有某种感情正在生长着。但是，想到"咱们都是干部，要受批评的"，他便决定放弃对自己的幸福的追求，维持与"黄瘦女人"的婚姻。有的论者认为这篇小说的基调是歌颂性质的，[①] 但从主人公的退缩与忍让中，人们不难感觉到一丝苦涩，新的政权毕竟无法在朝夕之间解决旧社会遗留的悲剧。

但是，社会的进步不能从隐忍和退让中取得，《我在霞村的时候》安排了一个更加尖锐的冲突情境，将环境的愚昧性甚至恶劣性更加富于挑战性地摆在人们面前。导致贞贞悲剧的诱因有两个。日寇进犯那天，贞贞之所以未能逃脱，是为了躲避父亲的包办婚姻，跑到天主堂去找神父要求当修女，"就那一忽儿，落在火坑了哪"。《新的信念》主要是借助人物的精神蜕变来激发民族仇恨，《我在霞村的时候》则力图揭示现实悲剧的精神文化根源。贞贞从鬼子那里回来后，不仅没有得到应有的"爱抚""怜惜"与"温暖"，相反地，杂货店老板、老婆子、打水的妇人等甚至对受辱的贞贞进行道德谴责，称她是"缺德的婆娘"。仿佛自己侥幸躲过了日寇的暴行，便获得了道德审判的权力。

《我在霞村的时候》提出了一个迫切的问题，即应该如何对待心灵上受过创伤的兄弟姐妹。中国人向来有崇拜英雄的心理，对弱者或由于某种原因而身遭不幸的人则缺乏同情与关爱，甚至站在一个优越地位对之进行排斥与打击，视之为异类，并产生莫名其妙的英雄感。在他们眼里，僵死的信条高于鲜活的生命，失"贞"比送命更耻辱。其实，比起霞村的一般村民，贞贞毋须有丝毫愧怍，她固然忍受过精神和肉体上的双重痛苦，但她也曾利用自己的特殊身份从事抗日工作。

---

① 严家炎.开拓者的艰难跋涉：论丁玲小说的历史贡献 [J].文学评论，1987（4）：81-93.

在早期创作中，丁玲就表现出对平庸和鄙俗生活的厌弃，《在医院中时》（后改为《在医院中》）继续发扬了这一风格，将主人公对现实的理智体认和清醒批判代替了早期的狂热与焦虑。为了突出环境的鄙俗性，丁玲将女主人公设计成来延安仅一年多的上海一家产科学校的毕业生，以便使她的生疏目光对医院混乱、肮脏、无序的环境更加警觉。陆萍并不是一个成熟的革命者，她对革命的实际了解远逊于书本知识，但也正因如此，她的疑惑与不满就更接近于革命的基本问题："革命既然为着广大的人类，为甚么连最亲近的同志却这样缺少爱。"

值得注意的是，丁玲没有像同时期的一些作家那样，企图在作品中以理想主义解决所有问题，而是以"出走"的方式安排了人物的结局，贞贞去了延安，陆萍也被批准离开医院。这表明了丁玲的态度：笔下的人物虽未能战胜环境，但也不再是环境的牺牲品，因为无论从理性上还是从经验中，她们都已得到这样的教训，"人是要经过千锤百炼而不消融才能真正有用，人是在艰苦中成长"。现实已经为她们的成长提供了充分的可能。充分揭示生活的矛盾而又不忽略生活中的光明，是丁玲本时期创作中的一个突出特点。

二

1942年三、四月间开始的延安整风，终止了丁玲上述新的创作趋向。中国共产党的文艺战线是革命形势发展到一定阶段的产物。"在紧张忙迫的战斗环境中，在苏维埃运动中，文艺的确是比较落后的部门。"① 1940年前后，大批的知识分子和文人进入延安，一方面使文艺队伍得到了空前的扩充，另一方面也显示了形成系统的文艺工作方针的紧迫性。于是，配合党内整风运动（反对主观主义以整顿学风，反对宗派主义以整顿党风，反对党八股以整顿文风），在文艺界也开展整风，以解决"文艺工作和一般革命工作的关系，求得

---

① 丁玲.文艺在苏区［M］//丁玲.丁玲文集：第4卷.长沙：湖南人民出版社，1984：28.

革命文艺的正确发展，求得革命文艺对其他革命工作的更好的协助"①。

1941年5月，《解放日报》创刊，此后丁玲担任了将近一年的副刊主编，发表了《干部衣服》《材料》《我们需要杂文》《"三八节"有感》等杂文，对延安存在的一些不尽合理的社会现象进行批评。这些文章主要涉及以下内容：第一，提倡作家纵深地体验生活，拆除思想上的清规戒律，放胆去写；第二，发扬鲁迅精神，对旧社会残存的种种恶习进行批判，"为真理而敢说，不怕一切"②；第三，批判生活中"以貌取人"等庸俗观念；第四，为延安妇女的个性尊严和独立而呼吁。与此同时，丁玲还编发或签发了王实味的《野百合花》、艾青的《了解作家，尊重作家》、罗烽的《还是杂文时代》等杂文。这些文章都强调作家的创作自由，强调文艺对揭露社会黑暗面的特殊重要性，并着重批评他们眼中的延安的黑暗面。这引起了毛泽东的警觉，他发现了文艺家和政治家之间的认识差距与感情隔膜，这与抗战开始后延安的政治、军事地位很不相称，于是他着手解决这一问题。

《解放日报》副刊是文艺整风的重点，《"三八节"有感》和《野百合花》又是批判的重点。毛泽东要求被批判者首先认识立场错误，因为党的纪律不允许有对党内的敌对情绪。丁玲很快承认了自己的立场错误，赢得了毛泽东的谅解。在1942年4月的一次高干会上，毛泽东说："《"三八节"有感》虽然有批评，但还有建议。丁玲同王实味也不同，丁玲是同志，王实味是托派。"③其实王实味是由于拒绝就立场问题做检讨，才逐步引发"托派这一冤案的"④。

为了尽快解脱而全面检讨是一回事，真正在思想上树立新的体系又是另一回事。丁玲在1950年的《〈陕北风光〉校后感》中说："有些人是天生的革

---

① 毛泽东.在延安文艺座谈会上的讲话[M]//北京大学，北京师范大学，北京师范学院中文系中国现代文学教研室.文学运动史料选：第4册.上海：上海教育出版社，1979：54.
② 丁玲.我们需要杂文[M]//丁玲.丁玲文集：第4卷.长沙：湖南人民出版社，1984：384.
③ 丁玲.延安文艺座谈会的前前后后[M]//丁玲.丁玲文集：第5卷.长沙：湖南人民出版社，1984：280-281.
④ 黎辛.《野百合花》·延安整风·《再批判》[J].新文学史料，1995（4）.

命家，有些人是飞跃的革命家，一下子就从落后到前进了，有些人从不犯错误，……但我总还是愿意用两条腿一步一步地走过来，走到真真能有点用处，真真是没有自己，也真真有些获得，获得些知识与真理。"① 明显地含有对某些人的讽刺，同时流露出对自己的转变历程的切肤之痛。

1942年的整风，是丁玲思想转变的初期阶段。写于1942年4月25日的散文《风雨中忆萧红》②，就带有灰暗低沉的情绪。"听着不断的水的絮聒，看着脏布也似的云块，痛感着阴霾，连寂寞的宁静也没有"，只好在对"天涯人的怀念中寻求心灵的慰安"。一是雪峰，他"不会趋炎附势，培植党羽，装腔作势，投机取巧"；二是秋白，"在政治生活中过了那么久，却还不能彻底地变更自己"；还有萧红，"能够耐苦的，不依赖于别的力量，有才智，有气节而从事于写作"。

在延安文艺座谈会期间，丁玲写了《关于立场问题我见》③一文。它首先宣布，无产阶级作家只有党的立场，中央的立场，同时又申辩，"我们的出身限定了我们不能有孙悟空陡的一变的本领"，因而向政治家要求一个"长期而刻苦的学习"以清除出身的烙印。对当时最为关心的描写"黑暗"与"光明"的问题，丁玲与毛泽东的论述并不一致。丁玲认为："假如我们有坚定而明确的立场和马列主义的方法，即使我们说是写黑暗也不会成问题的。"毛泽东则明确表示："苏联在社会主义建设时期的文学就是以写光明为主。他们也写工作中的缺点，也写反面的人物，但是这种描写只能成为整个光明的陪衬。"④

作于同年6月的《文艺界对王实味应有的态度及反省》⑤，同样表现出丁玲思想转变期的矛盾现象。丁玲一方面承认自己偏离了党的立场，政治上犯

---

① 丁玲.《陕北风光》校后感[M]//丁玲.丁玲.丁玲文集：第6卷.长沙：湖南人民出版社，1984：608.
② 丁玲.风雨中忆萧红[M]//丁玲.丁玲文集：第5卷.长沙：湖南人民出版社，1984：40-44.
③ 丁玲.关于立场问题我见[M]//丁玲.丁玲文集：第6卷.长沙：湖南人民出版社，1984：17-22.
④ 毛泽东.在延安文艺座谈会上的讲话[M]//北京大学，北京师范大学，北京师范学院中文系中国现代文学教研室.文学运动史料选：第4册.上海：上海教育出版社，1979：54.
⑤ 丁玲.文艺界对王实味应有的态度及反省[N].解放日报，1942-06-16.

了严重错误,另一方面又进行某些辩解,企图将客观上的立场错误与主观上的善良动机相区别。"我并非一个青年或新党员。马马虎虎地发表了这样反党的文章(指王实味《野百合花》——引者)在党报的副刊上,是我最大的耻辱和罪恶",导致这一"罪恶"的原因是"我只站在一个普通编者的立场(非党报或党员)去决定稿件的取舍,而对于自由论争的理解不够,和政治的幼稚"。对《"三八节"有感》这篇"坏文章",只承认"在几个具体问题上没有处理得适当"。可见对来自外界的批判,丁玲明显地持保留态度。由于毛泽东"丁玲是同志"的结论,丁玲比较容易地度过了整风初期的关口,6月即被调任"文协"整风学习委员会主席。

紧接着整风而来的,是1943年开始的审干运动(又称"抢救失足者运动")。1943年4月3日中共中央发布的《关于继续开展整风运动的决定》称:"我党各地党政军民学机关中,已被他们打入了大批的内奸分子,其方法非常巧妙,其数量至足惊人。"① 丁玲曾被国民党囚禁三年,是当然的审干对象,因此来到中央党校再次参加整风运动。如果说,文艺整风还可以通过检讨过关的话,审干中的问题就不是那么容易说清楚的了。加上南京特务机关又抛出丁玲"自首"之说,更使问题复杂化了。

早在1938年,身兼中央社会部部长和中央党校校长的康生就说:"丁玲不能到党校来,丁玲要到党校来,我不收,因为她在南京被捕的时候自首了。"② 他迫使丁玲找到毛泽东,要求中央审查她在南京的历史。1940年,中央组织部作出结论,认为丁玲"自首的传说不能凭信","丁玲同志仍然是一个对革命忠实的共产党员"。③ 但在审干运动中,丁玲的历史旧账又被翻了出来,"我和许多被国民党逮捕过的同志们的命运相似,自然逃不脱这个嫌那个嫌的。当面说的少,但背底下就多了"④。直至审干后期,她仍"属于有问题暂时未弄

---

① 黎辛.《野百合花》·延安整风·《再批判》[J].新文学史料,1995(4).
② 蔡玉晰,陈明(上)(5月18日)[EB/OL].(2004-05-17)[2004-05-20].http://tjtv.enorth.com.cn/system/2004/05/17/000784421.shtml.
③ 陈明.丁玲在延安[J].新文学史料,1993(2).
④ 周良沛.丁玲传[M].北京:北京十月文艺出版社,1996:426.

清的人，不能和其他党校同学一起参加学习党的路线"①。

1944年夏天，丁玲离开党校一部，被调到边区文协搞专业创作，不再担任行政职务。

总的说来，整风运动的成就是巨大的，但具体到每一个人，情形就不同。例如，王实味一案已被确认为历史冤案。丁玲在审干中的遭遇也是不公平的，特别是当时所采取的由一部分人批判另一部分人的做法，更是在丁玲等人的心中留下了一道阴影。

三

1943年，中共中央向文艺工作者发出"文艺下乡"的号召，要求文艺家们放下资格，"真正去参加工作，当作当地一个工作人员而出现"。② 同时明确提出，党的文艺工作者要自觉地以党的纪律束缚自己，不许特殊，不要自大，"不要把文艺的地位一般的估计过高，同时对自己个人在文艺上的地位更不要估计过高"③。结束审干后的丁玲也开始更加专注于接触边区的工农兵生活，曾在安塞难民纺织厂居住两个多月。1946年以后，丁玲更具体地参加土改工作团，数次参加涿鹿、石家庄等地的土改运动。

与之相应，丁玲的文学生涯也出现了一个根本性的转变。创作取材上，集中描写工农兵英雄人物；表现风格上，注重对人物形象的粗线条勾勒和板块式涂抹；文学形式上，暂时搁置了得心应手的小说，而专注于报告文学（当时亦称"通讯"）这一更加写实、更加能够迅速反映生活因而也就更加受

---

① 陈明.丁玲在延安［J］.新文学史料，1993（2）.
② 凯丰.关于文艺工作者下乡的问题［M］//北京大学，北京师范大学，北京师范学院中文系中国现代文学教研室.文学运动史料选：第5册.上海：上海教育出版社，1979：10–11.
③ 陈云.关于党的文艺工作者的两个倾向问题［M］//北京大学，北京师范大学，北京师范学院中文系中国现代文学教研室.文学运动史料选：第5册.上海：上海教育出版社，1979：24.

到党中央重视的体裁。①

1944年6月,经过一年多的创作停顿后,丁玲发表了报告文学《田保霖》,介绍了这位民办合作社主任在边区建设中做出的突出成绩。田保霖原在教堂干活,革命政权建立后,他依靠自己的劳动摆脱了贫困,后又领头创办合作社,帮助群众共同走上富裕之路。作品在《解放日报》发表当天,即得到毛泽东的肯定。随后,丁玲又相继发表了《民间艺人李卜》《袁广发》等人物通讯。前者介绍精通郿鄠艺术的李卜在参加边区民众剧团之后,不仅改变了过去几十年在军阀等黑暗势力压迫下穷困潦倒的生活,也有了利用掌握的艺术真正为人民服务的机会。后者写军功在身的红军营长袁广发虽因屡负重伤而无法重返前线,但他在难民纺织厂的新岗位上忘我工作,从一个军事干部变成了优秀的工厂管理者、边区特等劳动模范。

上述篇什中,主人公的精神风貌大都极明朗、粗犷,明显地不同于丁玲原先小说中人物多愁善感、多思的特征。此外,丁玲的言语风格也发生了鲜明的变化,老百姓的口吻被生动地模仿。丁玲努力用人物自己富有地方特征的口语来表达他们的性格,而避免对人物做直观的肖像和心理描写。

这时期,丁玲还创作了记录八路军在敌后游击战中成长壮大的长篇报道《一二九师与晋冀鲁豫边区》以及反映边区经济建设成就的《记砖窑湾骡马大会》等通讯作品。

在另一面,我们也看到,从1943年到1947年,丁玲的小说创作出现了空白。即使我们把为《太阳照在桑干河上》进行创作上的准备等因素考虑在内,也不得不承认,这是丁玲创作严重歉收的年景。从一个追求理想的作家到一名具有自觉性的党的文艺战士,是一种脱胎换骨的转变,而一个相伴生的问题是,她必须填平新的创作方向与既有艺术个性之间的差异。就在这一时期,一批新的年轻作家在文坛上崛起,他们自身的"农民文化"修养以及

---

① 1943年11月7日,中共中央宣传部发布《关于执行党的文艺政策的决定》,称:"在目前时期,由于根据地的战争环境与农村环境,文艺工作各部分中以戏剧工作与新闻通讯工作为最有发展的必要与可能。其他部门的工作虽不能放弃或忽视,但一般地应以这两项工作为中心。"文艺运动史料选:第5册[M].上海:上海教育出版社,1979:40.

对农民审美情趣的熟稔，使他们能迅速将新生活与传统形式结合起来，创作出为农民大众喜闻乐见的作品。比起他们来，丁玲背着一个沉重的"包袱"：她早期的读者对象是都市的学生，她习惯的叙述语句也带着欧化的痕迹，她所倾心的人物是与环境相对抗的孤独者。特别是，她从鲁迅等作家那里继承了批判的精神，正在越来越熟练地运用锋利的社会解剖刀。这一切都与她所重新理解的文艺的根本性质及创作目的存在着缝隙。要消弭这一缝隙并在艺术上达到新的完美，还有巨大的障碍需要克服。这些障碍不仅是主观上的，有的也是由文学的基本规律所决定的，但丁玲在努力着。一旦遇到展示原有个性的契机，她仍会怀着极大的热情挥动灵动的笔触（如《太阳照在桑干河上》中的黑妮形象），但循着政治家所划定的界河行进的艺术家，类似的机遇极为罕见。所以在《太阳照在桑干河上》之后，丁玲的创作基本上就中断了。

  在创作发生重大转折的同时，丁玲的文学观念也发生了深刻的变化。丁玲最初登上文坛时，就鲜明地反对为艺术而艺术，反对"由幻想写出来的东西"[1]。在具体手法上，她强调忠实于作家的生活体验，不要为了追赶潮流而勉强去描写不熟悉的工人或农民，"对于他们的生活不明白，乱写起来有什么意义呢？"[2] 丁玲当时所遵循的是一般的现实主义创作原则，即尊重生活，批判现实，进而达到改造现实的目的。从 1942 年起，丁玲就开始确立"文艺应该服从政治，文艺是政治的一个环节"[3] 的观念。这固然不是她的创见，却是她后半生始终不渝坚守的信念。直到 1980 年，文艺界普遍抛弃"文艺为政治服务"口号后，丁玲依然坚持"创作本身就是政治行动，作家是政治化了的人"[4]。（这对丁玲来说又是一种悲剧。）对文学的根本性质的这一认识，是指导她后期文学活动的理论基础。循着这一理念，她自觉地将文艺创作纳入了政治工作的轨道。

---

[1] 丁玲.我的自白[M]//丁玲.丁玲文集：第 5 卷.长沙：湖南人民出版社，1984：298.
[2] 丁玲.我的自白[M]//丁玲.丁玲文集：第 5 卷.长沙：湖南人民出版社，1984：299.
[3] 丁玲.关于立场问题我见[M]//丁玲.丁玲文集：第 6 卷.长沙：湖南人民出版社，1984：17.
[4] 丁玲.作家是政治化了的人[M]//丁玲.丁玲文集：第 6 卷.长沙：湖南人民出版社，1984：230–231.

丁玲十分注重作家对待群众、对待生活的态度问题，这与政治家强调群众工作的论述是相一致的。她放弃了抗战初期提出的文艺家要"影响"和"领导"群众的观点，①而强调作家要抛弃小资产阶级的"一切属于个人主义的肮脏东西""以群众利益去衡量是非"。在第一次全国文代会的书面发言中，丁玲重复了党的领导人早已多次论述过的"做客人还是和群众一同做主人""当先生还是当学生""为写作还是为把工作做好"等问题，认为作家的创作只有和"当前的工作任务与群众运动的实际问题"相一致时，才能写出好作品。②1953年，她更进一步提出了作家"到群众中去落户"的主张。③

丁玲在本质上是一个作家，是一个善于将自己的社会理想同对现实的批判紧密结合的现实主义作家。由于所处时代及地域的特殊性，使她逐步离开了原先的创作道路，变得政治化起来。

---

① 丁玲.适合群众与取媚群众［M］// 丁玲.丁玲文集：第4卷.长沙：湖南人民出版社，1984：360–361.
② 丁玲.从群众中来，到群众中去［M］// 丁玲.丁玲文集：第6卷.长沙：湖南人民出版社，1984：46–47.这篇文章的标题与毛泽东阐述党的群众路线的工作方法时使用的语句相同。
③ 丁玲.到群众中去落户［M］// 丁玲.丁玲文集：第6卷.长沙：湖南人民出版社，1984：176.

吴岸诗歌的价值取向*

一、"你的祖国"与"我的祖国"

任何双语和多语环境下的文学创作，都必然面对着文化的选择与认同这一问题。语言作为民族精神的载体，其所具有的审美潜能和特殊韵致总是与该民族的历史遭遇联系在一起。当一个作家或诗人选择了某种语言作为沟通内心与外部世界的渠道，他也就选择了自己所依附的文化传统，但是，语言对于文化又有一种穿透力和超越性。离开了母国的语言，只有在新的地理环境中发现另一种历史，找到新世界充沛的生命力之所在，才能具有丰富的艺术表现力。因而，双语环境中的文学创作又会因对异地生活形式的舒卷自如的展现而显示出崭新的创造精神。著名的马来西亚华文诗人吴岸[①]就是一位运用华语描写沙捞越拉让江两岸人民的斗争生活而奠定了文学事业的基础，继而走向东亚，走向世界的诗人。在三十多年的创作中，吴岸由现实情怀走向历史情怀，由本土情怀走向人类情怀，他的诗歌艺术也在当今多元种族和多元文化相互融会的洪流中，日益显示出其国家的和民族文化的独特性。

---

* 本文原载于《上饶师专学报》1998年第5期，收入本书时略有删改。
① 吴岸，原名丘立基，1937年生于马来西亚沙捞越州，著名华文诗人、评论家。20世纪50年代初开始创作活动，出版了《盾上的诗篇》《达邦树礼赞》《我何曾睡着》《旅者》《榴莲赋》《生命存档》等诗集和《到生活中寻找缪斯》《马华文学的再出发》《90年代马华文学展望》等文集。

如果说，欧华文学和美华文学因其作为少数族裔的声音而具有明显的边缘性特征，那么，马华文学则表现出与当地的近代历史和现实生活的高度亲和力。这不仅是因为马华文学的历史较长、更是因为在马华文学的形成和发展过程中，作家们有强调地方色彩和本土意识的传统，主动将自己的创作融入马来西亚人民反抗殖民主义，争取民族解放和社会进步的斗争生活中。吴岸登上南洋诗坛之初，就与当地的社会政治斗争密切相关，强烈地表现出参与社会变革的热望与冲动，现实主义成为他创作的主调。诗人后来回顾道："1957年，在沙捞越，一方面是爱国主义萌芽、反殖民主义运动发轫的时刻，但另一方面也是华裔青年学生掀起'北归'浪潮的年头。我反对青年人'北归'，主张视沙捞越为家乡，并为她献身。"①《祖国》一诗明确地提出了"母亲的祖国"与"我的祖国"这一鲜明的问题。在送别母亲的码头上，儿子对母亲深情地说道："当你在怀念着你的祖国，／当你的祖国在对你呼唤，""我的祖国也在向我呼唤，／她在我脚下，不在彼岸，这椰风蕉雨的炎热的土地呵！／这狂涛冲击着的阴暗的海岛呵！"

"你的祖国"与"我的祖国"的区别在于，前者"曾是我梦里的天堂""那里的泥土埋着祖宗的枯骨"，它是文化和精神上的血脉；而后者是实在的，它塑造着现实的人格，使得祖宗的奉献精神能在新的土地上蔓延、生根。执着于"我的祖国"，也是诗人对自己身份的重新确认。它避免了诗人创作的边缘性，使之迅速融入代表本土人民心声的主流话语。当诗人笔下出现"一盘豆芽，一碗清汤"的黄昏景象时，无论如何也不是猎奇者眼中的田园风光，而确实是感同身受地传达出了农夫农妇们"辛酸而快乐"的心境（《黄昏的诗》）。《子夜悲歌》也不仅是对20世纪30年代左翼诗人蒲风那首著名的《茫茫夜》的情调和艺术手法的模仿，而是浸透着诗人对农人命运及其情感的深刻理解与同情：

　　油灯早熄了。蛙声又哀哀地拉起，
　　朝阳透过陋窗来照这遭夜的洗劫的屋子；

---

① 吴岸.新版自序［M］//吴岸.盾上的诗篇.吉隆坡：南风出版社，1988：1.

苍蝇盘旋在死者的鼻端,降在妇人的乱发上;

她昏迷了。纱笼轻轻抖着,孩子还在梦里微笑。

正是在这种对现实生活脚踏实地的体认基础上,诗人化身为贫血的祖国所发出的呼唤才特别有力:"我是个病重的人,/我需要大量的血液,/只有它能使我回生,/不然我就会死去。""我忍住痛苦,我还能呼吸,/生的欲望多么强烈。/对于我的同情者,我说:/请给我以新的血液。"(《血液》)

在另一方面,"我的祖国"的确认并未阻碍诗人对于母国文化和华语所包含的内在精神的追溯与认同。《南中国海》一诗形象而又深刻地阐释了作为本土生活的表现者与爱国思想的代言人的诗人所意识到的同母国之间的内在联系与区别。南中国海的浪涛"把北方的大陆和南方的岛屿冲开",同时又"把北方的大陆和南方的岛屿连接起来"。"冲开"的是有形的陆地,"连接"的是无形的精神。祖先们带着"一张破席,两个枕头,一个求生的热望"来到南方的土地,就把母国的民族精神连同汗珠和血泪一同洒在了椰林和胶林中。南国的沃土以甘美的乳汁养育了她的儿女,给儿女以精神财富的是北方大陆"我们的父亲"。

由于历史阶段的相似性,诗人渴望在埋葬着无数祖先尸骨的热带土地上,也如北方的大陆那样,出现一场社会变革。于是,中国现代文学中的现实主义精神使诗人产生了强烈的共鸣,他自觉地以鲁迅、郭沫若、艾青等人为艺术上的榜样,追随他们作品中反抗黑暗、追求光明的方向:

而事实上,当我们的面前正淌着淋漓的血,

但生命在夜里有了曙色;

当我们要反抗死亡;

当为了要知道如何反抗死亡,

在昏黑之中我们寻觅着匕首;

当烈日在高空燃烧着理想的光芒,

雨季的沮丧被新的歌曲振奋,

……

但是，岁月的潮水无情地冲刷着诗人的青春，它甚至像一堵"厚而冰冷的墙"，阻止了诗人奔向"青山""翠谷"和"江河湖海边"的脚步（《墙》）。近二十年后，诗人复出，带来一部部"形式与内容两皆上乘"[①]的诗集。岁月磨炼了诗心，吴岸的诗风转而向大自然寻找快乐的精灵。由此，在诗人笔下，出现了众多与华语文学的古典意象相近似的诗语，如"十年无音讯 / 万里江山夜夜入梦来 / 梦回 / 灯残 / 墙高 / 门深锁"（《静夜》），"旅伴一声低唤 / 江畔桨声咿呀 / 猛惊醒 / 一身夜露 / 寒彻骨髓"（《待渡》）等。《古筝》更可被看作诗人人格在中国传统文化中的对应物：

我缓缓醒来
习惯地
　　在深邃的黑暗中
倾听
夜雨
　　在芭蕉叶上的
声声
　　低语
……
当蕉叶上
　　最后一颗水珠
在萍塘里消失
　　回音时
风渐起
北海雪纷飞
胡笳声中

---

① 方修.达邦树礼赞·序［M］// 吴岸.达邦树礼赞.吉隆坡：铁山泥出版社，1982：1.

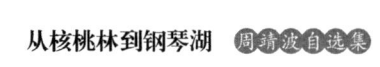

> 　　传来了
> 　　　苏子卿
> 　　　　坚贞的足音

诗前有序:"忆年幼时,日军南侵,家乡沦陷,父亲因参加抗日赈济被捕,监禁经月,出狱后率家人避居山芭,于更深人静时,常挑灯独奏古筝。"因而,古筝的意象有多重所指,既指向家族的血脉,也指向民族的精神,共通之处在于,它们都是作为历史的存在而与今天的生活发生关系,对塑造现实的人格起悬镜作用。

"我的祖国"与"你的祖国"的分离状态,并没有使吴岸产生认同的焦虑与危机,因为他对中国传统文化的回溯有着双向性,一方面是寻找当下生命的文化之根,另一方面是向着全部人类历史这一时空维度进发。20世纪80年代中后期,吴岸的创作出现了一个由具体向抽象、由现实向历史、由个体形象向类型意象的升华,并开始借助音乐、雕塑等其他艺术门类的手法来充实诗歌语言的表现力。诗人努力超越小我的局限,力图作为社会的人、作为全部人类历史的经验者发言,诗中的意象给人以极其凝重的感觉。由于个人独特的人生经历(吴岸曾入狱达十年之久),诗人对历史的认知蒙着一层浓重的悲剧色彩。在他的笔下,千百年的人世沧桑被凝固成"狱壁上被抹除了千次后/终又显现的/一痕血影"(《历史》),而几个世纪前被"焚"被"坑"的秦俑却在"听见掘井的铲声"和"人语"后,"兴奋地挪动身体",迎来"一万年后/重见天日"(《信念——观秦俑有感》)。《在我诗上哭泣吧》一诗中的时空限制更加脆弱,诗人刚刚目睹罢一万年前"残损的微笑",便又与友人"复活在万年后的/天涯海角"。诗人将自己的人生体验融入秦俑这一无生命的文物,使自己的理性感悟获得了形象的表现。至此,秦俑等已不再仅仅是中华文化的象征,而是整体人类历史境遇的代表;诗人的灵魂也超越了躯体的束缚,融进整个天地。

二、生命的"倒影"

墨西哥著名诗人奥克塔维奥·帕斯认为:"诗歌对当时、对我们面对的时刻产生的内心和外部反映作出的回答,就像树上的枝、叶和果实。"① 在吴岸的诗歌大树上,有两个枝丫最为粗壮,一是对人类生存状态的哲理思考,二是对历史的探寻与批判。在由现实向历史的隧道回溯跟进的同时,吴岸也表现出了对当代世界及都市生活的浓厚兴趣。早在1982年的《新宿》中,诗人就以带有超现实主义色彩的手法描绘了现代都市光怪陆离的夜景:

> 沿着酒肆的醉眼向下
> 沿着寿司的巨口向下
> 沿着歌舞厅的粉腿向下
> 被音的狂风旋卷着向下
> 被光的辐射分解着向下
> 成一个魅影
> 魂游
> 在幢幢晃荡的魅影中

物质的富裕、经济的繁荣,并未带来人类精神的必然升华。相反,各种罪恶却假借现代文明之名、以华美的包装肆行于市:

> 不夜的夜是赤裸的
> 赤裸裸的人
> 赤裸裸的笑

---

① 朱景冬.拉丁美洲新诗歌的一面旗帜[M]//帕斯.太阳石.朱景冬,尹承东,等译.桂林:漓江出版社,1992:1.

赤裸裸的床上
一头赤裸裸的兽
正用舌头
舔食着
少女青春的残碎

日夜颠倒，上下错置，人性的尊严不得不匍匐在物质文明的脚下。诗人敏锐地意识到，这绝不是人类历史的合理发展阶段。于是，他以深沉的目光注视着日常生活中的各种悖谬形态，开始将哲理的思考与现实的批判结合起来。

运用诗歌对人生做理性批判，是吴岸创作的一贯追求。早在20世纪七八十年代，诗人的创作就表达出对人生的独到感悟，如《无题》："最痛苦／不是无权发言／而是被剥夺了／沉默的权利。"又如《瀑的话》："如果不是来自山林／我哪会如此冰清／如果没有岩石阻拦／我哪会这样奔放／／如果不敢飞跃悬崖绝壁／我哪会有如此磅礴的生命。"这些诗注重理趣的发挥，明显地接受了中国宋诗传统的影响，但有时形象过于明朗，没有留下再阐释的空间，尚嫌味薄了些。

诗人晚近的创作（收入《生命的存档》，沙捞越华文作家协会1998年2月出版）开始更加注重意象思维，将理智与情感统合为一，借助富于象征意味的符号多层次、多维度地展示出来；诗中不再直白地宣告诗人思想的结论，而是将"精简、单纯、含蓄、准确"[1]的心灵塑像矗立在读者的眼前。

如《守护的神》，就从能指与所指的悖谬中揭露了现代社会中物质对精神的攫夺，"守护的神站立在繁华的街边／在了望／在倾听"，但是他既无双目，"胸脯也被岁月挖空"，他还能守护谁呢？然而，问题的关键在于，并不是守护神放弃了职守，而是现代人类主动地逃离了神的监护。当"风驰电掣的车流"代替了"卡布阿斯河的流水"，当"呼啸而过的警笛和急救车的狂鸣"代

---

[1] 吴岸.我的坚持与探索诗谈录［J］.诗探索，1998（2）：137.

替了"猿啼"和"辛加望鸟的呼唤",当"灰色的钢骨高楼"取代了"河对岸家乡的长屋",人们还会由衷地产生对神明即自远古时代以来一直珍藏在心中的诗意的吁求吗？更加可怕的是,守护神也许明天就"会流落到遥远的国度／寂寞地伫立在艺术馆里，／禁锢在某个厅堂的角落",成为满足人类好奇心的对象,成为可用价格加以表示的商品。

作为现代文明的中心,都市的日常生活集中了最多的非诗性因素,美被实用玷污,真诚被利益抛弃。"闹市中／有人在兜售廉价的宝石／而玫瑰／已经含毒"(《序秋山诗集〈一树芬芳等你〉》)。"一个原始而凄美的悲剧／正以现代壮丽的方式／进行"(《蛾》)。吴岸采取了观察生活的"倒影"的方式,着重揭示繁华的生活表象下无声地进行着的生命搏斗,从群体人生和个体生命两种体验方式上,展开了对现代都市文明的批判。特别值得注意的是,吴岸较少直白、抽象地陈述他对金钱制度的否定,而是通过对某一社会现象的描写,表达他对金钱制度下人们的生活方式和相互间冷淡、漠视关系的关注。他在香港旅游,"遇见大群菲律宾女佣聚集在铜锣湾地铁出口处",举行定期的周末聚会,她们"互相拥抱／因为兴奋而互相敲打着肩膀","她们欢呼／她们哭泣"。此情此景打动了诗人,他仿佛在人间情感的沙漠中发现了"一寸绿洲",欣喜不已。但诗人又严峻地意识到,这种动人的场面是如此短暂,有如海市蜃楼,"华灯初上时／风沙又将把她们埋葬"(《菲律宾女佣》)。

《壁画》展现了在电梯旁墙壁上天天都在进行的"集体创作"："有人在角落透露神秘的数字／露茜的电话丽莎的密码／罗丝玛丽的三围／底下赫然还有包你满意的／男人的长度""你一抹酸黄的汗水／他两掌炭黑的油污／再添点大麻的灰烟／那夜有个醉汉／一口吐出七彩生锅"。各种肮脏的涂抹和下流的张贴,把都市最猥琐的一面做了最露骨的宣扬。对此,行色匆匆的过客早已熟视无睹,直到"一个纤纤弱女""一刀向负心郎的怀抱／叫他在天堂门槛／溅一壁满江红",才有人将这面墙壁抹上一层雪白。诗人以传神的笔触和鲜活的气息与现代文明展开交锋,力图在描写过程中对对象进行解构。语言上的优越感使思想的力度得以大大强化。在现代社会中,商品制度操纵下的大众话语和主流话语占据着中心,代表人类美好情感的诗意被"边缘化"了。吴岸的性格并不孤独，但他对现实世界的感受方式却是个性化的，他明确表示："我认为一个诗人不但要与常人一样承受生命中的种种负担，同时也要有很好的记忆力、想象力与创造力。"① 诗人的创造价值正是体现在从人们习焉不察的日常事物中开掘出诗意。在经济起飞、社会形态正在发生总体变化的南洋，诗人也感到了被"解构"的不安：

> 我茫然地走过燕美律
> 风驰电掣的车流
> 从我胸膛上碾过
> 而我已不知痛楚

在晚年的创作中，诗人较少代替"大众"发言，而是执著于"我"这一独立的存在，以独具个性的生命体验来达到对世界本质的把握。《莲叶烟碟》以新鲜而复杂的意象展示了一种特殊的生命形态和心态：

> 无端端
> 把我捏成一个
> 玲珑剔透的琉璃绿烟碟
> 却让你在
> 焚烧欲望后
> 随手
> 把残余的欲火
> 强奸入我的
> 贞洁

人类一部分的生命创造，竟被另一部分当作挥霍甚至毁坏的对象，这是

---

① 爱薇.我何曾睡着[N].南洋商报，1997-06-11.

现代文明社会中最普遍、最惨烈的一幕。吴岸将他的理性批判凝聚在烟蒂对琉璃绿烟碟的"强奸"这一日常生活中人们习以为常的现象上。实际上,被强奸的何止是一个烟碟,艺术、思想、人格、尊严……物质文明对于精神的"强奸"已经渗入当代社会的各个角落。而最具悲剧性的还不止于此。"莲叶烟碟"的制造,原本就是用来承接"残余的欲火"的。这更加揭示出,文明社会的许多罪恶都是假借合理的名义进行的。对生命的礼赞、对背叛的谴责和对假借合理之名侵犯他人权利的行径的控诉,深深地打动着人们。

电视剧的题材定位*

20世纪40年代,当电视剧的前身——广播连续剧在美国以强劲的魅力吸引着家庭主妇时,它的题材主要集中在六个方面:家庭生活、法庭内外、婚姻周折、社会犯罪、商场风波、医疗事故。近半个世纪过去后,到了20世纪80年代中期,大量的电视连续剧的制片人所感兴趣的仍是有关儿童、婚姻、旅游、探险、性爱、金融、犯罪等方面的故事。这有力地说明,电视剧在题材方面有其擅长的领域,也有其无为的领域。作为伸进每一个家庭内部、介入每一个家庭的日常生活的媒介,电视所传播的内容必须稳妥、平和,符合人们的日常心理节奏,符合社会当中最中庸的价值观念。所以,电视剧所提供的故事首先要符合"安全"这一心理要求,真正的灵魂冒险的内容将被排斥在外。"雪夜读禁书"的快感,永远只能作为个体的文化人的独自享受。人们在家里欣赏电视剧,最容易满足的便是将日常的生活琐事以超然的态度再行咀嚼一遍,或者来一点对未知世界的探求,或在平淡庸常的生活中添加一点刺激性(千万不能过分)佐料,使平时积累的心理能量找到一个释放的机会。"观众的兴趣就在于脱离开手边的实在而同远离自身的事物打交道,以获得超实在的虚幻与陌生感。"① 观众的这种心理又反过来刺激电视剧制作商制造更多的同类产品,来满足大众的消费欲望。消费刺激生产,观众制造电视艺术。在受众的制约下,电视剧形成了自己的特性,而这特性的重要方面,便

---

* 本文原载于《上饶师专学报》1996年第5期,收入本书时略有删改。
① 高小康.大众的梦[M].北京:东方出版社,1993:70.

是对题材的特殊要求。

现代的电视剧创作早已成为一种社会性生产活动，没有广告商和赞助商的参与，就没有电视剧艺术。而这些人为了推销自己的产品，对电视剧有着更加严苛的要求。自己的产品的消费者是哪一部分人群，这一人群对电视剧的欣赏趣味究竟如何，是他们随时关注的问题。一旦判断错误，就无法收到应有的经济效益。因而，广告商和赞助商也在时刻制约着电视剧的取材。有多少在小说创作领域成名的作家，当他们聚集到电视制片人的麾下，用他们曾经指点江山、剔抉发微的文笔为大众调制精神晚餐时，却由于不了解真正的市民趣味，不了解电视剧的题材定位，纷纷败北。

有一个似乎难以索解的问题：当电视屏幕把一个封建社会的小媳妇的现代翻版——刘慧芳推到20世纪90年代的观众面前时，她竟受到了几乎是一边倒的欢迎与称赞，甚至当好事者在某个电视联欢晚会上的小品中让刘慧芳再次登场，并将观众来信中的"让王沪生出门叫汽车撞死，得急病暴毙"等诅咒公之于众时，竟然赢来了转播现场的一片叫好声。当《戏说乾隆》《包青天》等毫无历史真实，也基本上不讲究艺术手法的港台电视连续剧在大陆和内地各级电视台播放时，也吸引了大批的观众。若将它们的播出总时数和收视率加起来，将是一个令人嫉妒的数字。

其实，问题并不难解答。人们同情刘慧芳，就是因为她的行为乃是对传统道德观念的肯定，这在普通的市民大众那里，恰恰是值得表彰的行为。再者，作者为刘慧芳安排了两个道德上的对立面，在二元对立的人物关系中，人们只能将自己的同情施向正面的一方，失去了评判和选择的自由。另外，当世风日下之时，人们特别需要一个符合历来"妇道"规范、从而有利于稳定家庭、稳定社会的弱小女子来寄托自己的道德感。大量的港台武侠题材连续剧之所以风靡一时，是因为内中大都有一个无所不能、所向披靡的英雄，他除暴安良，有荡涤乾坤的力量，这对于弥补现代人由科层制和自动化所带来的心理缺陷、释放日常生活中由于不断的自我压抑而形成的郁积，均有明显的疗效。不同于神话中的英雄形象，电视剧中的英雄往往具备正常的七情六欲，是个可以亲近的人物，他的世俗性增加了普通观众对其命运的关注。

于是，我们找到了电视剧的题材定位。

在当代社会中，艺术文化日益向两极发展，一极为精英文化，它继承了传统文人对于普遍价值和终极关怀以及抽象人性的探索，对以享乐为特征的现代文化持激进的拒斥和批判态度，对现实生活中的日常性、实利性和庸俗感极度地失望。这类艺术文化往往突破感性的层次，以理性的追求为使命。另一极为大众通俗艺术，它的特征是"创造出能够在一定程度上补偿现实生活的虚幻世界"①，以感性的直接满足为宗旨。这类艺术远离社会的意识形态中心，并不企图挖掘现实生活的本质方面，它们将家族兴衰、男女情爱、警察与惯匪的斗智斗勇、盖世英雄身手不凡等等俗套放进精美的包装，在这"机械复制的时代"一轮接一轮地填充大众的无梦之夜。

如果说，史诗使人对遥远岁月的烽烟和强悍的精神产生遐想，长篇小说便使人怀念绿茵上浓浓的树荫和壁炉内熊熊的火焰。电视剧则属于现代社会中高楼内玻璃窗里的人生。虽然它也有"剧"之名，但对它的观赏过程早已失去了观赏舞台剧时的社交性和仪式感。它似乎是最民主的艺术，观众可以手拿遥控器随意选择节目，甚至这种选择本身也成为最有个性的"剪辑"。它还是最廉价的艺术消费，廉价到几乎免费。它更以殷勤的态度伺候左右，每天为你调制十几份甚至几十份菜单，那么多的搭配，总有一个频道适合您。当你自以为在用自己的趣味制造着电视剧的时候，电视剧也以自己的固有趣味改造着甚至塑造着你。

电视剧题材的通俗性主要表现在以下两个方面。

第一，无论情节如何富于戏剧性，电视剧往往取材于实实在在的、与大众息息相关的生活方式，特别在细节方面，更是异乎寻常的翔实。检视近年来产生轰动效应的电视剧，如《外来妹》《过把瘾》《渴望》《编辑部的故事》《情满珠江》《凤凰琴》等等，无不从市民大众或其他人群的普通生活入手，选取那些可亲可近的人物，演绎一个个有趣的故事。在古典艺术传统中，主要人物和英雄形象往往是那些具有非凡力量的人，他们既有强悍的体魄，也

---

① 王熙梅，张惠辛.艺术文化学导论[M].上海：学林出版社，1994：106.

有深邃的思想，仿佛天生就肩负着引导芸芸众生走向光明的使命，普通的读者与观众对这些闪耀着崇高、神秘、庄严、圣洁光芒的英雄只能采取仰视的态度。但在电视剧中，人物的行动不再具有神性和殉道的动机，一切行为都合乎实用理性，都可以在日常生活的逻辑中得到最后的解释。刘慧芳的精神力量就是要顶住一切压力养育小芳；《皇城根》里牵动所有角色的是能为人带来财富和声誉的金家的祖传秘方；《外来妹》和《情满珠江》的叙事核心乃是普通人如何凭借诚实和忍耐而获得幸福的生活。更能说明人物的非神性动机的是《凤凰琴》。在以往的类似题材中，教师的形象代表着社会价值观最稳定的那一部分，他们以天使般的心灵和老黄牛般的诚实传道授业，人格上无可挑剔，但在《凤凰琴》中，教师们以平视的角度向我们走来，于是我们看到了他们身上一切人性的东西。这些大山深处的民办教师们，动机渺小却能得到理解，行为猥琐却能获得同情。电视艺术家们就是这样，以令人感到亲切的方式编织现代神话，让观众在最轻松自如的状态中接受世俗英雄的模式。这些电视剧"从不同侧面为观众提供着排遣自身情感、道德观的价值取向，克服困惑的虚幻参照项"①。

拿观众普遍看好的8集连续剧《过把瘾》来说，它再也不是传统意义上的爱情故事。张生见到崔莺莺，疑是"正撞着五百年前风流孽冤"，惊呼"我死也！"而杜梅对方岩第一次产生好感，竟然是因方岩点着烟后用手在面前赶了赶的动作。在方、杜两人的交往中，既不见"梁祝姻缘"的浪漫色彩，更不见罗密欧与朱丽叶的爱情悲剧中所包含的反抗封建家族制度的意义。这只是一个当代都市中的婚姻故事，一个由于在现实生活中成千上万次地重复而失去了新鲜感的男女青年一见钟情的故事。《过把瘾》的成功也就在于此。它无意在方、杜生活中寻找崇高与悲剧或诱人的玫瑰色调，而是将现代爱情的平淡、庸俗真实而富于机趣地再现出来。观众也从未想到在剧中去寻找行为的楷模和精神的支柱，而是在那一系列真实到令人心醉的生活细节中品尝现实的滋味。当杜梅固执地要求方岩将"我爱你"明白地说出来，当杜

---

① 潘若简.电视剧的叙事神话［J］.电影艺术，1995（2）：14–21，42.

梅为方岩与贾玲的交往而心怀醋意,当杜梅为试探方岩的爱情而出走至姨妈家,……人们并没有流露出对于杜梅的偏执的不满,而是陶醉在该剧描摹生活的真实性中,仿佛深埋心底的情丝亦被搅乱。固然,《过把瘾》展示了婚后生活的乏味,但并不因此而导致观众对爱情和婚姻的否定。它在掀起了观众内心的层层涟漪之后,又使其复归于平静。这便与鲁迅的《伤逝》显示出极大的反差。在《伤逝》中,涓生和子君是如此执著地追寻爱的意义和价值,以至于他们在生活实践中发现"爱"已经凝固,已经只存在于对往事的追忆中,便义无反顾地分手了,哪怕这一分手是以生命为代价。《过把瘾》则在轻快、流畅的叙述语句中化解了男女主人公的矛盾,消解了爱情的终极意义的存在。杜梅与方岩之间的隔阂只是一层薄纸,当贾玲怀着恻隐之心将这层薄纸捅破时,他们立即消除误会,再度结合。涓生和子君为了追寻爱情的终极意义而厌弃世俗的日常生活,方岩和杜梅则在日常生活中寻回了爱情。他们爱情的新生正是在方岩放弃了改变命运的努力之后。正如主题歌所言:"爱有几分能说清楚?"《过把瘾》的结论是:用不着说清楚,稀里糊涂过下去,跟着感觉走,一切矛盾都将迎刃而解,一切不和谐都将被淹没在嘈杂的市声中。

室内剧《编辑部的故事》以幽默风格触及现实,获得好评如潮。但在幽默风格统领下,仍是市民们非常熟悉的一个个生活场景:《人间指南》面临生存危机,于是每个人都打起小算盘,认定自己有扭转乾坤的本领,无论男女老少,能力大小,都做起了当主编的美梦,上级一声令下,维持原状,美梦立即破灭;纯情少女爱上有妇之夫,自觉悲壮却无殉情之勇毅;一朝权在手,不用到极致便不肯罢休,哪怕只不过是在烈日下协助民警维持交通秩序……都是在日常生活中人们习闻常见、不多留意的事。又如想占别人便宜反遭骗子暗算,精明不过同事而吃亏,想干好事却遭误解以至浑身是理却无从说清,也都是当代都市人每日都可能遇到的尴尬事。面对《编辑部的故事》,人们以超然的态度将生活重温一遍,认同感与喜剧感同时产生。那几个起串场作用的主人公,虽然都算不上英雄,却各有其闪光点与可爱处,极易引来观众的青睐。

第二,电视剧并不偏废富于刺激性和惊险性的非常态题材,"重大革命历史题材"和触及时弊的现实题材甚至是保证某些作品成为"巨片"的重要前提。但是，电视剧在处理上述题材时有一个共同的手段，就是注重表现手法上的平民性，努力使现代神话和古今英雄能够接近平民的生活，能与现代普通观众的情感世界相沟通。

日本文艺理论家厨川白村关于文学创作的本性有"苦闷的象征"说，奥地利心理学家弗洛伊德也将创作视为被压抑的心理的宣泄与转移。艺术欣赏心理与艺术创作心理相通。电视剧创作欲获得成功，必须能使观众获得审美愉悦的高峰体验，直到满足大众的精神渴望，进而使自己的人格自我在欣赏过程中不断地得到确认。基于这种心理，电视观众在欣赏过程中最感兴趣的并不是探索未知，而是确证已知；并不是去接受地位和身份均凌驾于自己之上的人的教训，而是聆听与自己身份仿佛的朋友的私语；更不愿像刘姥姥进大观园一般丧失自信，而是要时刻把握自己的理解力与判断力。

在当代的现实生活中，日夜翻滚的商业大潮制造着英雄，也毁灭着英雄，在这些人物的身上，原本蕴含着丰富的电视剧题材：冒险的经历、当代英雄的身份、几乎是顶尖级的物质享受，都具备新鲜、刺激、神秘等特征，但是诸多的"商战"电视剧却犹如大海中的泡沫一般，翻滚了几下，就不见了。个中原因，除了人物苍白、故事虚假等先天性不足之外，剧作者力图使人们熟悉的故事变得陌生、亲近的物事变得隔膜、清晰的影像变得含糊的做法，是导致"商战"剧失败的题材处理方面的原因。"这些'商战'剧的主人公们住的是巨额外汇购置的花园别墅，办公则是在和国际接轨的摩天大厦中，出则流线型进口轿车，上下波音飞机如同乘坐公交车。五光十色、流光溢彩中，亮丽的女人潇洒的先生们于觥筹交错、灯红酒绿之间拉开了一场场商战的帷幕。"[①] 再加上莫名其妙的人物关系和谁也无法理解的"爱情"佐料，人们对此类电视剧避而远之也就势在必然了。倒是与中国老百姓相隔万里的美国电视剧《鹰冠庄园》《豪门恩怨》等赢得了青睐。与《住别墅的女人》等"商战"剧形成鲜明对照的是，《鹰》《豪》等剧虽然都有富丽堂皇的场景的包装，

---

① 吴小丽."商战"题材电视剧的误区与出路[J].电影艺术，1995（3）：69-72.

但它们演绎的却是贫富沉沦、家族兴亡的俗套故事，这正是大众文化和通俗文艺的重要模式。《鹰》《豪》等剧中的豪华并不拒人于千里之外，它们只是以华丽的包装出售大众喜爱的商品。在《豪门恩怨》中，"布莱克家族的兴旺发达能否持续长久"是一个消除了观众的地域文化差异的老故事，而该剧所展示的服饰、家具、建筑等又为这个故事套上了富于美国色彩的包装。在满足感官娱乐的同时听取一个能唤起同情的故事，这样的文化消费自然"物超所值"。

由此看来，电视剧处理非日常性题材的重要手段就是传奇题材生活化、历史题材言情化、政治题材世俗化。

人们在观赏《新白娘子传奇》《京城四少》《戏说乾隆》时，每每会感到，那些神仙、英雄、皇帝等与普通的大众并无二致。这不仅是说他们的行动往往都反映着大众心底深藏的欲望，而且他们也都有平常人的平常心，甚至有平常人的种种局限。比起许仙及其兄嫂，白娘子和小青几乎无所不能，无往而不胜，但是比起道行更深的仙界人物和法力无边的法海等，她们又时常显得弱小，每每要靠着机智和道义才能取胜。在前一种表现中，观众对她们的态度是羡慕和景仰；在后一种表现中，观众对她们是关注与同情。只有这两种态度的匹配与交互作用，才能保证观众对故事的长久兴趣。一味地仰慕和一味地同情，都无法使艺术欣赏心理得到平衡的宣泄。

为了使重大的社会历史题材和英雄人物顺利地进入家庭，电视剧一般选取较小的角度，突出历史人物和历史事件的平凡性的一面。试比较电影《大决战》三部曲和电视剧《咱们的领袖毛泽东》，前者着力突出题材的历史纵深感和悲壮气氛，后者则力图使领袖人物在平等、和谐的生活化氛围中与观众对话，将英雄人物内心世界中平凡的一面展示给观众。又如，4集连续剧《少年毛泽东》，"它摆脱了'神化'或'仰视'领袖人物的思想束缚，不回避历史、家庭、社会给予少年毛泽东的旧传统的影响，同时也揭示出少年毛泽东之所以能够超越旧传统的影响，接受新思潮，倾向于革命的主客观条件。在形象塑造上，既表现了少年毛泽东是一个调皮可爱、聪明勤奋、好学习、有个性、富于同情的孩子，具有一般少年的共性，又展现出他具有超出一般孩子智慧的天赋"①。8集连续剧《邓颖超和她的妈妈》亦有异曲同工之妙。该剧"本是伟人自传体电视剧，按常规要倾全力写伟人的革命历史活动，而《邓》剧却截取从她降生到她母亲去世的三十六年，紧紧围绕母女相依为命的关系深入刻画了两个女性的命运。由此，我们看到了完全不同于革命领袖概念的邓颖超"。该剧在选材角度上有两个鲜明的特色，"第一，彻底地从女性的角度去接近、理解和表现邓颖超。第二，坚决地写一个母女情深的好看的故事"②。

在我国，自20世纪40年代以来，有关历史小说和历史剧的首要因素是历史还是艺术，一直是人们关心的问题。但在电视剧创作中，很少有人对此问题感兴趣，因为历史题材的言情化处理，是电视剧创作的惯例。当电视剧将自己的题材定位放在了大众文化的坐标系中，通俗文艺的历史题材处理方法自然就被电视剧所继承。16集连续剧《努尔哈赤》叙述的是主人公从一个少数民族领袖逐步成为统一中国的帝王的故事，作者在涉笔军事斗争和政治斗争的同时，倾注了大量的精力描写努尔哈赤的爱情纠葛，让人物的政治才能通过夫妻、父子等人伦关系体现出来。无独有偶，18集连续剧《格萨尔王》在情节中处理了主人公与4名女性的情爱关系。可以说，性爱、人伦等日常生活中最为普遍的人际关系是历史题材电视剧展示政治、军事内容的黏合剂。11集连续剧《唐明皇》的创作初衷是表现唐朝由盛而衰的转折时期七十年的政治风云，并附带对历史人物李隆基、杨玉环进行新的、全面的评价。但在实际的创作中，爱情主题渐渐占据上风，压倒了政治主题，以至于该剧在尊重历史与美化爱情上首鼠两端，顾此失彼。正如有的论者指出："这一题材的艺术实践表明，写史与言情在同一作品中无法统一。你若写史，你必然对李、杨的恋爱取否定态度，不然你就无法揭示当时的历史的因果关系；你若言情，则不要涉及当时严酷的史实，只能依照神话或民间传说的写法下笔。"③导致《唐明皇》的内在矛盾的并不是它对历史的言情化处理，而是这种处理的不彻

---

① 钟艺兵，黄望南. 中国电视艺术发展史［M］. 杭州：浙江人民出版社，1994：116.
② 娟子. 创作电视剧也要寻找观众［N］. 戏剧电影报，1995-11-17.
③ 傅益. 写实还是言情［N］. 中国教育报，1993-10-10.

底性。连续剧《康熙大帝》由于素材本身不存在言情与写史的矛盾,所以作者在展示爱情主题方面要比《唐明皇》的作者更加洒脱。《康熙大帝》十分大胆地安排了比皇帝大 7 岁的女子苏麻喇姑与皇帝之间的爱情,并对之毫无保留地尽情歌颂:

千古一爱,爱从何来?来自两小无猜,来自一身洁白。

千古一爱,爱从何来?来自脉脉情波,来自耿耿襟怀。

千古一爱,心底深埋,惜之惜啊,哀之哀啊,那爱字到死也没说出来。

千古一爱,爱从你来!你是那样呲呲,你是那样乖乖。

千古一爱,爱从你来!你是那样多姿,你是那样华彩!

千古一爱,如痴如呆,悲之悲啊,慨之慨啊。那爱字为啥总也说不出来!

尽管从历史考证的角度来看,皇帝与侍女间的爱情纯属子虚乌有,但从平民生活的逻辑来看,从小耳鬓厮磨,及长两情相悦却是再自然不过的事。因此《康熙大帝》中基于相互了解而产生的爱情比起《唐明皇》中由于皇帝的恩宠有加而产生的爱情来,更加合乎爱情的法则,也更容易为广大的电视观众所接受。观众对于《唐》剧与《康》剧的轩轾,所遵循的不是史学的原则,而是生活的原则。这恰好再一次说明,历史题材的言情化处理是电视剧创作的重要规则。

论电视剧人物的三角关系*

电视剧作者有一个不同于其他文学体裁作者们的显著特点，即他们热衷于在作品中设置人物间的三角关系。尤其在长篇连续剧中，三角关系更是比比皆是。爱情题材且不必说，非爱情题材也是如此。几乎可以认为，人物的三角关系已经成为电视剧设计故事情节、塑造人物形象的有效手段。例如，《孽债》在从小说到电视剧的改编过程中，作者叶辛对小说中的人物关系所作的一个最重大的调整，就是大大加强了卢玉琪的戏，将卢加琪的部分情节加到卢玉琪身上，同时取消了沈若尘的妹妹沈洁尘这个人物，将她的戏全部合并到卢玉琪身上——如热情地接待美霞，郑重提出收养美霞，等等。这样的调整，从人物表上看，并没有删繁就简之功，合理的解释只能是，它在沈若尘、梅云清、卢玉琪之间构成了一种三角关系。虽然作者未在这一点上大加渲染，但这种配置的确为电视剧的情节表现增加了大大的便利，如大雨之夜沈若尘将孩子放在家里而与卢玉琪共同主持舞会，又如卢玉琪收养美霞请求在梅云清心中产生的奇异反响，都是电视剧的情节颇能赢得观众的地方。

三角形人物关系有两重表现功能：一方面，它可以较为从容而充分地表现人物的感情世界。一阴一阳之谓道。在人类的一切感情中，男女之间的爱情属于最普泛、最富于生命力之列，而在表现形式上，它不仅有稳态性，也有变异性，故而比亲情等更富于表现力。借助于主人公与副主人公（一般为异性关系）之间的感情纠葛，形成三角形的人物关系，能够有效地拓展人物

---

* 本文原载于《现代传播（北京广播学院学报）》1995年第5期，收入本书时略有删改。

的心理空间，进而吸引观众在关心人物感情、命运的前提下更加沉浸于电视剧情节之中。另一方面，它有利于编织一个阔大而密实的人物关系网，从而引发更多的情节线，电视剧的三角形人物关系具有强大的再生力，在主干三角上，可以附生出三角Ⅱ、三角Ⅲ……但无论情节之网撒出多远，都可以通过主人公这里的纲绳加以控制，使蔓衍的情节结构不致漫漶不清。在重亲情、重人伦的社会环境中形成的中国戏曲，每每以曲折复杂的血缘关系（如主人公幼时骨肉分离，长大后认亲；又如主人公幼时父母被害，长大后由养父叙述真情，甚至养父母即杀父仇人）来增大故事的容量，从亲人相遇到相认，往往是扩充故事情节的机会。不过，由于这种扩充只能在时间轴的展开上做文章，加之稳定社会中骨肉分离的现象日益稀少，所以，采取共时态的三角关系在空间维度扩开情节，必然为电视剧作者所热衷。

根据三角关系在剧情发展中所起作用的不同，三角关系有强、弱或显、隐之分。而在三角关系内部，又存在着单三角、复三角和反三角等几种类型。

强三角形或显三角形对主题的展示和情节的演进有决定性影响，它构成人物关系的基本类型。26集连续剧《上海一家人》的核心情节是女主人公李若男如何由苏北农村的孤儿成长为上海滩上的实业家，支持这一核心情节的便是若男先后与4个男性的感情纠葛。离开这4个男性，主人公的情节主线将无所依傍。作者说明，设计这4个男性，一是"为了故事的叙述"，二是"感情波澜的掀起的需要"，三是"塑造人物的需要"，四是"还可以带入不同的生活面和信息量"。[①]可见这组关系在全剧的整体构思中起着举足轻重的作用，它几乎是主人公命运转变的推进剂。此外要注意的是，在每一时段内，与女主人公若男发生感情纠葛的男性不得超过两人，否则第三名男性的介入，将使"三角形的稳定性"遭到破坏。若男先是在阿祥和赵正之间难以决定取舍，而赵义进入若男的感情世界，必然是在阿祥死后。同理，到何志伟进入若男的爱情视野时，她已经明确地排除了与赵义保持联系的可能性。

黄允的另一部剧作《离婚前后》更是强三角关系的典型代表。在这部"完整地表达了作者自尊自强的女性意识"的作品中，情节的演进完全建立在

---

① 黄允.《上海一家人》是怎么构思出来的［M］//黄允电视剧作选.北京：中国戏剧出版社，1993：485.

两男三女之间相互关系的变更的基础上,二者是重叠状态,坐在轮椅上的玉兔为了自己深爱着的丈夫陈阳能过上正常的生活,毅然主动离婚,玉兔的好友、刚刚摆脱了玩弄异性情感的杉风纠缠的月光出于与玉兔同样的情操,打算嫁与陈阳(他们俩在年轻时产生过爱的萌芽),以便共同照顾玉兔。在情节的进行中,陈阳的崇拜者、工作中的助手冯芒也表达了追求陈阳的愿望,但被断然拒绝。该剧就在这复杂的感情咏叹中进入尾声。

弱三角或隐三角关系通常在情节主线之外展开,它有时是出于结构的需要,有时是对情节的演进起辅助性影响。《乡里故事》的情节主线是在杨松伟、许宝军和程天民三名男性之间展开的,但在杨松伟身边,却同时演绎着三名女性的命运,成为情节副线。在戏的前半部,三角关系由杨松伟与赵红瑶、程三梅构成,它的功能在于突出主人公性格中压抑的一面。戏的后半部,因赵红瑶的死而缺失的那一角由程二梅补足,后者迅速成为杨松伟的有力助手,并最终将他推上了英雄的宝座。在这组隐三角关系中,作为女性的那两角在前半部是对立状态,到后半部是和谐状态(一方面由于程二梅取代赵红瑶,另一方面由于程三梅性格发生变化)。《外来妹》中赵小云和江生、志强的关系更是弱化态势。几乎在赵小云与江生的关系刚刚建立时,原先情节中若隐若现的赵小云与志强的关系就已经断裂。因而这组人物关系在情节中的象征意义较其实际功能更为突出。

弱三角或隐三角有时只作为一种状态而存在,自身并不变化。《海外遗恨》里,陈飞和梦娇、静文也构成一组三角关系,但在陈飞的性格演变过程中,静文基本上处于无为状态,因而无法积极介入。对这类关系,"盲肠三角"或许是更确切的命名。

单三角形是一切三角关系的基础,复三角、反三角均由单三角演变而来。若作图示,可以表示为:

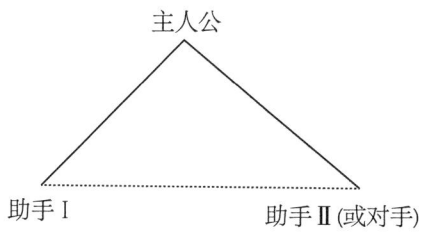

两名异性的身份可能都是协助主人公实现最终目标的有力助手，也有可能其中一个是主人公的对立面，是必须战胜的敌人。在两名助手之间，有可能形成对立与竞争关系，也可能并无关系，所以用虚线表示他们之间的联系。《山不转水转》的主人公吕二才追求变儿，同时自己也为花眼儿所追求。但吕二才一直像爱护死去了的妹妹小丫那样看待花眼儿，无心与她论婚嫁，所以花眼儿与变儿之间并未形成对立关系，三角形的那条底边并不存在。在《海外遗恨》的三角关系中，陈飞与梦娇的关系是伪助手、真敌手，于是在梦娇和静文之间形成了对峙和竞争。不过这种竞争和对峙只是作为态势存在于剧情中，并没有实际的行动，所以那条底边是虚的。

只有在《上海一家人》的上半部，赵正与阿祥同时在追求阿男，赵正甚至挑战似地对阿祥说："如果她想跟你，我没话说，她就是我的弟媳妇；如果她愿意跟我，她就是你的嫂子。"这时，助手Ⅰ与助手Ⅱ之间的关系才是真正对立的，这个三角形才能完全封闭起来，获得极强的稳定性。

在电视剧创作中，特别是在连续剧中，更常见的乃是复三角关系。《山不转水转》里有一个与情节中心关系较远的人物，叫来福，但他属意于花眼儿，作品还对他俩的未来作了某种展望。如果这一人物在剧中能得到加强，这部剧的单三角关系很快便变成了复三角关系，即为吕二才设置一个情敌，与之共同形成以花眼儿为中心的复三角。

复三角关系图示如下：

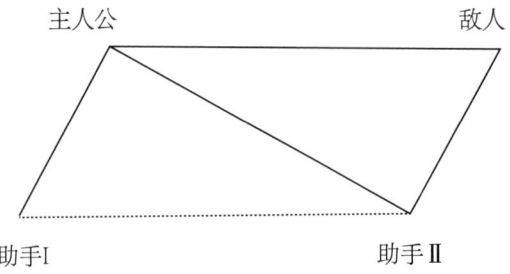

主三角关系已如上述复三角，和主人公共同与助手Ⅱ发生关系的实际上是主人公的对立面。他不仅在感情上与主人公为敌，而且在其他方面也与主

人公相对立，因而复三角形的底边为实线。

21集连续剧《北京人在纽约》的人物关系是较为典型的复三角。围绕在王起明身边的两个女性郭燕和阿春均有明确的符号功能。助手Ⅰ阿春对王起明性格的完成有着供养人的作用，是她向王起明灌输了一整套美国社会的价值观念和行为规范，促成了主人公由一名中国的大提琴手向美国商人的转变。助手Ⅱ郭燕则代表主人公原先所属的东方文化，在王起明与美国文化认同的过程中，郭燕渐渐离开了他，而投入王起明的敌手怀抱。戴维的身份也是既明确又稳定的。长达21集的《北京人在纽约》，基本上是一个复三角形的人物关系逐渐形成而后又解体的过程。

《书记，你别走》由于复三角形人物关系的设置，使作品平添了不少机趣，并使主人公李志民的个性更加突出。李志民对柳玉凤的感情采取压抑的方式，而对个体户何秀云的主动追求是礼貌而坚决地拒绝。乡长赵峪构成了复三角形中的一角，不过，他的身份应是伪敌手。特别值得赞赏的是，作者很利索地处理了赵峪对柳玉凤的感情纠葛，没有在副线中浪费笔墨，有效地保证了全剧艺术上的整体感。

有些复三角关系更为复杂，所包含的情节容量也更大。例如，18集连续剧《喂，菲亚特》中，与主人公丁志方有密切关系的女性有三人：施莎莎、叶叶、辛玉珠，而施和辛又分别有两个异性关系，图示如下：

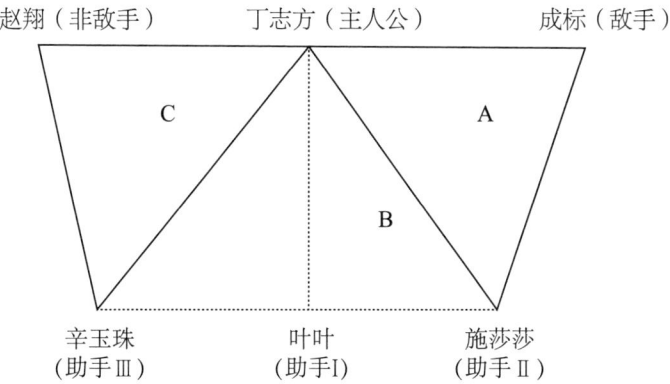

三角形A的表现能量最大，丁志方始终在与成标争夺施莎莎，施莎莎也

在两个男人当中痛苦地选择。丁志方与成标的冲突在情感因素之外，还表现着正义与非正义的较量。全剧的骨干情节基本上在三角形 A 中展示。三角形 B 的能量居于 A、C 之间，它以 A 的参照系的地位在全剧中发挥作用，随着主人公的一步步成长，三角形 B 也日益活跃起来。丁志方性格的成熟，弃施而就叶，是一个重要的标志。三角形 C 的艺术能量最小，辛玉珠作为丁志方青梅竹马的异性朋友，虽曾对丁志方有过单相思，但很快脱离了三角关系（在叶叶介入之后），而与赵翔另行开拓了一片情节天地。

所谓反三角关系，指的是以非主人公为中心的三角关系。如在《纪委书记》中，门浩、童桦、马廉之间的连接点是童桦，这个三角形的底边在上。由于以非主人公为中心，反三角关系所具有的艺术表现力远逊于正三角关系，属于弱三角关系之列。

影视叙事文本特性初探*

一

1966年，罗兰·巴特在他的《叙事作品结构分析导论》中提出了一个几乎无所不包的"叙事作品"清单。①三年后，托多罗夫将一门新诞生的"关于叙事作品的科学"命名为"叙事学"（narratologie）。②但是，叙事学并没有朝着罗兰·巴特所预想的超验性方向发展，既没有成长为一门关于人类知识的叙述学，也没有成为托多罗夫所期冀的关于一切叙事作品的科学。它迄今所取得的最重要的成就，仍局限在小说、神话、童话、电影等少数虚构叙事作品的范围内，不仅罗兰·巴特雄心勃勃地列举的彩绘玻璃窗、绘画、社会杂闻等至今仍鲜有叙事学家问津，即使是与小说、电影等关系最为切近的悲剧、

---

* 本文原载于《现代传播（中国传媒大学学报）》2003年第3期，收入本书时略有删改。
① 巴特.叙事作品结构分析导论［M］//张寅德.叙述学研究.北京：中国社会科学出版社，1989：2.
② 托多罗夫.文学作品分析［M］//张寅德.叙述学研究.北京：中国社会科学出版社，1989：43-92.

正剧、喜剧等的叙事研究，也还是一个寂寞的领域。①显然，这与叙事学诞生之初的远大目标相去甚远。固然，罗兰·巴特并不打算到所有叙事作品当中去寻找叙事作品结构，他给叙事作品分析指出的是一条从一个假设的描写模式开始演绎分析的道路。但我们要指出的是，罗兰·巴特所开列的"叙事作品"清单显然过于庞杂，将一些非叙事作品也囊括其中，从而造成了叙事学领域未曾充分开发的假象。

1983年，热拉尔·热奈特觉察到了这种以叙述内容及一连串的行动或事件的安排为对象的叙事学在逻辑上导致的混乱，他在《新叙事话语》中对"叙述学"这个学科的研究对象作了重新界定，将"叙事"严格地定义为"语言传播"，而将电影、连环画、摄影等非语言传播定义为"叙述外渠道传播故事的方式"，明确指出，"叙述体的特殊性存在于其方式中，而不存在于其内容里"②，这就将表现相同内容的戏剧、电影、图表和其他体裁排除在叙事学研究范围之外。这虽有对叙事学在电影等领域已经取得的成果视而不见之嫌，但在方法论上给了我们一个提示，即判定一个作品是否属于叙事作品，关键不在于作品对象的特征，而在于作品传达方式的特征。

热拉尔·热奈特认为，人们通常使用的"叙事"一词有三层含义：一指叙事行为，二指所叙述的事件，三指叙事作品。③里蒙·凯南的"叙事虚构作

---

① 关于戏剧的叙事学研究凤毛麟角。苏永旭《戏剧叙事学刍议》(《河南教育学院学报》1997年第1期)一文称，1976年曾有T.帕维尔的《高乃依悲剧的叙述语法》出版。近年来国内的戏剧叙事学研究也有所展开，并有李云峰《论古希腊悲剧的叙事模式》(《河南教育学院学报》1997年第1期)、苏永旭《试论表现主义戏剧反戏剧式的意象性叙述方式和叙述手段》(《河南教育学院学报》1998年第3期，1999年第1期)、胡健生、张玉雁《西方戏剧创作中的"停叙"——从叙述学角度看西方戏剧创作中的一种嬗变轨迹》(《齐鲁学刊》1995年第1期)等论文问世。但有几个问题必须解决：如何看待戏剧中的叙事手法、话语模式与戏剧文本的关系？戏剧的叙述话语模式究竟存在于何处？是在戏剧人物话语中，还是在叙述者的话语中？笔者以为，如果戏剧叙事学主要适用于非亚里士多德戏剧的表现特征和信息传达特征，只能研究戏剧表现手法中的枝节问题，那么，戏剧叙事学研究的基础就是不牢固的。
② 热奈特.叙事话语 新叙事话语[M].王文融，译.北京：中国社会科学出版社，1990：200.
③ 热奈特.叙事话语 新叙事话语[M].王文融，译.北京：中国社会科学出版社，1990：198-199.

品（narrative fiction）"定义是，"叙述一系列虚构事件的作品，其中包含三个要素：一是用语言（verbal）性质的媒介将信息由发话人传递给受话人；二是所描写的是一系列事件；三是作品的虚构性质"[1]。两个定义的共同点是明确将口头或书面话语即媒介的性质放在叙事作品定义的第一位，进而区分出两种不同类型的叙事作品：一类是以语言为媒介的叙事作品（如小说、史诗、叙事诗）；另一类是采用其他媒介的叙事作品（如电影、舞蹈、哑剧等）。

判定一部作品是否属于叙事作品，必须满足两个条件：一是作品内容的事件性质，二是信息传递媒介的话语性质。前者是叙事作品概念的所指的性质，后者是叙事作品概念的能指的性质。有了这个标准，小说、诗歌、哲学著作、科学著作等同以语言为传达信息的媒介的作品之间的差异一目了然。小说、戏剧、电影、电视剧等同以表现事件为内容的作品（并非叙事作品）也将一目了然。但是，具有语言性质的媒介不止语言一种，再加上长期以来人们习惯以作品的内容作为划分体裁的标准，这就给我们判定叙事学的研究对象的外延和内涵带来了困难。那么，在明显不同于小说的戏剧、电影、电视剧等题材中，哪一种作品的媒介具有语言的性质呢？所谓"语言性质"的含义又是什么？

作为结构主义的文学理论形态，叙事学奉行能指和所指、深层结构和表层结构、语言和言语等二元对立观念，并明确认为叙事作品"具有句子的性质"[2]，那么，叙事学的难题有可能通过语言学的分析而得到解决。下面我们就看看结构主义的语言观与叙事学的作品观之间的同构现象。

结构主义将世界视为"关系的"或"结构的"，而二项对立是结构的基础。格雷马斯援引索绪尔的观点说，"语言是由对立构成的"[3]，这项原则不仅适用于语言，也适用于叙事作品。继索绪尔提出结构主义语言学的四项对立

---

[1] 凯南. 叙事虚构作品［M］. 姚锦清，黄虹伟，傅浩，等译. 北京：生活·读书·新知三联书店，1989：3-5.
[2] 巴特. 叙事作品结构分析导论［M］// 张寅德. 叙述学研究. 北京：中国社会科学出版社，1989：6.
[3] 格雷马斯. 结构语义学：方法研究［M］. 吴泓缈，译. 北京：生活·读书·新知三联书店，1999：20.

法则（历时与共时方法、语言与言语、能指与所指、系统差异决定语义）之后，美国结构主义语言学家乔姆斯基又进一步提出了"转换—生成"理论。他认为，作为记号系统的语言具有深层和表层两个结构层次。表层结构即语法，深层结构指句法。各民族语言有各不相同的语法规则（表层结构），但各民族语言间又有相同的句法规则（深层结构）。深层结构是各民族语言之间互相理解、互相翻译的基础。所谓翻译，实际上也就是把一种民族语言的表层结构转换成共同的深层结构，再转换成另一种民族语言的表层结构的过程。由于人类共通的心智中先验地存在着创造语言和理解语言的深层结构，这种结构使每个人都能创造性地学习自己的语言，并为了交际的目的而造出新的合乎语法规范的句子，并可以达到不同的民族语言之间相互转换，各民族人民互相理解、互相交流的目的。图示为：

$$\text{基础部分} \longrightarrow \text{深层结构} \longrightarrow \text{转换} \longrightarrow \text{深层结构} \begin{cases} \text{逻辑形式} \\ \text{语言表达} \end{cases}①$$

乔姆斯基还指出：一套语法应该有三个组成部分：句法组成部分——它生成 SD［句法描写（sentence describe）——引者］，每个 SD 包含一个表层结构和一个深层结构；语义组成部分——它赋予深层结构一个语义解释；音位组成部分——它赋予表层结构一个语音解释。② 若用图示，则可表示为：

$$\text{句法组成部分（SD）} \begin{cases} \text{表层结构（音位组成部分）} \\ \text{深层结构（语义组成部分）} \end{cases}$$

---

① 尹大贻. 乔姆斯基［M］// 涂纪亮. 当代西方著名哲学家评传：第 1 卷. 济南：山东人民出版社，1996：330.

② 乔姆斯基. 生成语法的基本假设和目标［M］// 乔姆斯基语言哲学文选. 徐烈炯，尹大贻，程雨民，译. 北京：商务印书馆，1992：7.

三个组成部分实际上处于两个层次，其中后两个组成部分包含在第一个组成部分之中，是第一部分的下位概念。

叙事学将一部作品（text）视同一个叙述语句（sentence）。一部叙事作品的情节如果高度简缩，可以概括为一个句子式的梗概，如电视连续剧《长征》的情节是"中央红军战胜了党内机会主义路线错误，冲破敌人的重重封锁，终于胜利到达陕北"。《黑冰》讲述"一个高智商的技术专家在贪欲的诱惑下走上了不归之路"。反过来，某些单句也可以被视为一个缩微的叙事文，是叙事文和语句之间的相互移译。在这种移译过程中，基本的元素不会受到根本性的损害。

文本和语句的另一相似之处是，它们都是一种线性结构，在时空中遵循一维的运动方向。语句在空间上从左向右移动，在时间上从前向后移动；文本在时间上也是从前向后移动，在空间上则由一个个从左向右移动的语句叠加而成，可视为一个更长的单向运动过程。托多罗夫明确认为，人类有一种"普遍的语法"，它不仅表现在语言范围内，还表现在心理活动和其他的社会活动中。尽管这种"普遍语法"始终是一种假设，但它和语言的语法一样，都是人类理性的产物，与语言的语法有着相同的产生机制和结构原理。[①] 因此，借用和借鉴语言学的概念、范畴和研究方法，对于叙事作品分析不仅是必要的，也是可行的。在热奈特的"叙事"三含义和里蒙·凯南的叙事作品三要素中，三者的内在关系与乔姆斯基的语法的三个组成部分的内在关系相同。其中"叙事作品"一项，是叙事行为和所叙述事件的上位概念，后两项是"叙事作品"赖以成立的有机构成。根据常识，叙事作品是一个由诸多因素构成的完成品，与构成叙事作品的因素并不处于同一层次，因而不可能是叙事作品的构成要素。只有剩下的两层含义或两个要素：叙事行为（信息传递方式）和所叙述的事件，才是构成叙事作品的必要且充分的条件。[②]

[①] 托多罗夫.从《十日谈》看叙事作品语法［M］// 张寅德.叙述学研究.北京：中国社会科学出版社，1989：178.
[②] 米克·巴尔《叙述学：叙事理论导论》一书的主体由"文本：诸语言"和"故事：诸方面"两部分构成，可视为叙事要素两分法的例证。

早在叙事学的理论先驱之一的俄国形式主义那里，"情节"（sjuzhet）和"本事"（fabula）就是一个得到过充分论述的二元对立概念，在这里，"情节"指的是文学作品的结构，或者说，"情节"相当于对于本事的艺术安排手法，"本事"指的是文学家所运用的事实材料。在叙事学诞生后，上述关系就变成了"故事"（histoire，story）和"话语"（discours，discourse）的二元对立。其中，"故事"指的是作品的情节逻辑与人物的行为，"话语"指的是作品中的视角、顺序、时距、频率、语态等。还有人将叙事作品分为三个描写层次："功能层""行为层"和"叙述层"。其实，前两者属于同一个层次，因为"功能"（用普罗普的概念）和"行为"（格雷马斯的"行动元"所发出的行为）基本相同，翻译成通俗文艺理论的话，它们都是作品中的人物所发出的行动，"叙述层"则与托多罗夫所说的"话语"相同。因此，这也是一种二元对立。

通过上述分析，我们可以将叙事作品的构成形式表示为：

$$\text{叙事作品（recit / text）} \begin{cases} \text{故事（histoire / story）} \\ \text{叙事话语（discours/discourse）} \end{cases}$$

与乔姆斯基的"转换—生成"语法理论相对照，我们便发现了叙事作品与语言和句法的异质同构现象：故事相当于乔姆斯基句法中的深层结构，叙事话语相当于表层结构。若将叙事作品视为索绪尔语言理论中的一个语言符号，则叙事话语相当于能指，故事相当于所指；叙事话语相当于影像，故事相当于概念。

这种分析方法的意义在于，它找到了衡量叙事作品的标准。看一个文本是不是叙事作品，只要看它是不是由故事和话语的二元对立构成的，就可以得出结论。任何一部以语言为话语媒介的叙述故事的作品都可以被定义为虚构叙事作品。问题在于，除了小说、史诗等以自然语言为媒介的作品之外，是否还存在以别的物质形态为话语媒介的叙事作品呢？

二

在罗兰·巴特的清单中，我们发现有三种类型的作品：第一类是神话、故事、传说、小说、史诗等以口头和书面的有声语言为媒介的作品；第二类是以固定和活动的画面为媒介的作品；第三类是悲剧、正剧、喜剧等以人体为媒介的作品。第一类属于明确的语言作品，第二类属于非语言形态的作品，第三类属于含有语言成分的作品（悲剧的六个成分中包含"语言的表达"，占第四位）。以语言为媒介的叙事作品无须再加论证，我们现在只讨论第二类和第三类，先讨论第三类，戏剧作品。

罗兰·巴特将戏剧列入叙事作品范畴，显然是因为它包含事件因素，是人类行为的某种记录方式。但是，记录的方式不必一定是"叙述的"，还有其他的方式。当人类学家从早期人类活动的遗址中发现壁画、彩陶等物时，那些不是对历史的更加真实的记录吗？人类历史活动的记录是如此，人类想象的、虚构的活动也有着多种形式。

在人类的想象、虚构活动中，自古以来就有两种主要的方式——叙事和摹仿。最早将叙事和摹仿当作人类两种既互相区别又互相补充的艺术表现方式加以论述的是柏拉图。在柏拉图的时代，"摹仿"是一个得到充分论述的概念，它有两重含义：一重是哲学概念，另一重是文艺学概念。哲学概念讨论的是自然和人类社会的起源问题。柏拉图继承历代流行观点，将自然现象、人类行为、社会组织、语言等统统归结为对理念的摹仿。第二层文艺学概念讨论的是艺术的起源问题。柏拉图认为，人类的艺术活动当然也是摹仿，而且是对"摹仿"的摹仿。他用三张床来具体地说明：神造了唯一天然的床，即床的理念；木匠按照床的理念制造了实体的床；艺术家又以木匠所造的床为摹仿对象；这样，艺术家描绘出来的"第三张床"便同神所创造出来的理念的床的"真实体"隔着三层，和"真实隔着两层"[1]。悲剧中的摹仿和史诗中

---

[1] 柏拉图.理想国[M].郭斌和,张竹明,译.北京：商务印书馆,1986：391-392.

的叙述，就属于这个摹仿层次。

但是，人们可能还没有注意到柏拉图"摹仿"理论的第三层含义——与叙述相对的"摹仿"概念，即所谓"狭义摹仿"，它是诗人为了更生动地表现情节，以神情毕肖的表演和第一人称的语气再现故事中人物的处境和情感的艺术手法。柏拉图称之为"摹仿叙述"，以与"单纯叙述"相区别，区别在于"是诗人在说话，还是当事人自己在说话""如果诗人永远不隐藏自己，不用旁人名义说话，他的诗就是单纯叙述，不是摹仿"。相反的形式"就是把对话中间所插进的诗人的话完全勾销去了，只剩下对话"[1]，悲剧就是这种情形。根据叙述和摹仿在各种形式中所占比例的不同，柏拉图进而分析出三种体裁——悲剧和喜剧：从头到尾都用摹仿；合唱队的颂歌：只有诗人在说话；史诗：摹仿和单纯叙述掺杂在一起。

于是，我们分析出柏拉图关于"摹仿"的三重含义：

Ⅰ、现实世界对理念的摹仿→Ⅱ、艺术家对理念的摹仿品的摹仿（创作）→Ⅲ、与叙述相对应的艺术表现媒介

亚里士多德与柏拉图的哲学观念有唯物、唯心之分，亚里士多德的摹仿说被认为是对文艺的创作过程的现实主义概括，但是在具体论述悲剧和史诗的异同时，所得出的结论却与柏拉图相似，其狭义的摹仿说也可视为对柏拉图的相关理论的进一步发挥和体系化。亚里士多德认为，摹仿所用的媒介、所取的对象和所采用的方式的不同，是区别各种艺术形式的标准。悲剧的摹仿媒介是语文，摹仿对象是行动中的人，摹仿方式是借人物（演员）的动作而非叙述。鲍桑葵将亚里士多德的悲剧定义"意译"为"悲剧是一个高贵的和本身完备的情节的再现（直译就是模仿品）……"[2]"再现"一词能够更加准

---

[1] 柏拉图.文艺对话集[M].朱光潜,译.北京：人民文学出版社,1963：47-49.
[2] 鲍桑葵.美学史[M].张今,译.北京：商务印书馆,1985：85.

确地表述悲剧的摹仿方式的特征。亚里士多德对史诗的根本特征的认识也与柏拉图相似，他说，史诗的摹仿采用叙述体进行，因而便有了许多悲剧难以企及的优势，如情节容量大，允许描述许多同时发生的事情，允许不同的内容甚至不合情理之事的穿插，等等。①

在欧洲艺术史的漫长进程中，以叙事为摹仿方式的艺术和以行动为摹仿方式的艺术一直处于相对分离的状态。尤其在戏剧中，理论家和批评家们严守亚里士多德的金科玉律，对叙事和摹仿进行严格的划分。欧洲戏剧理论史上具有重要地位的《汉堡剧评》的第一篇开头就提醒人们："把一篇动人的小故事改编成一部动人的戏剧，并不是一件轻而易举的事情。……须懂得使这些新的矛盾既不削弱兴趣，又不损害真实性；使它们能够从叙述者的角度移植到每一个人物的真实处境中去；不是描述剧情，而是使之发生在观众面前，不是断断续续，而是发生于持续的幻觉之中，不论观众愿意与否，须使他产生同感。"② 这里明确提出了情节在由小说转变为戏剧形态时，在表现形式上必然发生的转换。这主要有两点：一是戏剧中真实的生活场景和真实的人物关系取代了叙事者的个人角度，观众可以用自己的眼光进入情节，故事与接受者之间横亘着的叙事者这个层次被取消；二是如在眼前的幻觉（规定情境中的表演）取代了叙事话语，观众通过感官直接接受剧情，而不必通过语言的转换。

德国戏剧理论家曼弗莱德·普菲斯特（Manfred Pfister）采用叙事学的"叙事交流情境"分析方法分析戏剧文本与小说文本的异同。在叙事文本中，交流情境如下：

S 4————S 3————S 2————S/R 1————R 2————R 3————R 4
实际作者——隐含作者——叙述者——文本——接受者——假想读者——实际读者

---

① 亚理斯多德.诗学[M].罗念生,译.北京：人民文学出版社,1962：82-87.
② 莱辛.汉堡剧评[M].张黎,译.上海：上海译文出版社,1981：5-6.

戏剧文本的交流情境则有所不同：

S4——S3——（S2）——S/R1——（R2）——R3——R4

实际作者—隐含作者—（叙述者）—文本—（接受者）—假想读者—实际读者

由于不存在叙事者，相应地，叙事接受者也付诸阙如，文本的内部交流系统无法建立，相应地，叙事行为不存在，叙事行为的外在表现形态叙事话语也就不存在，戏剧文本也就不能是叙事文本了。①

叙事者的消失，使得戏剧无法成为一个叙事文本，而只能成为一个摹仿文本。在戏剧中，那些夹杂在摹仿之间的叙述都不见了，只剩下以语言、扮相、表演等方式为媒介的对于行动的摹仿。剧作者以代言体的方式进行摹仿，演员以对剧本的摹仿进行摹仿。虽然剧本中还存在舞台提示这类非摹仿成分，但它没有人称，没有时态（永远是现在时），并非由叙事者发出的活动，也不是叙事成分，只是戏剧艺术的假定性空间的文字形式。按照结构主义二元对立法则，戏剧作品的构成形式可以表示为：

$$\text{戏剧作品}\begin{cases}\text{故事（深层结构）}\\ \text{摹仿（表层结构）}\end{cases}$$

当然，戏剧中有时也出现叙事活动，但叙事行为的发出者不是叙述者，而是角色。就剧作家而言，他此时仍是在对人物的叙事活动进行摹仿。这些，都不能改变戏剧作为摹仿式艺术的本质。《奥赛罗》第一幕第三场，主人公为了澄清勃拉班修的诬告，证明自己没有拐走他的女儿，有一大段叙述，把自己那段"质朴无文"的恋爱经历从头至尾讲述了一遍。厄尔·迈纳指出："奥

---

① PFISTER M. The theory and analysis of drama [M]. Cambridge: Cambridge University Press, 1988: 3-4.

赛罗的述说所产生的一个主要效果是当这一人物变成叙述者时打断了正常的舞台表演。"① 现在时态的情节停止了，舞台上中断了"现在"表演，回忆一段"从前"的故事。必须等到叙述完了，戏剧情节才能继续进行。从这段叙述行为的作用看，这属于戏剧的情节内叙述。类似的例子还有高乃依的著名悲剧《熙德》，唐·罗德里格向国王费尔南叙述他如何率兵打退摩尔人进攻的全过程的那场戏。与奥赛罗澄清事实的辩白相比，罗德里格当时所面临的情境的矛盾冲突性要弱一些，相应地，这段台词的叙述性也就更纯粹一些。即便如此，它仍属于情节内人物的叙述，是人物行动的一部分。

19世纪末期，戏剧的摹仿原则在易卜生和霍普特曼等人的自然主义戏剧中发展到了极致。有感于20世纪初叶流行于欧美舞台的戏剧过于强调观众对演员以及通过演员对剧中人物的共鸣，以至于放弃了对资本主义艺术的批判，使得艺术共鸣成为"对发达资本主义的个人的共鸣"②，布莱希特提出了"非亚里士多德式戏剧"的概念，反对控制观众的感情，主张观众使用自己的头脑进行思考。他在20世纪30年代提出了"叙事剧"（Das epische Theater）理论，向舞台上具有催眠性的、抑制批评能力的戏剧挑战，主张演员与角色的"间离"和观众与剧情的"间离效果"（Verfremdungseffekt），以达到对事物本质的把握。布莱希特采取了一系列方法，让剧情从戏剧性向叙述性转化，用编年体的结构代替传统的分幕分场制，借用开场白、舞台评论、歌手与受述者、情节片段的前言等手段，将舞台上无法直观展现的内容传达给观众，甚至采用两条互相独立的情节线，让其中的一条情节线对另一条情节线进行叙述，以实现叙述剧的艺术理想。在剧中，布莱希特还大胆使用了预叙和倒叙等手法，让过去的情节和未来的情节在现在时态的情节时空中展现，避免了亚里士多德所感觉到的摹仿方式给悲剧表现情节穿插上的不便。布莱希特的实践达到了"以其史诗性戏剧同以亚里士多德的理论为代表的狭义的戏剧性戏剧分庭抗礼"的目的。它不啻一场改变了戏剧的时间关系的革命。"由于人

---

① 迈纳.比较诗学［M］.王宇根，宋伟杰，译.北京：中央编译出版社，1998：209.
② 布莱希特.对亚里斯多德诗学的评论［M］//布莱希特.布莱希特论戏剧.丁扬忠，张黎，景岱灵，等译.北京：中国戏剧出版社，1990：92.

们在这种戏剧中更重视的不是结局，而是具体的事件，所以，这种戏剧所表现的内容可以是很长时间的事情。"①

可见，叙事作品分析方法进入戏剧是有限制性条件的，它只适合于所谓"非亚里士多德式戏剧"。当然我们也同意，戏剧中的某些叙事性因素也是可以采用叙事分析方法来研究的，但这不能导致戏剧是叙事作品的结论。②

再讨论第二类，以"固定的和活动的画面"为媒介的作品。这类作品包括绘画、雕塑、连环画、影视艺术③等多种非语言形态的艺术。它们虽然都是"画面"，却有着"固定的"和"活动的"区别、孤立的和连续的区别，因而也就有着严格的界限。固定的画面属于"画"的范畴，活动的画面属于"诗"的范畴。莱辛在那部著名的论述画与诗的界限的著作中指出："画所处理的是物体（在空间中的）并列（静态）"，"荷马所描绘的是持续的动作"，"绘画由于所用的符号或摹仿媒介只能在空间中配合，就必然要完全抛开时间，所以持续的动作，正因为它是持续的，就不能成为绘画的题材。……在空间中并列的符号就只宜于表现那些全体或部分本来也是在空间中并列的事物，而在时间中先后承续的符号也就只宜于表现那些全体或部分本来也是在时间中先

---

① 本雅明.什么是史诗剧？[M]//张黎.布莱希特研究.北京：中国社会科学出版社，1984：11-13.

② 处于欧洲传统之外的中国戏剧天然地就是"非亚里士多德式戏剧"。古希腊悲剧在形成过程中采用了《荷马史诗》中的情节作为自己的故事来源。与之相似，中国戏曲从处于同一时空的瓦肆勾栏内的其他艺术形式的综合中诞生时，也采用了讲唱艺术的故事情节作为自己文学要素的来源。与古希腊悲剧不同的是，古希腊悲剧在逐步演变的过程中，悲剧演员由一人发展到两人、三人，逐步褪去了行吟诗人一边叙述、一边扮演（柏拉图所谓叙述摹仿与单纯摹仿）的形式，而以演员对某一个人物的扮演为主。当演员处于某一个角色的装扮中，他只能以这个人物的身份发声，不能跳出角色之外；除了表现角色自我的心理与行动，"扮演者"不再承担其他功能。中国戏曲所继承的讲唱艺术与行吟诗人的口头叙述有所不同，它是与音乐形式一道加入戏曲这门综合艺术的。它不仅给戏曲带来了完整而有相当长度的故事，而且给戏曲带来了讲故事的方式。戏曲演员的出现并不表明叙述者的隐退，相反，演员在必要时，既可以充当人物又可以充当叙述者，可以自由地出入叙述者和人物之间。配角如此，主角亦如此。以唱词为主体的戏曲文学既有代言体的特征，常常也采取叙述人的口吻。其最典型的表现手法莫过于传奇中的副末开场和唱腔叙述。布莱希特对舞台的革命性改造——跳进跳出，在中国戏曲中自然而且普通。

③ 为不使行文过于拖沓，本文有时将电影和电视剧合称为"影视艺术"。

后承续的事物"。① 从固定画面到活动画面的演变,虽然不一定是一场深刻的技术革命,却是一场深刻的艺术革命。回想年画和拉洋片这两种民间艺术的区别,年画的故事必须借助语言才能讲明白;而看上去装置简陋的拉洋片,只不过比年画多画了几幅,便能把哪吒闹海、大闹天宫等故事从头到尾讲述得栩栩如生。画面的连续性使空间艺术变成了时间艺术,使原本以观众为中心的造型展示艺术变成了能够叙述一个事件的全过程的叙事艺术。也就是说,它从画变成了诗。非叙事性的画面获得叙述功能的关键因素,就是向空间的、静态的艺术中注入了时间的、动态的成分,并通过对画面顺序的排列和组合,使原先的平面艺术转变成逻辑的、线性的艺术。克里斯蒂安·麦茨举例说明了从孤立的镜头到连续的镜头的演绎过程中其所指与能指所发生的变化:"一个孤立而静止的沙漠镜头是一幅图画(空间所指—空间能指);若干个断开的连续镜头构成了对沙漠荒原的描写(空间所指—时间能指);若干个连续骆驼商队穿过沙漠的镜头就构成了叙事(时间所指—时间能指)。"② 画面符号的能指和所指均发生了变化,这就是影视艺术中的画面具有语言性质的依据。

马赛尔·马尔丹在《电影作为语言》一书中总结了摄影机镜头从固定的"乐队指挥"视点逐渐向创造性地"取景"演变的过程中出现的新的表现因素及其相应的话语修辞代码:"1. 把情节的某些因素留在画面之外(由此发现了省略的概念)…… 2. 只显示一个有意义的或象征性的细节(相当于提喻法)…… 3. 抽象地、不大自然地组合画面的内容(由此产生象征)…… 4. 改变观众正常的视点(由此产生的仍然是象征)…… 5. 在空间(景深)的第三维上表演,以便由此得出惊人的或戏剧性的效果。"在这个过程中,摄影机镜头运用中的某些手法因反复出现而被赋予语法规范的功能,如镜头大则看的东西少而清晰,镜头小则看的东西多而模糊(类似于语言的描写与概述的区别)。特写镜头适合于表现心理活动或精神紧张(类似于语言的心理描写),仰拍表示对对象的崇仰和赞颂,俯拍表现对对象的蔑视和嘲弄(类似于语言

---

① 莱辛. 拉奥孔 [M]. 朱光潜, 译. 北京:人民文学出版社, 1979:80, 82.
② METZ C. Film language [M]. New York:Oxford University Press, 1974:18.

的抒情功能），还有主观视点、客观视点……不仅如此，镜头的组合还构成了具有语段和句群性质的电影语言单位——蒙太奇。马尔丹将蒙太奇分为擅长表达思想观点的表现蒙太奇和擅长叙述情节、展开事件的叙事蒙太奇两种。根据时间顺序的不同，叙事蒙太奇又可分为线性的、逆向的、交替的和平行式的四种。[①]

对电影表现手法的语言性质的确认，最终确认了电影艺术的性质，它从"物质现实的复制"变成了艺术家通过叙事表达思想和感情、记录人类历史的工具。正如麦茨说："在这些表现手法为我们所熟知之前，它们只不过是机械记录、保存和复制移动的视觉场面的简单手段——不管这些视觉场面是生活化的还是舞台化的，或是虽经精心构思但仍保留着剧场特性的小规模场景——简言之，借用安德烈·马尔罗的术语，是一种'机械的复制'。"[②]

确认了电影表现手法的语言性质，也就同时承认了叙事者的存在。大海究竟是碧波粼粼还是怒涛汹涌，并不取决于大海，而是取决于拍摄大海的镜头。事物有可能"自我表现"，却无法"自我叙述"。观众面前呈现的事件和场景，都是叙事者叙述行为的结果。影视艺术中的"自我叙述"的假象，乃是由镜头语言与日常语言的差距造成的，而非由于影视表演与戏剧表演的相关性。戏剧表演是戏剧艺术创作的特定手段，影视表演则属于影视艺术中的非特定手段，影视表演与镜头叙事是一而二、二而一的关系。在影视创作中，离开了表演，镜头只能进行有限的描写活动，而一旦离开镜头，表演将变得毫无意义。打个比方，镜头好比影视叙述者手中的笔，而表演是笔中的墨。在此不妨比较一下戏剧元素与影视艺术元素的异同。戏剧元素包括戏剧创作的特定因素（戏剧表演）和非特定因素（照明、服装、布景、色彩、音乐等）两部分，影视艺术元素的特定因素是镜头，镜头前的表演与照明、服装、布景、色彩、音乐等一样，均属于非特定因素。

---

① 马尔丹. 电影作为语言［M］. 吴岳添, 赵家鹤, 译. 北京: 中国社会科学出版社, 1988: 27, 128–156.

② METZ C. Film language［M］. New York: Oxford University Press, 1974: 94–95.

让我们看一看电视剧《人间正道》的开头,这是电视剧当中常见的叙述话语。

1. 远景拉摇
朝阳中的平川市。
2. 远景摇叠
(俯)平川市居民住宅。
3. 近景摇叠
阳光下的庄稼地,一棵凋零的向日葵。
4. 近景移叠
干裂的土地。
5. 全景移叠
(车内景象)车缓缓开进一座老城的城门洞,对面有一辆红色面包驶过,停在路边。远处有许多群众。
6. 近景
郭怀秋向车外张望。
7. 中景
许多群众手提水桶围在一块儿。
8. 近景
群众手中提着水桶,争相去接水。
9. 全景
车开到人群旁边,人们正拥挤在一起接水,一男子:"一个一个来,排好队,排好队呀!"
10. 近景
车窗摇下,郭怀秋向车外望。一男人(画外声):"别着急,排好队,排好队。"
11. 近景
郭怀秋向车外张望,群众提着水桶向前拥挤着,一男人在维持秩序:"别挤,别着急,排好队,都有水。"

12. 近景

郭怀秋转过头。(画外声):"我说大家呀,别急,排好队,一个一个的来,都有水。"

13. 近景

一个个的水桶从水车的皮管中接水。

14. 近景

郭怀秋抬眼从车内向外望。

这是一组概述性的镜头,它由远及近,叙述了故事发生的地点、时间,展示了故事的核心——干旱,传达出人们面临缺水的迫切和焦躁心情,并推出了作品的假主人公(这里推出的"假主人公"具有主人公的某些假象,如地位,但他只是以缺损的方式预示未来主人公的某些特质,很快将被真实的主人公取代),让他在困境面前一筹莫展,为主人公上场做好铺垫。叙事者的视角和立场限制了叙事接受者的视域,所使用的语句主要是概述和概括性描写,传达的信息既是明确的,也是限制性的。

影视艺术的语言性质决定了影视文本的交流情境的特性,戏剧文本当中所缺失的叙述者和叙述接受者在影视文本交流情境中乃是不可缺少的一环。由此可以肯定,电影、电视剧等以"活动画面"为叙述话语的作品,其构成形式是:

$$\text{影视艺术作品} \begin{cases} \text{故事(深层结构)} \\ \text{具有话语性质的镜头语言(表层结构)} \end{cases}$$

至此,我们已经论证了影视艺术作品的文体特性,它将成为我们开展的影视虚构叙事作品分析的逻辑起点。

《青春底悲哀》与"悲哀的青春"*

一

在中国现代戏剧史上,有一批剧作家,他们在戏剧史著和文学史著中的地位是相当的,如曹禺、夏衍、郭沫若、田汉以及欧阳予倩、于伶、宋之的等,在两方面都占有"专章"或"专节"的位置。但熊佛西却略有不同。这位中国现代戏剧史上重要的戏剧家,被称为话剧事业的"奠基人"[1]"拓荒者"[2],《中国现代戏剧史稿》(陈白尘、董健主编)和九卷本《中国话剧艺术史》(田本相主编)等均以专门章节甚至多个章节分别论述其剧作成就、戏剧观念及其在戏剧运动、戏剧教育等方面的贡献。尤其是"九卷本",除对熊佛西在北平大学艺术学院戏剧系的教学活动以及在"国剧运动"中的观点详加叙述之外,还为其戏剧创作及"戏剧大众化"实验所取得的成就设立专章。但是,在以作品的文学价值为圭臬的现代文学史著作中,熊佛西的地位并不突出。例如,王瑶先生的《中国新文学史稿(上册)》只是在与五四话剧相关的章节里论及熊佛西的剧本,认为他接受了文明戏的影响,"注重趣味、专想刺激观

---

* 本文原载于上海戏剧学院戏剧学研究中心编《戏剧学(第 8 辑)》(上海人民出版社 2023 年版),收入本书时略有删改。

[1] 丁罗男.熊佛西戏剧思想简论[J].戏剧艺术,1982(4):13–26.

[2] 朱云涛,李伟.熊佛西戏剧理论的独特贡献及其现实意义[J].江西社会科学,2005(2):230–239.

众，是他的特点"①。

　　这种历史定位的差异显然来自论述者看待熊佛西视角的差异：一种是文学的，另一种是戏剧的。以文学史的标准来衡量熊佛西的剧作，势必对其中注重舞台效果、注重剧本演出时观众的呼应的手法不以为意，认为熊佛西未曾为现代文学的人物长廊带来新的形象系列，也未能开创新的文学表现手法，某些由于重视观众而采取的手法甚至会影响文学作品的纯洁性，降低文学作品的品位。而熊佛西的"农民戏剧"在剧场形态和观演关系方面的开拓性成就，则不在文学史的讨论范围之内。但是，若以戏剧史和剧场艺术的标准来衡量熊佛西的创作，则会欣喜地发现，熊佛西在五四时期从事剧本创作之初，就找到了一条将时代精神带入剧场、带给戏剧的普通观众的有效路径。他在20世纪20年代就曾撰文论述观众的重要性："无论那位剧作家，当他下笔前后，脑海中绝对不可忘掉观众，他们的智力、精神、环境及入剧场的目的。……全剧是否可以与观众一种高尚的娱乐，智能，欣赏后的娱乐，这些问题凡是写剧的人都应该慎重的斟酌。"②1924年商务印书馆印行的"文学研究会通俗戏剧丛书"第一种《青春底悲哀》书前有郑振铎和瞿世英的两篇序文，他们都认为彼时的困难是缺剧本，"到处都感着剧本饥荒的痛苦"，有些剧本"在文学上很有价值，然而一旦实地排演起来，便有种种不合适的事情表现出来"，原因就在于作者缺乏舞台经验。熊佛西则为了避免"中看不中演"的流弊，在文学价值与剧场价值难以两全的境况下，宁可选择后者。③可见，只有从剧本文学和剧场艺术两者结合的视角来考察熊佛西的创作，才有可能对他的剧作的成就作出更加全面、客观的评价。

　　通观五四时期熊佛西的《新闻记者》《青春底悲哀》《甲子第一天》《一片爱国心》等一系列剧作，有一个突出的特点，即通过日常的家庭矛盾表现社会冲突，传统的血缘和亲情主要不是承载伦常关系，而是彰显新的时代思潮对传统观念的冲击，借用观众熟悉的戏剧人物关系表现"德先生""赛先生"

---

① 王瑶.中国新文学史稿：上册[M].上海：上海文艺出版社，1982：136.
② 熊佛西.论剧[M]//余上沅.国剧运动.上海：新月书店，1927.
③ 郑振铎，瞿世英.青春底悲哀·序[M]//熊佛西.青春底悲哀.上海：商务印书馆，1924.

的主题。这就与郭沫若、田汉等人擅长在充满主观想象的情境中表现主人公与环境的激烈冲突的浪漫主义剧作风格形成了鲜明的对照。在五四时期的戏剧观众看来，郭沫若、田汉等人的浪漫主义情境新奇而陌生，熊佛西所设计的戏剧情境则较为熟悉，它们承接了文明戏的场景，却表现着更加新潮、激进的主题。虽然从文学史的价值判断来看，熊佛西还不能说为五四新文学开辟了新的领域，但是从戏剧史的角度看，他的剧作堪称独树一帜，在戏剧技巧和舞台演出效果上超过了同时期其他的新文学作家，在表现时代精神和社会新风尚方面又超过了从文明戏转型的剧作家。熊佛西使剧场艺术这种流行的、大众的方式承载了时代的精神，在五四精神与大众接受之间架起了桥梁。

二

独幕剧《青春底悲哀》堪称表达五四时代精神的优秀剧作，但在文学史上它被长期忽略，其主题和题材仅被表述为"写军阀家庭生活的腐烂"[①]（当然，这种略显匆促的评价或可视为20世纪50年代初期时代滤镜曲光折射的结果）。其实，单从剧名看，"青春底悲哀"就是五四的时代强音。鲁迅在1919年1月发表于《新青年》的"随感录"里就说过："我们能够大叫，是黄莺便黄莺般叫；是鸱鸮便鸱鸮般叫。……我们还要叫出没有爱的悲哀，叫出无所可爱的悲哀。"[②]

《青春底悲哀》大约作于1923年，曾两度公演；剧本收入1924年商务印书馆印行的"文学研究会通俗戏剧丛书"第一种《青春底悲哀》[③]。它写的是发生在稽察长贾正经家里的青年人身上的"悲哀"：年约五十岁的贾正经的年约二十二岁的四太太晓琴与他的年约十九岁的儿子贾世杰之间发生了热烈而真挚的爱情；这一秘密被丫环景儿不经意间撞见，便告诉了她的相好、已有

[①] 王瑶.中国新文学史稿：上册[M].上海：上海文艺出版社，1982：136.
[②] 鲁迅.随感录四十[M]//鲁迅.鲁迅全集：第1卷.北京：人民文学出版社，1981：322-323.
[③] 这是熊佛西的第一部戏剧创作集，收入了他的四个剧本：独幕剧《青春底悲哀》、独幕剧《新闻记者》、二幕剧《新人的生活》、三幕剧《这是谁的错》。

家眷却瞒着她的贾府男仆魏禄。贾正经发现男女仆人偷情，遂决定开除魏禄。魏禄为了保住饭碗，向四太太晓琴求情，并以公开晓琴与世杰的私情相威胁。晓琴和世杰不得已，欲私付魏禄一千大洋以封其口。魏禄在银行兑付支票时引发猜疑，被巡警押回贾家。为了洗刷自己的嫌疑，他向贾正经告发了晓琴与世杰的情人关系。震怒的贾正经欲置晓琴于死地，于是晓琴和世杰决定逃走。大幕落下前，贾晓琴鼓励贾世杰道："原来我们的生命在世界上就是自由的，好像自由鸟似的，喜欢飞到什么地方，就上什么地方；我们也是这样，喜欢走到什么地方，就上什么地方，难道这大的一个地球，还没有我们安身立足的地方吗！"世杰也回答道："走……走……走……我们既是有路可走，何必不走呢？"

这部独幕剧的主题是双重的，相当于五四时期流行的"肉的苦闷"和"灵的苦闷"。第一重含义是"青春的悲哀"，它发乎人类的自然生理，是正常的、健康的生命力的表现，当这种生命力受到来自家庭或社会的阻挠而无法达到其目的，明明是一对年龄相当的青年男女，却被不合理的社会制度和扭曲的家庭制度变成了"母子"关系，原本是遵从自然的生命规律的行为，却被看作违背了不合理社会中的"人伦之常"。于是，生命的"悲哀"产生了。这一重冲突就是"青春的正当要求在这个社会、这个家庭里无法实现而导致的矛盾"。第二重含义是"悲哀的青春"，就是生逢此一时代，青春断然无法逃离悲哀的命运。这一重含义的悲剧性冲突相较于第一重在空间上更加广泛，时间上则更加具体，较为短暂，它集中在剧作演出所处的社会语境当中。晓琴的身世是：父母暴死于土匪之手，走投无路之中被亲戚骗来卖给了年龄大出约30岁的警署官僚贾正经，"在未知道我是被骗以前，实指望到此地来升学的，谁知反陷到火坑里来了"。她对家里的仆人魏禄说："我在这儿不过是一件死物罢了，是毫无主权的；老爷今天欢喜我，就叫我在这儿，如果明天不欢喜我，还不是要与你一样吗？在这个年头，各人心里有各人的痛苦，各人的悲哀，我自己的烦闷，实在比你的还要多得多呀！你们都知道我的出身是四百块钱卖给老爷的——我的身体是不能自由的，你们虽然没有钱，倒有个自由的身体呀！"

若要说"青春的悲哀"与"悲哀的青春"的区别，那么，前一种矛盾的根源是自然的、生理的，矛盾的主要方面是青春的生命；后一种矛盾的根源是政治的、经济的、历史的、文化的，矛盾的主要方面是社会。因此，"青春底悲哀"不仅是熊佛西剧中人物的命运，是熊佛西对同代人历史命运的艺术概括，也是五四新文学的普遍题材，是五四新文学总主题的表现形式之一。予谓不信，请看：

胡适的新诗《病中得冬秀书》："我不认得他，他不认得我，我总常念他，这是为什么？……岂不爱自由？此意无人晓：情愿不自由，也是自由了。"——哀莫大于心死，绝望之情感力透纸背。郁达夫的小说《沉沦》中主人公痛苦地呼喊："槁木的二十一岁！死灰的二十一岁！我真还不如变了矿物质的好，我大约没有开花的日子了。"郭沫若的新诗《凤凰涅槃》将无爱的生命比作"缥缈的浮生"和"黑夜里的酣梦"。淦女士（冯沅君）的小说《隔绝》里控诉的内容很直截，追求的目标也很单纯："为什么对于我不爱的人非教我亲近不可，而对于我的爱人略亲近点，他们就视为大逆不道？"与这几位青年人相比，鲁迅已是人到中年，他以更加深邃的目光既看到了过去，也看到了未来。他提供的解救青春的方案是："没有法，便只能先从觉醒的人开手，各自解放了自己的孩子。自己背着因袭的重担，肩住了黑暗的闸门，放他们到宽阔光明的地方去；此后幸福的度日，合理的做人。"①以先知和拯救者的立场，希望通过自己的牺牲，使下一代人获得拯救。中国现代文学史学家黄侯兴曾提出"'青春型'文化品格"这一命题，以概括和表述五四精神培育下形成的反叛型人格。②

学界普遍认为，五四运动的缺点之一是时代精英们缺少与普通民众的紧密联系，其原因既有主观—实践的，也有客观—历史文化的。所谓"客观—历史文化"的，就是说，五四反封建的"民主""科学"话语每每只是在知识精英的内部传播，当时还没有形成通向社会大众的传播渠道，因而，时代精神很难在日常生活中产生共鸣。人们在谈及中国现代话剧的剧本形态的成熟

---

① 鲁迅. 我们现在怎样做父亲 [M] // 鲁迅. 鲁迅全集：第1卷. 北京：人民文学出版社，1981：130.
② 黄侯兴. 论郭沫若"青春型"的文化品格 [J]. 文学评论，1992（5）：4-15.

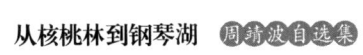

晚于诗歌、小说和散文时,总会归因于戏剧艺术的完成还有赖于舞台演出这一重要环节。只有当剧本在舞台上演出之后,"戏剧"的创作过程才告结束,但是,五四戏剧的这一不足在熊佛西手中似乎有所补救,因为他的几个早期剧本都曾在北京的真光电影院、中央公园、北京青年会、协和医学校大礼堂等处上演过。我们当然不会认为这些演出与当时的演出市场无异,但舞台演出的观众会比印刷剧本的读者人数更多、其成分更加具有不确定性则是可以想见的。因此,熊佛西的"可演的"剧本相较于舞台化程度较低的剧本来说,在传播新思想、新观念方面就有了明显的优势。例如,《新闻记者》中对近代才产生的新闻工作职业道德的观念的宣传,因为有了戏剧情境的支撑,就更加容易被传播和接受:"我绝没有想着神圣的新闻界里有你这种不顾廉耻的人,'有闻不录'已经犯了'新闻记者'的信条,而你现在竟敢用'新闻'来强迫别人的婚约……照你这种行为看起来,简直比强盗还凶恶。"熊佛西的其他剧本以人物为传声筒,也与五四时期精英作家形成了鲜明的互补关系,如《新人的生活》中女主角曾玉英的台词与郭沫若剧作《卓文君》女主人公的声音就明显属于二重唱:

  卓文君:我以前是以女儿和媳妇的资格对待你们,我现在是以人的资格来对待你们了。……我自认我的行为是为天下后世提倡风教的。你们男子们制下的旧礼制,你们老人们维持着的旧礼制,是范围我们觉悟了的青年不得,范围我们觉悟了的女子不得!

  曾玉英:难道为父母的不许他们的儿女去做"人"么?世界上做儿女的人,在各方面都应该听他们父母的话吗?那么他们自己呢?我老实告诉你们说罢:你现在再不要用那些"父母之命"来骗我了,因为我现在认识了我自己是一个"人",并不是一块"木头",为什么要给你们当作"发财""害人"的材料呢?现在我自己要去做人了!再会!再会!

又如《青春底悲哀》中贾正经的弟弟贾正纬在为自己女儿的自由结婚行为辩护时,竟然说出了与鲁迅小说《伤逝》中女主人公相类似的话:

《青春底悲哀》与"悲哀的青春"

> 贾正纬：总之，无论社会上怎样地批评我，怎样地骂我，但我始终认为我的女儿与高丽人结婚是对的；况且这是他们俩的事情，别人是不能干涉的。
>
> 子君：我是我自己的，他们谁也没有干涉我的权利。

我们或许还应该注意到，《伤逝》的发表时间是1926年；《青春底悲哀》的发表时间是1924年，此前已经在北京真光电影院公演两次。

三

为了彰显"青春的悲哀"这一主题，熊佛西早期的戏剧着力刻画了两类人物。第一类是迫害青年、摧残青春的三股势力：第一股势力是老人的势力。"老例"无处不在，压制着青年人的生命欲望，是五四启蒙运动首先面对的现实。《青春底悲哀》里的反角、稽察长贾正经"年约五十岁"；《新人的生活》中亲手制造了侄女玉英的婚姻悲剧的家长、资本家曾道章亦"年五十"；《这是谁的错》中奸诈而愚蠢的老官僚罗裴荣又是"年约五十"，他满以为可以通过把女儿许配给省长、督军的儿子而与政客和军阀加强联系，从而获得更多的财富，哪想到自己的姨太太伙同旧日姘头在他的茶水里投毒，抢先一步害了他的命，谋了他的财。第二股势力是社会上的当权者，如省长、督军、督办、稽察长，均属于邪恶势力。他们或许不直接露面，却如乌云一般挡住了年轻生命的健康成长所需的阳光。第三股势力就是金钱以及与金钱伴生的私欲、个人占有欲。按照定义，新闻事业应该是社会的正义和良心的代表，但《新闻记者》一剧中的报社编辑胡天民却以社会公器谋取私利，当骗取马啸兰的感情的目的被挫败时，他竟然威胁对方"要在报上毁坏你的名誉，同时还要宣布你父亲'鸦片烟大王'的罪状"，企图"用'新闻'来强迫别人的婚约"。

第二类是青年女性。马克思主义认为："在任何社会中，妇女解放的尺度是衡量普遍解放的天然尺度。"① 那么我们是否可以推论,妇女形象在剧中的地位和功能是衡量剧作家女性观的先进性和革命性的一个尺度?熊佛西惯于将社会性主题放在家庭环境中表达,因此女性形象始终是剧中举足轻重的。但熊佛西不仅把青年女性作为主要人物,还把她们作为全剧主角,作为戏剧冲突的发出者和主导者,女性角色的行动决定着戏剧情节的展开方向和推进节奏。这是他区别于同时期其他重视女性形象的剧作家的地方。从这点看,熊佛西的社会解放意识和女性观都居于同时代剧作家的前列。

从剧作标题看,《新闻记者》的主要人物似乎是胡天民,但剧情中马啸兰才是主人公。剧中的三个男性人物均围绕着马啸兰发出行动,马啸兰对待他们的态度也就是作者的态度。胡天民虚伪、自私的性格以及把社会舆论的公器当作满足私欲和报复他人的工具的行为,都是由马啸兰对他的情感选择和价值评判引起的。剧中的三个男性,胡天民是反角,马云龙是凭黑心挣钱的鸦片烟大王,只有尊重马啸兰的选择的周超群才是谦谦君子。全剧以马啸兰对胡、周二人的态度从含糊到清晰为线索展开情节,表明她才是驾驭情节走向的故事主人公。《青春底悲哀》中的贾晓琴在生活中失去了自由,任人买卖。身为"四太太",她在家中的真实地位却和仆人相似,但在喊出青春的"悲哀"并与悲哀的命运的抗争中,却一直处于主导地位。她的勇敢担当,也给了世杰以莫大的勇气。当秘密被泄露,贾晓琴面临生命危险时,世杰提出利用机会逃跑,在世界上找一个自由的地方。

尤其是《一片爱国心》中的唐亚男的形象,更显示了熊佛西关于男女平等,甚至女子在社会意识方面要高于男子的观念。这是五四时期的妇女观的更进步的一面:不仅认为女子和男子是同等的人,而且,"女子和男子是不同样的人"②。在这个以家庭成员之间的矛盾反映日中两国冲突的三幕剧中,对垒的双方表面上是日籍的唐夫人(母亲)与中国籍的唐华亭(父亲)、少亭(子)、亚男(女),他们都站在各自的"爱国"立场上维护本国的利益。而

---

① 恩格斯.反杜林论[M]//中共中央马克思恩格斯列宁斯大林著作编译局.马克思恩格斯文集:第9卷.北京:人民出版社,2009:276.恩格斯此处转述的是夏尔·傅立叶首先提出的观点。
② 舒芜.周作人的是非功过[M].北京:人民文学出版社,1993:132.

进入剧中的情境后，却可发现，剧中的人物却分别属于积极的、主动的行动者（母与女）和消极的、被动的行动者（父与子）这样两组。那么，我们将会看到，这个戏更加令人感兴趣的主题也许并非政治上的，而是以性格冲突表现出来的性别对立。剧中最先展开的是母女冲突。母女俩都具有意志坚定、毅力坚强的特点。亚男要到学校主持"抵制日货"的会议，因此必须穿中国服装；唐夫人则明确表示不许女儿抵制日货："这是我的责任！也是我的权利！"并坚持要女儿穿和服上学。唐夫人要求在家门口悬挂太阳旗，亚男则撺掇仆人悬挂五色共和旗。唐夫人引诱儿子少亭签署把中国矿山卖给日本人的契约，被女儿亚男一眼识破，坚决阻止。在争执中，亚男打碎玻璃窗，玻璃碴将唐夫人眼睛刺瞎。因为精神上受刺激，亚男进入时而糊涂时而清醒的状态。在外，有人骂她"日本化""亡国奴"，在内，她又是一个"大大不孝的女儿"，害得母亲失明。即使唐夫人出院回到家中，也无法改变亚男疯了的事实。而这家的一对父子，却在大是大非面前毫无主见，与母女俩相对照更是显得畏首畏尾。唐华亭这个"前清革命党，民国退职之总长""意志薄弱而惧内"，在与日籍妻子发生矛盾时，竟任由后者拉扯胡须而不敢反抗。亚男的哥哥少亭在官府当差，却在母亲的威逼下签下出卖矿山的不平等协议。这种对照固然也是为了出现闹剧式的舞台效果，但从情境设置的角度看，显然是为了表现出女子与男子的"不一样"，是剧作家进步的女性观的表现。为了凸显对女性的尊崇，熊佛西公然将传统的男性责任放到了女性的肩上，借亚男的同学周女士之口公然宣称："咱们千万不可忘记，治国平天下应该先从'齐家'起！倘想世界革命，不可不先从家庭革命下手！"该剧的观众想必都知道，此处"家庭革命"的含义就是要打破男尊女卑的传统，颠覆"夫为妻纲"的礼法。

论鲁侍萍角色的功能性*

一

曹禺在《〈雷雨〉序》中写道:"写《雷雨》是一种情感的迫切的需要。我念起人类是怎样可怜的动物,带着踌躇满志的心情,仿佛是自己来主宰自己的命运,而时常不是自己来主宰着。受着自己——情感的或者理解的——捉弄,一种不可知的力量的——机遇的,或者环境的——捉弄;生活在狭的笼里而洋洋地骄傲着,以为是徜徉在自由的天地里,称为万物之灵的人物不是做着最愚蠢的事么?我用一种悲悯的心情来写剧中人物的争执。"[①] 在《〈日出〉跋》中,他又说道:"《雷雨》里原有第九个角色,而且是最重要的,我没有写进去,那就是被称为'雷雨'的一名好汉。他几乎总是在场,他手下操纵其余八个傀儡。"[②] 这两段话,前者表述的是《雷雨》的叙述视角及其所传达的中心意识,后者表明了叙述视角在剧中的存在方式。两者都直接涉及人物的功能性问题,即剧中的叙述视角是如何建构的?那个"几乎总是在场"而实际上无形的人物是谁?谁能超越情节的内交际系统与戏剧—观众间的外交际

---

* 本文原载于《云南艺术学院学报》2011年第1期,收入本书时略有删改。
① 曹禺.《雷雨》序[M]//田本相,刘一军.曹禺全集:第1卷[M].石家庄:花山文艺出版社,1996:7-8.
② 曹禺.《日出》跋[M]//田本相,刘一军.曹禺全集:第1卷[M].石家庄:花山文艺出版社,1996:385.

系统间的屏障，在两者之间建立最富戏剧性的信息通道？这是引导我们正确理解《雷雨》主题和悲剧内涵的重要线索。钱谷融在20世纪60年代初发表的《〈雷雨〉人物谈》中认定："那被称为'雷雨'的好汉"，"并没有漏掉，还是写进去了。那个人就是繁漪。……照我看来，繁漪不但有'雷雨的'性格，她本人简直就是'雷雨'的化身，她操纵着全剧，她是整个剧本的动力"。①这个基于《雷雨》初版本序言解读的观点，在研究界产生了相当广泛的影响，但是，这个观点没有注意到名词"雷雨"和形容词"雷雨的"的区别②，进而导致将有着"雷雨的"性格的繁漪直接等同于"第九个角色""雷雨"。这种理解与剧作家本人在《雷雨》发表两年后的自述有着明显的偏差。曹禺很明白地说，"最重要的""第九个角色"没有写进去，而且这个角色对剧中的八个人物有着"操纵"的力量。按照钱谷融的思路，势必将情节中的性格与结构中的功能相混淆，用角色的性格分析替代隐含人物的功能分析，这样一来，《〈日出〉跋》中的相关段落就没有落脚点了。

本文认为，"第九个角色"不是一种性格化的存在，而是一种功能性的存在，它是剧中所有八个人物之间的关系的产物，也是故事的叙述者在文本中的存在方式，还是作品主题的阐释者。当我们通过对《雷雨》文本的解读，与作品努力要传达的"悲悯"情怀产生强烈共鸣时，"第九个角色"就出现在我们的眼前了。质言之，它是戏剧文本的叙述视角及其所包含的主观感知的综合体现。

作为一种特殊的叙事作品，戏剧的叙事情境中的叙述者常常处于缺失状态③，事件以自我"呈现"的方式展示给受述者，因而，叙述话语殊难寻绎。于是便生出了叙述式叙事与摹仿式叙事的差异。在叙述式叙事中，叙述者可

---

① 钱谷融.《雷雨》人物谈[J].文学评论，1962（1）：48.
② 曹禺《〈雷雨〉序》："她是一个最'雷雨的'（原是我的杜撰，因为一时找不到适当的形容词）性格，她的生命交织着最残酷的爱和最不忍的恨……"（田本相，刘一军.曹禺全集：第1卷[M].石家庄：花山文艺出版社，1996：9.）
③ 普菲斯特.戏剧理论与戏剧分析[M].周靖波，李安定，译.北京：北京广播学院出版社，2004：4-5.

以直接对人物或事件进行价值评估和道德判断，尤其在全知视角的叙述行为中，叙述者无论是否站出来"发表有关道德、人生哲理等方面的议论"[①]，都可以将自己的情感和理智表达出来，进而对受述者加以引导。传统的幻觉式戏剧则无此便利。由于戏剧场景如生活中一般自动呈现，角色的语言只遵从生活的逻辑，不可能与观众达成直接的交流，因此，如何将这种无叙述话语的作品认定为叙事作品，便面临着一层困扰。为了避免叙事作品必须要有叙述话语为中介的纠缠，查特曼提出，一部作品只要具备时间结构、人物形象、场景等叙事特征，就可以被认定为叙事作品，而不必纠缠于叙述式叙事与摹仿式叙事的区别[②]。玛丽－劳尔·瑞安则提出将叙事定义为一种"认知模式"，它包含一个世界的精神图像（空间维度），这个世界必须经历包含因果关系的物理状态的变化（时间维度），这种物理状态的变化还必须与精神状态和事件相关联（逻辑、精神和形式的维度）[③]。曼弗雷德·普菲斯特采用了"视角"和"视角结构"的概念来分析戏剧，从而在小说文体与戏剧文体之间找到了共同点。戏剧作为一种特殊的文类，其信息的发送与接受是在内、外两个交际系统中交互进行的，内交际系统即故事情节之内角色的相互交流，外交际系统即角色与受众之间的交流。他更指出，"重要的问题是要将角色视角和作者隐含的接受视角区分开来"[④]。显然，普菲斯特为戏剧的叙事学分析提供了独特路径和操作的依据。戏剧中叙述者的有无，因历史时期和戏剧类型的不同而异（古希腊悲剧和布莱希特叙事剧中不仅有叙述者，而且其中歌队、歌手的功能也都与小说中的叙述话语相当，但在追求客观真实的幻觉效果的古典主义

---

① 申丹.叙事、文体与潜文本：重读英美经典短篇小说［M］.北京：北京大学出版社，2009：216.
② NUNNING A, SOMMER R. Diegetic and mimetic narrativity: some further steps towards a narratology of drama［M］// PIER J, LANDA J A G.Theorizing narrativity. Berlin, New York: Walter de Gruyter GmbH & Co., 2008: 345.
③ MARIE LAURE R. On the theoretical foundations of transmedial narratology［M］// PIER J, LANDA J A G.Theorizing narrativity. Berlin, New York: Walter de Gruyter GmbH & Co., 2008: 335.
④ 普菲斯特.戏剧理论与戏剧分析［M］.周靖波，李安定，译.北京：北京广播学院出版社，2004：74.

戏剧和自然主义—现实主义戏剧中,任何外在于情节的人物和话语都不能出现),唯有"视角"普遍存在。因此,将角色视角和作者隐含的接受视角区分开的目的之一,就是要在角色视角中发现作者隐含的接受视角,从而发现叙述者和叙述话语在戏剧文本中的存在方式。

在幻觉式戏剧中,往往可见叙述者隐藏在某个角色视角之中。这个角色有着"独立于作者之外的个人视角"[①],与内交际系统的其他人物处于同一等级,但他在一定程度上又代表着作者视角,有着超越其他人物的高级地位,外交际系统中的观众可以通过这类单独的角色视角再造作者隐含的接受视角。

用这样的观点来考察《雷雨》,就会发现,繁漪这个角色很难承担作者隐含视角的功能,因为她是戏剧情节的核心人物,她身上所体现的"极端"和"矛盾"是情节的推进力量。不仅如此,作为剧中人物,她的信息知悉水平较低,只是凭借自己的特殊敏感发觉周萍和四凤之间的恋情,却不知道这种关系的实质,与真实之间隔着一道厚厚的帐幔,甚至自己也被隐秘的"真实"捉弄。正因为如此,她不可能是"几乎总是在场"的"第九个角色"。

二

《雷雨》里的八个人物大致可以分为两类,一类偏重主题性,一类偏重功能性。前一类又可分为三组。周朴园、周繁漪、周萍构成了全剧的情节核心——对周朴园所维持的秩序的反叛与抗争。其中繁漪最具行动力,她以飞蛾扑火式的勇猛,偕同周萍冲击着周朴园引以为豪并加以维护的家庭秩序,其结果,在战取对立面的同时,也使自己"顿时化为乌有"。这组人物关系所体现的"踌躇满志"及其结局之间的矛盾,已经足以满足作者释放情感的迫切需求,可视为"雷雨"悲剧的基石。第二组为周冲和鲁大海,这是两个带

---

① 普菲斯特.戏剧理论与戏剧分析[M].周靖波,李安定,译.北京:北京广播学院出版社,2004:74.

有理想色彩的形象①。其实，从个人的价值取向上看，周冲心中充溢着对未来的梦想，鲁大海则已经屈服于现实的严峻，两人分明代表着梦幻和无梦两个极端。之所以说他们都带有理想色彩，乃是因为他们都有着与周边的情境格格不入的气质，都与周家的现实相"隔离"②。周冲说，"我们的真世界不在这儿"，这句话对鲁大海而言同样真实。第三组人物只有四凤一人。这是一个奇特的人物，她是周冲的精神遁逃薮，是命运悲剧的主要承受者。她站在所有人的中间却又不是全剧的中心人物，其他人都因对她的态度相互对立而形成冲突。因为她的出现，周萍与繁漪之间原有的情欲关系突然变成了相互折磨的关系。周冲将四凤视为理想世界里"引路的人"，鲁大海却断定"她的将来是给一个工人当老婆，洗衣服，做饭，捡煤渣"，两人还因此发生了语言上的冲突。鲁贵和鲁侍萍则因对女儿命运的不同关切而在人格上显得判若云泥。

后一类为鲁贵和鲁侍萍，这是两个功能性人物。鲁贵的功能表现在叙述性（为戏剧情节的初步展开提供必要的信息）上。在剧本的"情节介绍"阶段，他与四凤之间的对白为受述者进入戏剧情境提供了必要信息，使戏剧情节得以顺利展开，但他除了凭借偷窥和偷听等低级手段获悉周萍—繁漪—四凤之间的秘密关系外，对全剧的核心信息并不了解。在全部八个人物中，他的信息知悉水平是最低的。第二幕，当周朴园担心"很不老实的"鲁贵将周鲁两家三十年的恩怨泄露出去时，鲁侍萍肯定地回应道："你不要怕。他永远不会知道的。"果然，真实的大门永远向鲁贵紧闭着。直至第四幕，当他无意之中将"我的家里的——，就是鲁妈"名叫侍萍的信息透露给繁漪，即将把情节引向悲剧性的总爆发时，他竟连共同生活近二十年的妻子年轻时的照片都认不出来，自然也就不知道他与女主人的这段对话有多少玄机，"侍萍"在全部戏剧情节中的地位是多么关键。信息知悉程度的低水平和人物关系中的

---

① "从部分剧中人的梦想和生存意向上，可以见到朦胧的理想国在昭示希望。这可以从鲁大海和周冲两个人的行动和语言中见到。"（王晓华. 压抑与憧憬：曹禺戏剧的深层结构［M］. 北京：中国社会科学出版社，2001：8.）

② 曹禺.《雷雨》序［M］// 田本相，刘一军. 曹禺全集：第1卷［M］. 石家庄：花山文艺出版社，1996：11.

边缘状态，与他低下的仆人地位和卑微的奴才人格正相适应。这也是作者意识的一种表现。①

鲁侍萍的功能性截然不同。她在剧中虽然是最后上场的人物，但她的出现却有着划分情节段落的作用，从她与周朴园意外相逢开始，观众对剧中信息的把握就从低级知晓走向了高级知晓。同时，鲁侍萍本人是所有角色中知晓水平最高的人，她也由此承担了其他七个人都无法承担的真实的担子，是各种人物关系中起着枢纽作用的人物。她在情节中的历史与周朴园一样长，不仅是周萍和鲁大海的母亲，同时是鲁四凤的母亲，因此对剧中的年轻人有着等量的关切（周冲除外），对悲剧性的敏感程度高于其他任何人（周朴园虽对周萍有着父亲的关切，但其内容与核心剧情无关，因而显得最迟钝）。在这个基础上，剧情的叙述者将隐含的叙述视角大部分融合在她的人物视角上，并通过她与叙事文本的受述者进行交流，也就是理所当然的了。她的角色视角仅次于实际上并不存在的全知视角，由此看来，《雷雨》中最有可能具备"第九个角色"的若干功能的人物，就是鲁侍萍。

三

鲁侍萍形象的功能性首先表现在戏剧结构的划分上。从剧情发展的角度看，《雷雨》第一幕属于"一种说明性的情节介绍"②——当然，是有着丰富戏剧效果的情节介绍。在这一阶段，观众从鲁贵和四凤的对话中开始知悉周家家庭成员之间的复杂关系，并从"喝药"这一重点场面中领教了周朴园的专制，体验了周繁漪的痛苦，看到了周萍的软弱，对文本内信息的知悉程度迅速提高，但是从总体上看，外交际系统的观众知悉水平并没有超越内交际系统里的角色，戏剧冲突的全部实质还没有显露。及至第二幕中部鲁侍萍上场，情节发生了第一次转折。她看到屋里的摆设和自己年轻时的照片，突然明白

---

① 曹禺等现代作家对于奴才形象的成功塑造，已经有学者做过专门研究。
② 爱克曼. 歌德谈话录［M］. 朱光潜，译. 北京：人民文学出版社，1978：98.

了真相（实际上应是向观众指明了真相）。鲁侍萍对自己身份的再次发现，织就了周鲁两家两代人之间复杂的血缘关系网，观众对情节的了解程度终于从与角色重合的水平达到了高级知悉，进而调整好对情节发展的进一步期待，也就是作者所"祈望"的，"以一种悲悯的眼来俯视这群地上的人们"[①]。此外，鲁侍萍的出场还带来了重新审视周家客厅的布局细节及其所隐喻的历史事件和现实情境的新视角。原本在观众眼里只有一般规定性的布景和道具（衣服柜、黄桌布、紧闭的门窗等）立刻显示出特殊意味，成为戏剧情境的重要构件。作为有丰沛生命力的性格的角色，鲁侍萍在这场戏里也有一个迅速的升华过程。从盼望着与周朴园相见，到意欲倾诉满腹积怨，再到决绝地将周朴园递过来的支票撕碎，她迅速地完成了精神的跨越，超脱了情感的羁绊，从而把全部的关切都放在了儿女们身上。

作为一个功能性人物，鲁侍萍出现的场面大都是重点场面和必需场面，就连第三幕结尾处短短的过场，也是联系前后情节的重要环节。不仅如此，在大多数场面里，鲁侍萍几乎都起着主导作用。她与周朴园邂逅的场面，成为后者性格复杂性的最重要的展示机会，但在两个人的对话过程中，鲁侍萍却一直处在主动者的地位。在第三幕，鲁侍萍发现四凤与周家少爷来往，在内心的巨大恐惧压迫下，她坚决要求女儿向天发誓以后永远不见周家的人；随后四凤在滚滚雷声中的那声回应，即已构成了全剧的情绪高潮。而第四幕中鲁侍萍的低声独白，更可视为命运之神搭在满弓之上的利箭。

为了增强鲁侍萍角色的功能性，将她的人物视角中所包含的作者意识直接传达给观众，《雷雨》甚至不惜突破自然主义以降幻觉式戏剧的成规，为她安排了两处独白——也是全剧中仅有的独白。作为最便于表现作者观点和作者态度的戏剧手法，独白（有时又称"自语"）及旁白手法曾在漫长的戏剧史上为人们所青睐，但在追求理性的古典主义出现后，这种手法受到了限制。易卜生在谈到剧本《布朗德》时甚至说："我特别注重形式，在各种形式中，

---

① 曹禺.《雷雨》[M]//田本相，刘一军.曹禺全集：第1卷[M].石家庄：花山文艺出版社，1996：98.

我做的最成功的是没有一句独白，连旁白也不用。"自然主义大师斯特林堡在《朱丽小姐》序言中则认为，如果能找到独白的现实动机，那么合乎生活中人物性格和身份的独白还是自然的。拿这样的观点去衡量鲁侍萍的两次自语，应该说，动机虽然充分，但手法未免过于直接。在第二幕，为了确保全剧前半段最重要的信息能够引起观众的充分注意，剧本不仅让鲁侍萍在与女儿四凤交谈时反复表达"这地方怪得很，这地方忽然叫我想起了许多许多事情"，"忽然我把三十年前的事情一件一件地都想起来了，已经忘了许多年的人又在我心里转"，而且特意把四凤支开，留着鲁侍萍一个人在台上出声地自语：

> 哦，天哪。我是死了的人！这是真的么？这张相片？这些家具？怎么会？——哦，天底下地方大得很，怎么？熬过这几十年偏偏又把我这个可怜的孩子，放回到他——他的家里？哦，好不公平的天哪！

其实，用幻觉主义的舞台艺术来要求，这段独白当属于冗余信息，因为此前的对白当中已经充分透露了相关信息，即使信息的透明度还不够高，紧接其后的鲁侍萍与周朴园相见的场面也可以补足。曹禺所推崇的契诃夫的诗意现实主义戏剧就根本杜绝这类不自然的手法，但此处我们也无意从编剧技巧的角度进行批评，而是想提醒人们注意，为了充分发挥鲁侍萍这一角色的功能性，作者不惜在剧作风格的统一性上作出了让步和牺牲。

第二处就是研究者们经常引用的侍萍在第四幕的独白：

> （沉重的悲伤，低声）啊，天知道谁犯了罪，谁造的这种孽！——他们都是可怜的孩子，不知道自己做的是什么。天哪，如果要罚，也罚在我一个人身上；我一个人有罪，我先走错了一步。（伤心地）如今我明白了，我明白了，事情已经做了的，不必再怨这个不公平的天；人犯了一次罪过，第二次也就自然地跟着来。——（摸着四凤的头）他们是我的干净孩子，他们应当好好地活着，享着

福。冤孽是在我心里头,苦也应当我一个人尝。他们快活,谁晓得就是罪过?他们年青,他们自己并没有成心做了什么错。(立起,望着天)今天晚上,是我让他们一块儿走,这罪过我知道,可是罪过我现在替他们犯了;所有的罪孽都是我一个人惹的,我的儿女们都是好孩子,心地干净的,那么,天,真有了什么,也就让我一个人担待吧。……

这段独白对戏剧成规的突破更甚于前者,它是鲁侍萍在与四凤、周萍、鲁大海紧张对话的场合突然"当众孤独",对着观众说出来的,与场上的交流情境相孤立。固然,我们可以将它解读为人物心理活动的直接外化,但这未免有些忽略了其中深意。作者之所以再次突破幻觉式剧场的成规,就是要在情节的高潮段落对戏剧主题做一次直接的阐释,与序幕和尾声相呼应,进而达到结构的平衡。

就笔者目力所及,学者们似乎更多地倾向于从心理学的角度讨论《雷雨》的序幕和尾声,因为曹禺说过,它们的用意乃是"想送看戏的人们回家,带着一种哀静的心情"[①]。其实,序幕和尾声也正是作者直接表达主题的地方。两场戏的场景是已经改为教堂附设医院的周家公馆,大幕拉开时,传来"教堂内合唱颂主歌同大风琴声",并且要求"最好是"巴赫的《b小调弥撒》之"奉主名来的当受祝福",歌声还一直延续到尾声,将全剧包裹在浓厚的基督教氛围之中。尽管这里出现了一点笔误(巴赫的《b小调弥撒》及其他四部弥撒都是用包含羽管键琴在内的管弦乐队伴奏的声乐作品,且"奉主名来的当受祝福"是一首温馨甜美的超男高音咏叹调而非合唱。如果按照舞台指示所要求,那么,音乐给人的感受就仿佛沉浸在上帝的祝福之中,幸福而恬

---

① 曹禺.《雷雨》序[M]//田本相,刘一军.曹禺全集:第1卷[M].石家庄:花山文艺出版社,1996:14.

静)①。但无伤大雅,因为《雷雨》的序幕和尾声主要是为了传达一种与基督教相关的情绪,彰显作者的悲悯情怀,无论是选用巴赫的声乐作品还是器乐作品,无论选用弥撒曲中的哪一段,所制造的舞台气氛都应该是一致的。或许正是因为作者的笔误,反而激发我们通过《b小调弥撒》加深对《雷雨》主题的读解。曹禺曾反复说到对宇宙中主宰着造物命运的神秘力量的憧憬,从《b小调弥撒》各段的标题上,或者可感到,青年曹禺渴望着为自己那不安的灵魂找到寄放的场所,"上主赐怜悯于我们""荣耀归于至高的上主""你除掉了世界的罪恶,赐怜悯于我们,倾听我们的祈求""上帝的羔羊除掉世界上罪恶的,恳求赐怜悯于我们""圣哉、圣哉、圣哉万灵之主,他的荣光充满大地""赐给我们平安"……曹禺说:"我是一个贫穷的主人,但我请了看戏的宾客升到上帝的座,来怜悯地俯视着这堆在下面蠕动的生物。"②如果说序幕和尾声的功能是"邀请"和"送客",那么《b小调弥撒》这个标题所传达的信息就相当于全剧的"进场歌"和"退场歌"。与此相呼应的侍萍独白与头尾两处的音乐构成了完整的作者视角的三个支点。

鲁侍萍的第二段独白有两层含义,一层是情节内含义,另一层是主题含义。在情节层面,鲁侍萍是一个被悲剧命运摧残的妇人,而悲剧的源头就是年轻时在人性的召唤中与周家少爷的那段情感付出,因此,她要杜绝女儿重蹈覆辙。但是,不公平的命运最终还是发生在了下一代身上,甚至是无端地加倍惩罚——重蹈覆辙的女儿更在无意之中犯下了不伦之罪。作为一个无力解救儿女的母亲,只能让自己承担起命运的重负,让懵懂的孩子们逃避惩罚。鲁侍萍性格的坚毅和内心世界的宏阔,体现在她以一个有神论者的身份而呼

---

① 据谭锡均的博客,在巴赫死后184年,《b小调弥撒》才由柏林歌唱协会于1934年第一次演出(http://blog.sina.com.cn/s/blog_5e40d1e10100k8g4.html)。莫非剧本单行本在出版之前受到了相关信息的影响?
② 曹禺.《雷雨》序[M]//田本相,刘一军.曹禺全集:第1卷[M].石家庄:花山文艺出版社,1996:14.

唤上天将一切惩罚都施加在她一个人身上①。在主题层面，鲁侍萍已成为作者观念的体现者。作者反复表白："《雷雨》所显示的，并不是因果，并不是报应（因果、报应乃佛教观念——引者），而是我所觉得的天地间的'残忍'""在这斗争的背后或有一个主宰来使用它的管辖。这主宰，……我始终不能给它以适当的命名，也没有能力来形容它的真实相。因为它太大，太复杂。我的情感强要我表现的，只是对宇宙这一方面的憧憬。"②作者的"憧憬"除了寄托在序幕和尾声之外，也显示在鲁侍萍的形象中。她的出现，本来就是为儿女们承担罪责的，正如基督降临就是为了代替人类受难一样。"他们是我的干净孩子，他们应当好好地活着，享着福。冤孽是在我心里头，苦也应当我一个人尝。……真有了什么，也就让我一个人担待吧。"在这段独白的光芒的反衬中，不仅周朴园、鲁贵黯然失色，便是繁漪、周萍等人，也成了拯救的对象。从这段独白中，我们读出了"我不入地狱，谁入地狱"的精神气质，读出了个性解放的先驱们勇于背负因袭的重担，把年轻的一代引到光明的地方去的牺牲精神。当《b小调弥撒》的歌声在全剧"尾声"再次响起时，它便将鲁侍萍的声音融入其中。

最后，还想对《雷雨》的序幕和尾声谈一点想法。已经有学者指出，"走"与"留"是曹禺早期作品悲剧冲突的特殊表现形式。悲剧主人公如果能够冲出樊笼，就能改变悲剧的命运，但是，正因为这种樊笼是命运织就的，所以他们也就只能在无望的挣扎中走向死亡。虽然曹禺用现实主义精神对这些人物的历史走向作出了无情的判决，但笔底未必不流露出温情——包括对某些悲剧的制造者。因为在他的创作视角中，人类社会的秩序和混乱，都是由一个被称作"上帝""命运"或"自然法则"的主宰者管辖着的。所以，作

---

① 前些年有论者对侍萍作了基本否定式评价，认为这个人物"把'妾妇之道'的妇道牌坊当作赖以生存的全部意义"（朱君，潘晓曦，星岩.阳光天堂：曹禺戏剧的黄金梦想[M].桂林：广西师范大学出版社，2006：51）。这种观点殊为费解。

② 曹禺.《雷雨》序[M]//田本相，刘一军.曹禺全集：第1卷[M].石家庄：花山文艺出版社，1996：7.

为《雷雨》悲剧的直接制造者的周朴园似乎逃脱了惩罚，八个人当中，只有他还清醒地活着，也只能被看作无可名状的主宰者的安排。但是，由周朴园来承担命运的后果，这样的结尾分明暴露了作者对这个人物在更高层面的同情和肯定（而不仅仅停留在"初恋是令人难忘的"），对引导观众以悲悯的情怀看待这个人物有着重要的作用。在"雷雨"故事中，他是悲剧的制造者，但在较大的情节框架中，他也是悲剧命运的承受者。逃脱了死亡和疯狂的惩罚，对周朴园固然是一种宽恕，但是，在死者和精神特异者之间偷生，难道不也是一种惩罚吗？

在《雷雨》的演出史上，序幕和尾声总是被删除，从"开明"版《曹禺选集》开始，剧本也失去了序幕和尾声。表面上看，似乎使得情节更加集中，但也使得作品变得不完整起来，主要体现在主题的表现和周朴园形象的刻画上。序幕和尾声的丢失，把"雷雨"悲剧赤裸裸地表现给观众，可能挖掘出来的主题的丰富性也丢失了。笔者曾经观摩过为纪念中国戏剧梅花奖二十周年而上演的"全本"《雷雨》，但不记得听到了巴赫那充满宗教情怀的音乐。当然，这已经超出了本文的范围。本文的叙述和观点都基于对印刷文本的解读，与演出无关。

略论杨村彬在现代戏剧史上的贡献*

杨村彬，1911年出生于北京，1929年考入国立北平大学艺术学院戏剧系。毕业后，1934年随熊佛西参加定县农民戏剧运动，1936年和1937年在定县导演《过渡》《龙王渠》，在艺术上崭露头角。抗战爆发后，他南下长沙，将《过渡》改名为《后防》，并在室内剧场上演。后入四川，参与筹组四川省立戏剧教育实验学校，任教务主任，创作历史题材话剧《秦良玉》，导演熊佛西创作的街头剧《儿童世界》。1939年他到江安国立戏剧专科学校任教，担任的课程有《戏剧概论》《编剧》《西洋戏剧发展史》等，还负责表演实习，其间成功导演了顾一樵创作的历史剧《岳飞》和余上沅、王思曾的《从军乐》这两部曾经排演失败的剧目，被称作"杨回天"。杨村彬完成的《清宫外史》（第一部《光绪亲政记》，1943年5月国立剧专校友剧团首演；第二部《光绪变政记》，1944年重庆中国万岁剧团首演；第三部《光绪归政记》，1947年南京中国万岁剧团首演）是他的剧本代表作，1990年被曹禺赞为"中国站得住的好剧本"[①]。抗战后期，杨村彬率国立剧专校友剧团在成都演出，抗战胜利后到熊佛西主持的上海戏剧学校任教，同时在南京国立戏剧专科学校兼课。在1949年之后的十七年当中，杨村彬在上海人民艺术剧院导演了当代戏剧史上的著名演出《上海战歌》《枯木逢春》《年青的一代》，为上海戏曲学校导演了昆剧《墙头马上》、京剧《杨门女将》；1978年以后为上海昆剧团导演了昆

---

* 本文原载于《云南艺术学院学报》2019年第4期，收入本书时略有删改。
① 曹禺.序（一）[M]// 杨村彬.导演艺术民族化求索集.北京：中国戏剧出版社，1991：1.

剧《蔡文姬》，为上海戏剧学院和上海人民艺术剧院导演了《清宫外史》第一部和第二部，创作了电影剧本《垂帘听政》（李翰祥据此拍摄了电影《火烧圆明园》和《垂帘听政》《两宫皇太后》，由长春电影制片厂拍摄），此外还担任过上海舞剧团《大禹的传说》艺术顾问、上海沪剧团《黄梅女王》艺术顾问、上海昆剧团《烂柯山》艺术顾问等，1989年病逝。

对这样一位在中国现代史上有着突出贡献的艺术家，一位横跨话剧和戏曲、电影、舞剧等多个领域，在编剧、导演、戏剧教育、戏剧理论等各个方面都留下宝贵遗产的全才（或曰戏剧领域的"球形人物"），研究界对他的关注程度似乎是不够的，杨村彬对剧场空间的探索的价值，《清宫外史》在话剧史上的地位都可能被低估了。不过，好在他留下了《导演艺术民族化求索集》和其他著述，使得我们可以耐心细致地考察他的探索实绩。

一

1932年10月，杨村彬在《北平晨报》发表《新兴演剧运动的理论与实际》一文，提出了他对戏剧艺术的理想。他在文中认定，当时的中国剧坛处于贫弱状态，这种贫弱有两种形式，一种是城市新兴演剧的一再失败，一种是农村旧剧势力的苟延残喘。新兴演剧要想走上康庄大道，则有待于这场运动在内容上紧密关注社会生活，在形式上让适合农村大众的戏剧与得到城市小市民接受的职业化娱乐化戏剧"遇在一起"。不过，这篇文章令我们感兴趣的地方并不仅仅是作者对"出路"的设计，更有对旧式剧艺的理解与十余年前《新青年》一代人的片面化、主观化的主张（旧剧的命运只有被"推翻"一途）的明显区别。杨村彬认为："'皮簧'早已确立其固定的'程式'，只求片面的改良，不但无益，反而有害。而且'皮簧'的'不良之点并不在那布景的简单，动作的虚拟，那正是它最大的优点。'皮簧'之所以发生问题者：人类的文化毕竟是前进的，不是停滞的，……试问，'皮簧'应改良到何种程度方能反映今日的文化，表现今日的生活？……总之今日的'皮簧'还有一条唯一的路可走，就是'千万好好地保守'，因为那样，还可以视为历史上有价值的古董品。"① 杨村彬能有这种客观的认识，与北平大学戏剧系主任熊佛西的戏剧主张密切相关。熊佛西是"国剧运动"的主要倡导者之一，主张在中西艺术之间架起沟通的桥梁。戏剧系的教师有余上沅，也有徐凌霄，还聘请了英籍教师教授"独幕剧选读""西洋戏剧史"，选修课中有"昆曲"，宋春舫、许地山也时常为学生做"专题讲座"。② 杨村彬虽然还没有看到传统戏剧表现现代生活的可能，但他已经肯定地认为，被《新青年》全盘否定的旧程式，恰恰是其独特价值之所在，要"好好地保守"，适合于中国现代生活的新的演剧形式还有待于传统与现代的相遇。

因此可以说，杨村彬在艺术事业的起步阶段，就已经解决了东西戏剧和新旧戏剧的观念问题，他把两种戏剧形态的"拉手"③视为新型演剧的康庄大道，所以，当他五年后成功地导演了《龙王渠》时，他对中西戏剧的交流规律便有了一个富于个性化的认识："今日的西洋戏剧因写实之路走入穷途，乃有种种的反动趋势，目光转移到东方来。中国的戏剧因写意之路走入绝境，需要救济，大家又都学习西洋。在这时候，东西戏剧自然有合流的可能。"④ 在《新青年》同人认为属于新与旧、进化与野蛮、完备与低级之别的东西方戏剧的差异，在杨村彬眼中就成了在各自的穷途中可以达至相互救济效果的关系，两者之间艺术形态的融合存在着多种的可能性。

杨村彬的中西戏剧观有着辩证的特点，并往往以艺术表现为出发点。到了晚年，戏剧界有一种舍弃斯坦尼斯拉夫斯基而追求布莱希特的苗头，杨村彬的态度是：对于"在世界各国都有影响的流派体系，……不管你喜欢不喜

---

① 杨村彬.新兴演剧运动的理论与实际[M]//杨村彬.导演艺术民族化求索集.北京：中国戏剧出版社，1991：74.
② 刘静源.回忆北平大学艺术学院戏剧系[J].戏剧艺术，1981（1）：110-114.
③ 杨村彬.新兴演剧运动的理论与实际[M]//杨村彬.导演艺术民族化求索集.北京：中国戏剧出版社，1991：78.
④ 杨村彬.土生土养与接受遗产：1937年《龙王渠》之演出[M]//杨村彬.导演艺术民族化求索集.北京：中国戏剧出版社，1991：143.

欢，都应该了解一些"，但不能"过分地定于一尊，排斥百家"。[①]"在戏剧上，东方和西方正在向一起走近、靠拢，寻找沟通的桥梁。……这座沟通的桥梁要建立在对人的研究上"，而不能"局限在舞台布景及音响效果等形式上的模仿"。[②] 长期以来，杨村彬在导演实践中也正是这样做的：导演话剧时，每每借鉴戏曲的手法，强调话剧舞台上有"无声的锣鼓经"。他在导演话剧《关汉卿》时对赛帘秀的眼睛被挖去这一情节的处理，就改变了20世纪50年代后期话剧舞台的习惯做法，"先让几个卫士遮住赛帘秀，随着一声惨叫，她回转身来，只见眼睛上蒙了一条红绸布"[③]，这跟戏曲的做法是一样的。又如在话剧《枯木逢春》中，为了突出领袖对人民的疾苦"夜不能寐"的情感，杨村彬更是采用了大胆虚拟的手法：在血防站场景的天幕上出现闪着灯光的县委大楼，在《东方红》的音乐中大幕徐徐落下，从而突破了当时领袖人物不能在艺术虚构作品中出现的局限，强化了作品"送瘟神"这一贯穿主题。而在导演戏曲作品时，杨村彬又强调戏曲与话剧存在共同性的原则，"如完整、统一、协调、变化以至最高任务、贯穿动作等等，这些是任何剧种，只要在舞台上表演，都逃不掉的共同原则"[④]。他在《墙头马上》和《蔡文姬》等作品的导演过程中，反复强调人物的表演要体现内心世界，唱念做白等各种手段要展示人物关系，现实场景中加入浪漫手法要真实可信。

二

1934年，杨村彬随熊佛西一同来到定县，指导农民戏剧工作。"农民戏剧"是晏阳初领导的中华平民教育促进会（以下简称"平教会"）所组织的以

---

① 杨村彬.论导演的基本规律（一）[M]// 杨村彬.导演艺术民族化求索集.北京：中国戏剧出版社，1991：31-32.
② 郑重.戏到"恰当"最为难：杨村彬谈"不左不右"的《潘金莲》[J].中国戏剧，1988（9）：23.
③ 姚明荣，陈奇，庄则敬."要找出那些放光的东西……"：杨村彬导演艺术散记[M]// 戏剧论丛（第3辑）.北京：中国戏剧出版社，1982：22.
④ 杨村彬：从《墙头马上》所体会到的[N].文汇报，1959-04-04.

定县为试点的"乡村改造"运动的组成部分。杨村彬在这里主要从事剧运骨干培训和农民剧团辅导工作。在 1935 年年底和 1936 年 10 月，杨村彬连续为东不落岗村农民剧团和平教会教育部戏剧研究会导演了《过渡》和《龙王渠》两剧，在舞台演出方法上大胆实验，成功地将话剧介绍到了农村，实践了大众化戏剧的理想。

杨村彬认为，从古代的圆形剧场到 19 世纪末的镜框式舞台的剧场，两千多年的演变路径是舞台离观众越来越远，观演界线越来越分明；舞台一直往后退，从被观众包围到退后成镜框，"把台上台下完全隔离成两个世界了，演员与观众之间深深地割了一道鸿沟"①。定县农民戏剧为杨村彬实践自己的剧场理想提供了机会。既然农民能够接受话剧（在《过渡》之前定县已经有了农民自己组织的话剧团体），甚至能够演出话剧，那么也可以参与剧场实验。杨村彬因地制宜，为"没有一个适当场所"的演出设计了"新式演出法"："演出的场所是在一个村子里的特殊设计的露天剧场里"，观众是农民，演员也是农民，这个场所"没有舞台与观众的截然分别，这场所就是演戏的地方，就是大家参加活动的地方"，"全剧场形成一个总的动态"。②

《定县农民戏剧之实践——1936 年〈过渡〉之演出》一文中详细描述了这个剧场的样式："原则很简单：剧场要归返大自然，没有顶，没有墙，周围种树。树中一片斜坡式的广场是观众席，广场有时也变为舞台。演员在台上演，有时也在台下演，有时在观众当中演，有时包围着观众演。观众坐着看，有时站着看，有时走着看，有时也变为演员。另有一座舞台，以及两座副台，这舞台是特殊设计的，可以上演种种时代、种种样式的戏的建筑，也可以是个简单的高台，甚至可以是平地。建筑的方法有很大的伸缩性，应用起来，尤其有最大的伸缩性。"这样的剧场格局，使人联想到中世纪晚期欧洲某些地方的宗教戏剧和节日游行，但那是娱神的和以宣传神迹为主的，定县

---

① 杨村彬. 定县农民戏剧之实践：1936 年《过渡》之演出 [M]// 杨村彬. 导演艺术民族化求索集. 北京：中国戏剧出版社，1991：123.
② 杨村彬. 定县农民戏剧之实践：1936 年《过渡》之演出 [M]// 杨村彬. 导演艺术民族化求索集. 北京：中国戏剧出版社，1991：124-125.

农民戏剧则是要反映现实中破产的农村经济，要"适合老农老圃的意思"。当某次演出中有一个农民竟然走上舞台向戏中的小贩买了两支烟，杨村彬喜出望外："这不是一段又可怕又可喜的插曲吗？"① 生活剧场、环境戏剧……没想到，20世纪中后期的先锋性剧场艺术竟然早在20世纪30年代的中国北方农村就已经获得了成功！

《龙王渠》的特色也是体现在剧场设计上。杨村彬指出："文化的发展总是走曲线的，最新的方法往往就是最旧的方法。"②《龙王渠》共三幕，剧场（注意：不是舞台）也变了三次，第一幕的剧场是街道，第二幕的剧场变为大殿，第三幕的剧场则是河边。"演员看需要的情形在观众当中上下或表演，为此观众的座位不是一排一排的正对着，而是从台前的台阶的中心点环状的放射出去的。全剧的动作，也就集中在这中心点上。"③ 这里既有露天剧场、融入戏剧等要素，更有来自中国传统的祭天仪式的灵感。在第三幕，舞台变成了祭坛，剧场则在无形中随之变成了大庙，加上布景设计的"年画风"和"程式化"，古—今—中—西在《龙王渠》里交汇了。

1938年儿童节的成都街头剧《儿童世界》（熊佛西编剧）由四川省教育厅特邀上演，敦请平教会抗战剧团指导，参加者有16所小学的三万多名少年儿童。该次演出标志着战前"民间性质的、知识精英的平民戏剧教育实践主动或被动地进入战时国家政治话语层面"④。其艺术特征则体现在传统的戏剧性被代以简单对话、演讲、口号和标语，戏剧角色也被"孩子们""第一队小士兵""第二队航空队""第三队交通队""第四队宣传队"等群体所取代。演出手法是对日常生活空间进行表演化、政治化改造，将市民公园和市区街头都

---

① 杨村彬.定县农民戏剧之实践：1936年《过渡》之演出［M］//杨村彬.导演艺术民族化求索集.北京：中国戏剧出版社，1991：115，126.
② 杨村彬.土生土养与接受遗产：1937年《龙王渠》之演出［M］//杨村彬.导演艺术民族化求索集.北京：中国戏剧出版社，1991：136.
③ 杨村彬.土生土养与接受遗产：1937年《龙王渠》之演出［M］//杨村彬.导演艺术民族化求索集.北京：中国戏剧出版社，1991：137.
④ 丁芳芳.抗战街头剧演剧形态与文化特质剖析：对1938年成都《儿童世界》街头公演的再解读［J］.首都师范大学学报（社会科学版），2017（1）：95-105.

转化为剧场。这再一次使我们联想起中世纪盛期和后期西欧某些地方的皇家入城式和节庆游行,但这是在抗战军兴起之后的中国,游行和表演的目的当然不再是宣示王室的权威,而是为了彰显全民抗战的决心和勇气。

杨村彬认为,演出中的首要问题、基本问题是剧场,剧场的空间形式影响甚至决定着演出的内容。全民抗战的主题放在城市这个剧场空间来表现,无疑有着崇高的意义。《儿童世界》的创作团队在成都少城公园设计了一个圆形剧场,这个剧场的平面像个大轮盘,轮盘的轴是中心表演区,过道是轮盘的柱,轮道是轮盘的梁,"剧场有转动的力,又有向心的力。……这种剧场的构成有几大特色:其一,剧场圆形。其二,主台放在中央。其三,利用副台。其四,主台副台之间有过道。其五,副台与副台,过道与过道之间有轮道"①。这样的剧场可以实现四种观演关系:台上台下沟通式、观众包围演员式、演员包围观众式、混合流动式。定县农民戏剧的表演方法在成都的儿童演出中得到了进一步的发展。圆形剧场的演出只是《儿童世界》的前半部。后半部,演出队伍依次经过祠堂街、西御街、东御街、盐市口、西东大街、中东大街、春熙路、总府街、提督东街,最后进入中山公园。沿途十字路口设7处表演站,表演站各设站长1人,队员30人,负责维持演出秩序。每站表演5分钟,表演形式是合唱及演讲。进入中山公园后演出结束,队伍解散。这个演出以全城为舞台,所以全体市民也都成了演员和观众,成了街头戏剧的主体。演出成功后,杨村彬兴奋地写道:"街头流动着演出,歌声震屋瓦,旗帜蔽天空,万人空巷,树上尽是人腿,窗口尽是人头,欢呼跳动。"②

三

《清宫外史》三部曲使杨村彬成为一名完全意义上的戏剧家——有独到而

---

① 杨村彬.儿童节成都儿童抗敌活动:1938年《儿童世界》之演出[M]//杨村彬.导演艺术民族化求索集.北京:中国戏剧出版社,1991:151.

② 杨村彬.儿童节成都儿童抗敌活动:1938年《儿童世界》之演出[M]//杨村彬.导演艺术民族化求索集.北京:中国戏剧出版社,1991:163.

稳妥的新旧/东西戏剧观,有基于对戏剧发展史的全面把握和体认剧场艺术开拓与创新的能力,有体现个性风格和导演意图的剧本创作。

《清宫外史》是一部历史题材戏剧,但是故事本身与创作年代之间的距离却不到半个世纪。剧中作为历史背景的中日甲午战争,就是延续半个世纪的日本侵华战争的开端,长达十四年的抗日战争也可以是甲午海战开始的抗击日本侵略的军事斗争的继续。因此,《清宫外史》创作的"主要目的在于从那一阶段上政治上的和宫廷内的纠纷冲突中发掘甲午之役必然失败的诸般原因,指出了当时封建统治所表现的种种弱点"①。第一部《光绪亲政记》以甲午年和乙未年为背景,围绕着清朝统治者面对外来侵略者一味赔款、割让土地以求和的卖国外交政策展开情节,而具体到甲午年对日作战的失败,竟然是因为慈禧太后为了庆贺自己的六十大寿,将海军军费挪用到颐和园的修造工程。第二部《光绪变政记》围绕着清宫内外后党和帝党之间的斗争而展开,最后由于袁世凯的出卖,帝党一败涂地。作品将重大的历史事件化解为几个重要历史人物的性格及其相互关系,故事生动,情节紧凑,舞台叙事流畅,节奏鲜明,表明作者对话剧剧本形式和舞台呈现技术的掌握已经驾轻就熟。还在第一部《光绪亲政记》首演的时候,细心的评论家便准确地发现:"这剧本最成功之点,是在于作者处理历史剧中事件与操纵历史剧中人物语言充分慎重,而绝不使之逾越该时代所可能赋予的行为与言语的范围以外。"②不仅如此,杨村彬在戏剧的人物形象刻画上也尽量准确地把握历史的局限性,光绪的思想没有超出朦胧的改良主义者的范围,他只是在周围人的影响下意识到改良的必要性,但当慈禧问到若是对日开战,"你有把握没有?这仗一打准赢?……就说能赢的话,你想打多久?几年零几个月?……这当中要耗多少银子?你从哪儿来?大库里有么?……再说,兵呐?是八旗是绿营?还是把禁卫军也调出克?"几个简单的问题即令光绪无以回对,只能听任慈禧为了满足一己的私欲而置国是于不顾。

---

① 陈辛慕.甲午之役的教训:《清宫外史》读后[N].新华日报,1943-03-21.转引自杨村彬.清宫外史[M].北京:中国戏剧出版社,1982:234.
② 江安流.《清宫外史》所感[N].新华日报,1943-04-10.转引自杨村彬.清宫外史[M].北京:中国戏剧出版社,1982:238-239.

略懂得世界大势的李鸿章，也只是恪守着"中学为体，西学为用"的教条。至于第二部中的谭嗣同、康有为等人物，也是空怀一腔热血而缺乏政治家的谋略，甚至把变法的成败寄托在袁世凯及其所训练的新军身上。

三部曲的连续问世，略使人感到一些诧异，因为杨村彬此前上演过的剧本只有一部1938年冬的《秦良玉》，这部作品的创作初衷是欲"使旧题材带有新精神"[①]，并未与一般的抗战宣传品拉开距离。那么，是什么使得时隔四五年之后，杨村彬就写出了《清宫外史》这部在现代戏剧史上"站得住的好剧本"呢？原因就在于，"《清宫外史》是从一个导演的角度写的"[②]。这样的作品，台词中有着丰富的潜台词，对话中有着丰富的动作性，舞台调度、角色的相互关系十分鲜明，甚至演员在表演中应该注意哪些问题，剧本都有明白而妥帖的规定。多年的导演实践，使杨村彬形成了自己的剧场艺术理想，而他人的作品，尽管有各种的好法，终难完全称自己的心意。从这一点看，《清宫外史》是杨村彬此前的艺术理想的体现，尤其在作品的艺术风格方面独具杨村彬的艺术个性。如果我们一定要将《清宫外史》纳入现代戏剧文学的艺术谱系，就会发现，它有现实主义的人物刻画和戏剧性与剧场性相结合的艺术追求（曹禺、夏衍），有将自己的观念贯穿于艺术创作的历史题材处理手腕（郭沫若），还能准确借用北京方言服务于性格塑造（老舍、李健吾），而在个性化的舞台世界的构筑方面，似乎只有同为国立剧专雇员的吴祖光可以相提并论（吴氏也以"神童"的才情营造着属于自己的戏剧天地）。所以，在1980年为《清宫外史》第一部的重新公演而举行的座谈会上，张庚的发言高屋建瓴地总结了杨村彬剧本创作的特点所在。这段话至今仍能给人启发："它之所以使人感到新鲜，感到好，并不在于它作了什么反面文章或在史料上翻了什么案，主要的是把人所共知的东西表现得更艺术，使人感到这些人物个个都是活生生的，这是很不容易的，难能可贵的。"[③]

---

① 杨村彬.民族艺术之路：1939年，《秦良玉》之演出 [M]// 杨村彬.导演艺术民族化求索集.北京：中国戏剧出版社，1991：265.
② 王元美.杨村彬传 [M]// 杨村彬.导演艺术民族化求索集.北京：中国戏剧出版社，1991：501.
③ 杨乡（整理）.在北京重演《清宫外史》座谈会摘要 [M]// 杨村彬.清宫外史.北京：中国戏剧出版社，1982：258.

话剧《槐树庄》的年画结构*

《槐树庄》是部队作家胡可的剧作,"它是1958年底为了向建国十周年献礼而在酝酿得不成熟的情况下仓促动笔的"。① 该剧完成后,立即获得了第二届军队文艺汇演优秀节目奖,后又经过改编,拍成了电影,影响逐渐扩大。"文革"开始后,所谓"十七年"的文艺作品绝大多数都成了"反党大毒草",仅江青等人"过问"过的极少数作品得以逃过劫难。胡可独力创作的《槐树庄》,却先后经过"首都三军无产阶级革命派"、广西壮族自治区话剧团、旅大市文化艺术界毛泽东思想学习班等单位的"改编"(几乎是根据新的政治口径"重写"的),成为话剧舞台上仅存的"十七年"作品,此外还被改编为湖北楚剧、江西采茶戏、江苏扬剧等地方戏曲。这时它是"社会财富",任由人随意"改编"。②1972年,因为对这些改编本深感不满,胡可将自己的作品重新修订了一遍,藏诸名山。

在《槐树庄》之前,胡可就已经以《戎冠秀》《战斗里成长》和《战线南移》等剧作而成名,这几个戏或以人物为中心,或以事件为中心,结构上很有特点。《槐树庄》的创作是上级布置的任务,是在戏剧情节还未充分酝酿成熟的情况下仓促完成的。剧作家巧妙地采用了以"较熟悉的一些农村人物"写"还不够熟悉的事情"③的办法,较为圆满地完成了上级的指令。这个戏的

---

* 本文原载于《云南艺术学院学报》2018年第4期,收入本书时略有删改。
① 胡可.前记[M]//胡可.胡可剧作选.北京:中国戏剧出版社,1996:3.
② 胡可.前记[M]//胡可.胡可剧作选.北京:中国戏剧出版社,1996:4.
③ 胡可.前记[M]//胡可.胡可剧作选.北京:中国戏剧出版社,1996:3.

故事情节很有特点，它没有虚构的故事情节，而是以从1947年到1958年的十一年间中国农村发生的社会变革为经，以剧作家所熟悉的农村先进妇女形象的个人经历为纬而织就的剧场艺术。两个阶级、两条道路、两条路线之间的斗争，是这个剧作的主题。因此，剧中也就没有着意刻画符合自己的情节发展走向的性格人物（高尔基曾说，情节即性格成长的历史），而只有这个时期农村走社会主义道路的带头人的共性人物，没有围绕剧作情境组织起来的戏剧冲突，剧中所有的人物矛盾和斗争都是社会上、党内外阶级斗争和路线斗争的缩影。甚至于，该剧也没有任何的情节发展方式，每一次的大幕拉开，时间指定为哪一年，舞台上的故事便是哪一年的社会主流事件在"槐树庄"的反映，而年代的选择也都取决于该年度是否出现过影响国内形势的重大事件。

　　从这种静态的、平板的、画面移动式展开的戏剧中，我们看到了传统的审美理念在新中国话剧创作中的表现，有一种观赏年画的感觉。《槐树庄》在艺术上最突出的特点，就是在结构上采取了"年画"的形式，不是在事件的逻辑关系上铺设时间维度的线条，而是在同一平面上共时态地堆积"新年"主题（传统的年画主题不外乎万物复苏、一元复始、万象更新等等），在对新春景象的赞颂中，寓含对旧物的扬弃。《槐树庄》从土改、"分胜利果实"到成立互助组、初级社，再到成立高级社，一直到成立"通向天堂的金桥"人民公社，又通过解放区青年踊跃参军、郭永来在朝鲜战场牺牲、郭大娘进北京开会当面聆听领袖教诲、地主崔老昆读报传播右派言论等细节，使情节在空间上得到尽可能大的扩充。全剧的每一幕都洋溢着弃旧图新的喜庆气氛。好比"年画"总是营造新年氛围不可或缺的传统视觉艺术，《槐树庄》作为建国十周年的献礼作品，自然而贴切地回顾了新中国留下的历史足迹，充分地应和了"十年大庆"的主流心态。因此，它与年画的审美功能和审美方式之间存在着高度的重叠。

　　从结构上看，年画是在平面上共时态地展示若干画面，这些画面要尽可能地做到题材多样，但是主题必须统一，甚至单一。年画就篇幅而言，既有单幅的，也有双幅的（房门对画），还有小型的连环画；细分还有单张分格、双屏条、四屏条、八屏条、分成多幅小图的整张屏条。就画面安排也就是平面结构而言，既可以是单一的叙事内容，也可以有多重的叙事内容。在题材上，有民间故事、戏曲故事、历史故事，但叙事手法单一。故事是为人们所熟悉的老故事，情节简单，寓意单一，而且叙事手法平面化，缺少多样起伏和情节发展的不确定性，也就是说，堆积手法比较突出。另外，情节之间无内在关联，缺乏"一致性"。传统年画中将"九世同居""桃园结义""管鲍分金""杨雄石秀"等都堆积在同一画面上，以突出重义轻财的主题，教育人们应该如何治家、为人。再者，年画主题堆积，多多益善，而不考虑情境的可能性与现实性。即便是新中国年画，也是如此，如《保卫祖国保卫和平》（新门神画），让陆军、海军手中各抱一个快乐的孩子，周围是战斗机和军舰图案，一个孩子的手上还抱着和平鸽，表示爱好和平；两个军人周围还有五个穿着不同民族服装的孩子。这幅年画除了突出"保卫祖国""保卫和平"的主要主题之外，还有"军事强大""民族团结""国家统一"，有男孩又有女孩则表示"男女平等"，意在宣传《新婚姻法》。可以说，这幅作品把可能用图画表现的宣传口号都做了令人一目了然的图解。①

平面化的铺设和堆积，也是《槐树庄》情节安排上最突出的特点。这使它脱离了西式的话剧传统，也脱离了本土的戏剧传统。《槐树庄》的故事是要营造欢乐喜庆这一总体艺术氛围，表现中国人民在新生的共和国全新的精神风貌和生活景象，各场戏中的冲突都不曾真正形成，人物的命运走向总是取决于戏外的历史背景。在第一幕（1947年土改）中，对立的双方是地主崔老昆和以郭大娘为首的贫农团，但是，土改是解放区的头等大事，是中国农村有史以来翻天覆地的变化，作为对立面的地主阶级已经被打倒，此时的崔老昆早已经失去了作为戏剧冲突对立面的现实性和可能性，他的上场，只不过

---

① 王胜选.民间年画的叙事性与教化功能[J].大舞台，2015（6）：29-30；刘淑娟.论年画审美认知功能的多样性[J].中华文化论坛，2015（4）：135-139；魏华，朱金金.民间美术与连环画表现手法研究[J].设计，2017（15）：140-141；洪长泰，王瑛娴.重绘中国：新中国成立初期的年画运动与农民的抵制[J].民族艺术，2016（3）：42-49.

是为了突出"分胜利果实"的狂欢色彩。① 因此,第二幕也就不是第一幕情节的延续,而是"年画"上的"主题并置"的第二幅:办初级社,表现中国共产党继续领导中国农民越过新民主主义革命的阶段,向着社会主义迈进。这场戏里矛盾的双方也变成了坚决走社会主义道路的郭大娘、刘根柱、黑妮与思想还停留在新民主主义阶段的刘老成(若加上地主崔老昆,就构成了三方势力)。三方势力形成了这场戏的冲突张力:继续革命的郭大娘——留恋老路的刘老成——念念不忘复辟变天的崔老昆(具体行动是崔治国记挂着给父亲摘地主帽子)。第三幕到了1955年冬,全国农村进入"社会主义高潮",其标志就是办高级社,土地归公。而身为老党员的刘老成到现在仍在单干,这就不是落后还是先进的问题了,而是革命还是不革命的问题、是能否继续"在党"的问题了。显然,这时的"槐树庄"成了国家层面的共同问题的缩影。郭大娘到北京开会,参与国家大事的制定,面对面地聆听领袖指示,无疑是无私奉献的信仰者才有的荣耀。这一情节的增加,无疑强化了《槐树庄》的国家话语的力量。第四幕的时间点是1957年初夏,落后分子闹分社,高级社的机械化计划受挫,甚至有人写信状告郭大娘,这些都是右派分子全面向党进攻在"槐树庄"的表现,甚至以往传达党的声音的报纸因为发表了右派言论竟然成了崔老昆爱读的东西。从艺术上看,它似乎符合"起承转合"的"转",实际上则不过是对时政的描摹。第五幕,1958年秋,槐树庄人民公社成立。这既是"总路线"的新生事物,也是作者胡可最陌生的对象。剧中采用了"记者采访"的技巧② 给全剧做了一个热闹的收束。"在总路线的光辉照耀下,我们发挥了冲天的干劲儿";地主崔老昆死了,他的变天账也被搜出来了;崔治国被打成了右派,下放劳动。"槐树庄"的代表人物十余年来在党的领导下闯新路、办新事的经历以简略回顾的方式作了总结,他们还将继续创

---

① 倒是有一个矛盾,作者未曾正面描写,只是在落幕前悄悄提及,就是附近枣庄的人也要来分崔老昆的财产。那么,是拦住他们,以免槐树庄人即将到手的胜利果实被摊薄,还是允许他们也来同享胜利果实,这是一个完全由独特的戏剧情境产生的冲突。可惜,剧中只是把这当作了崔老昆的一个阴谋,而未当作有意义的现实问题加以正面处理。

② 这个技巧在20世纪50年代末60年代初的戏剧电影作品中多次出现,是个值得关注的现象。

新,"取得更大的成绩"。大幕在一派喜庆中落下。

年画的"正风俗"的功能也体现在人物形象的塑造上,一是崔治国这个地主出身的"革命干部"。作为贯穿全剧的颇具戏剧性的人物(地主崔老昆的儿子,却吃郭大娘的乳汁长大),崔治国几乎成了一切社会阴暗面的代表,先是为地主阶级家庭鸣冤叫屈、丧失革命立场的党内异己分子;后来又成为生活作风败坏的典型,对文化不高的妻子心生厌倦,暗地里与县医院的护士私通;最后成为"右派分子",被打回槐树庄接受改造。二是刘老成这个老党员。虽然在槐树庄,他的党龄和郭大娘一样长,但是郭大娘始终不渝地听从党的号召,而刘老成却带有中国传统农民的质朴与落后。如何在保持对土地的深厚情感的同时走上社会主义的康庄大道,刘老成所面对的历史选择和人生选择,也有着"正风俗"的意义。三是黑妮儿,她和郭大娘的儿子一同长大,实际上已经是郭大娘家庭中的正式成员。她不仅在走社会主义道路的大是大非面前坚定地站在郭大娘一边,而且在郭永来参军后和牺牲后一直保持着对"未婚夫"的纯洁感情,直到戏剧情节的后半段,才隐约暗示她有可能得到了与退伍军人、拖拉机手小高的恋情。

正是由于结构上平面化的事件铺排与堆积特征,使得《槐树庄》在政治正确(甚至敏感)的大前提下成了一个"可写的"文本。在"文革"的高潮当中,它被反复上演,而每一个上演的版本都由一些改编者随意铺排,但这种铺排和添加之所以能够实现,是因为原作在情节结构上存在的巨大"缝隙"提供了充分的和必要的条件。因为原作的故事情节本身就不是一个有机的整体,所以各种铺排就不会给原作的有机整体性造成伤害,至多是无关乎情节因果关系的进一步铺排与堆积,并没有使观众感到有太多的不和谐。在土改的第一幕中加进参军事件,乃是因为历史就是如此;在 1953 年办初级社的第二幕中加进志愿军回国和郭大娘的儿子在朝鲜牺牲的内容,是为了表现"保卫世界和平"主题,以拓展戏剧时空;第三幕、第四幕加进郭大娘到北京开会和崔治国的右派言论,则更是要强化作品的政治色彩和时代主题。这与年画的平板结构完全一致。年画可以单幅、双幅、四幅,可以在单幅中用框架

 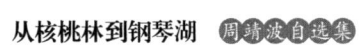

将画页隔开,《槐树庄》也可以较为自由地增加"戏剧场面"以凸显想要表达的主题。"文革"当中"造反派"等等对《槐树庄》的修改,竟然大段引用毛主席语录和刘少奇的讲话,以作为党内两条路线斗争在土改问题和合作化问题上的反映。有的版本竟然以"林副主席"派来的解放军"毛泽东思想宣传队"进驻槐树庄,取代原作的人民公社成立作为全剧的结束,虽是时代的烙印,但也为《槐树庄》继续出现在这一时期的戏剧舞台上提供了充足的理由。

或者并非由于《槐树庄》的示范作用,"文革"当中也出现过若干"年画"式结构的话剧作品。如湖南省文工团创作演出的《红旗卷起农奴戟》(后改名《枫树湾》),就基本上依照毛泽东《湖南农民运动考察报告》的相关叙述编排情节(如阻止粮食出境、小劣绅出十块钱央求进农会、妇女反抗丈夫的男权、对农会"糟得很"和"好得很"两种对立的评价,等等),根据"没有贫农,便没有革命""革命是暴动,是一个阶级推翻一个阶级的暴烈的行动""推翻地主武装,建立农民武装"等理念设计戏剧冲突,几乎成为第一次国内革命战争历史的舞台版教材。又如江西省话剧团创作演出的《宣战》,除了第一场可称作情节的"起点"外,余下各场戏都是关于针对"共产主义劳动大学"的各种观念及其现实斗争的图解;第二场戏的主题是建立一支"以工农为主体的教师队伍";第三场戏的主题是反对传统的"三基"教育理念,强调理论联系实际,坚持半工半读;第四场戏是奚落城里的大学,为"一年土,二年洋,三年不认爹和娘"的诬言制造依据;第五场戏则是迎合当下的政治需要,歌颂"头上长角、身上长刺"的"反潮流"英雄;第六场戏坚持"对着干",呼吁把教育变成反对资本主义复辟的阵地。待到各种有代表性的资产阶级教育观念全部被批判一遍,全剧也就结束了。

一般而言,在戏剧传统上抛开传统,探索新路,应该属于艺术上的创新,如沙叶新的《陈毅市长》,就因"串糖葫芦"式的结构赢得评论界的好评,但是,形式与内容永远是两相契合的,特定的内容要求相应的形式,相应的形式也制约和塑造着内容。在极左思潮的制约下,艺术家的主体性和个性构思不得不向政治话语妥协，戏剧创作不得不成为政治修辞的一部分，这样写出来的作品，难免显得政治上狂热、艺术上陈旧保守。当一切舞台事件都先在地有了政治判决，戏剧冲突就只能是虚假的、无力的，情节的进展也就没有了内在的动力，甚至落入既定的模式当中。

新世纪戏剧创作漫评*

新世纪的中国剧坛，从舞台形式上看，是始于 20 世纪 80 年代"探索戏剧"的合理延续，20 多年前令人耳目一新甚至振聋发聩的艺术手法在新世纪的舞台上已成为常态：舞台空间的拓展、心理活动的外化、叙事剧的情节展开方式、不同时空的对话与交流，乃至人与木偶同台、人与动物同台等早已习闻常见，完全遵循"第四堵墙"的戏剧观念的手法倒成了一种特殊的艺术追求。但从创作精神上看，新世纪戏剧缺乏"探索戏剧"直面人生的勇气，批判锋芒也大为减弱。20 世纪八九十年代困扰着戏剧界的危机似乎已经解除，但是更深层的危机——艺术个性的缺失、创作者主体性的缺失却弥漫于戏剧界。当"探索"作为形式沿袭下来而非作为一种精神保持下来时，戏剧与当下的大众文化语境和时代精神就渐趋融合了。经过多年的冲突、徘徊和选择，戏剧在与文学、电影、音乐、电视等共同构筑文化景观的过程中找到了自己的生存空间和生存方式，它与其他形式不再相互排斥，而是在大众文化占据强势的现状前各安其位，各得其所。因此，新世纪戏剧给人的总体印象是，有主流而没有激流，有获奖作品而缺乏代表性作品，有热点而缺乏亮点，犹如冲出山谷的激流进入了平原，融入缓缓流淌的大河的同时失去了自己的气质与个性。

---

* 本文原载于《戏剧文学》2007 年第 3 期，收入本书时略有删改。

一

2003年，20世纪80年代探索戏剧的主将之一林兆华导演了一部引起评论界关注的《赵氏孤儿》（《剧本》2003年第9期，编剧金海曙）。这是一部形式上极为精致、构思上又极为别致的作品。整个演出可以说是一场视听能指的狂欢：舞台上铺设的四万多块红砖，结尾处长达一分钟的大雨，被牵上舞台参与表演的两匹马和一头牛（在笔者观看的那一场，牛还在舞台上遗失），某个人被杀死时的音响效果，都给人以新奇的感觉。舞台调度和演员的表演也摒弃了常见的话剧表演方式，表面上的拙朴体现的是艺术手法上的精致，形体动作的减少越发突出了台词的力量，但是，繁复多样的舞台手法对作品主旨的表现并没有起到彰显的作用。当评论界纷纷充当解人时，都不由自主地把关注点放在了孤儿身上，人们争论的焦点落在了对"复仇"主题的颠覆是否合理上，并有人从历史、宗教等角度为放弃复仇寻求依据。

但是，如果认真读一遍剧本，我们便会发现，在舞台上不起眼的晋灵公，才是这部戏剧的核心人物。二十年前，屠岸贾获罪于"先王"，赵盾奉王命杀了屠岸贾之妻，逼他逃往西域；二十年后，晋灵公将屠岸贾召回，将他官复原职，为他安排了复仇的种种机会；再过十六年，又是晋灵公以事不关己的态度对待赵屠两家的仇恨，"这是你们的事，不是孤的事"，他关心的是在一场屠杀之后，竟然还是让他的外孙活了下来，王室可免于后继无人之虞。正如林兆华阐述创作初衷时所说："甚至可以说这台戏不是我导演的，是晋灵公在导演。"[①] 正是由于金海曙编剧的《赵氏孤儿》抽去了对立双方的道德内涵，将两方都作为晋国君王的统治工具，使赵屠两家的对立冲突相对化，似乎任何一方站在对方的立场，都会采取类似的行动。既然两家的仇恨的根源在于国君为维护自己的统治权益而作的谋略，而这种谋略又是那么反复无常，难以料定，那么，复仇的必要性和正义性也就值得怀疑了。

---

① 林兆华，田沁鑫，王晓鹰，等.多少春秋，总上心头[J].读书，2004（2）：3-15.

可以说，《赵氏孤儿》的主题并不在于"复仇"与否，而在于揭示人类历史上政治斗争的残酷和无常，正如即将饮鸩的程婴百感交集地喊出的"真是大道无道，大仇无仇，世事无定啊"。

遗憾的是，这样一个应该引起知识界反思的作品，竟然由于舞台符号的能指狂欢而遮蔽了主题的表达，引起了误读。显然，要不要复仇，这是个很难争论清楚的问题，因为不同的具体事件和不同的宗教、法理观念、历史条件，都会导致不同的答案，但是，再也不要让独裁者和阴谋家成为命运的主宰，告别血腥和野蛮，却是历史留给我们的一个严峻的课题。可见，内容与形式的矛盾仍然是当代戏剧面临的一个问题。如果单纯强调舞台形式的创新而忽略作品思想性的开掘，那么，自由的时空穿梭就有可能成为现代神话主题的表现形式。

相比之下，20世纪80年代的另一位代表性作家刘树纲的作品就仍然保留着明快、多思的风格。以《十五桩离婚案的调查》和《一个死者对生者的访问》而令人瞩目的剧作家刘树纲，在新世纪又完成了一部《一场关于爱与罪的审判》(《新剧本》2003年第4期)，它与前两部剧作一道，构成了"社会探索三部曲"。或许这是多年沉默后的又一次喷发，作者把以前对于芸芸众生的道德追问变成了对现行法律的质问和不能抛开陈旧的封建伦理与道德评判的检察官的审判。这是近年来少有的有批判意味的剧本，它反映了在逐步解决了"依法治国""有法必依""执法必严"等问题之后，社会又一次面临的"制订什么样的法律""站在哪个利益集团的立场上制订法律"等问题。当然，为了避免艺术对生活的杀伤力，剧作家选取了一个现实生活中实有，但对普通人而言又实在罕见的"安乐死"的合法性问题进行讨论。

女演员恬恬的丈夫柳风因遗传病发作，成了植物人。这对夫妻共同的好友、脑外科专家林洋尊重柳风的意愿，终止了毫无意义的治疗，使柳风在尊严中死去。柳风的父亲（已经进入植物状态达八年之久）的续弦白茹君却向公安机关告发恬恬与林洋两人有私情，他们共同谋害了已成为植物人的柳风，非法剥夺了他人的生命。促使其告发的本意，则完全在于一己的私欲。她为了继续享受高干家属待遇，竟然不顾一切地维持"柳副局长兼厂长"的植物人状态，丝毫不考虑承担高额医疗费的工厂已有两百多工人下岗、三百多职工三四年没有报销医疗费。同时，她还安然自得地享受着柳风给她这个继母提供的赡养费，而只要维持柳风的植物人状态，她就可以向恬恬索要赡养费。一个肮脏的灵魂就这样借助法律的威严大行其道！作为检察官的罗南则囿于陈旧的封建伦理和道德评判，轮流使用道德和法律的武器，把一个关于安乐死的案件执意往谋杀案上引。经过律师路野萍的有力辩护，法院最终作出"定罪免刑"的判决，使该剧的结尾带上了悲剧的意味。

"世俗的法律力不能及之处，剧院便开始审判。"[①] 照此推论，对世俗法律已经解决的问题进行审判，就剧院而言就显得多余。《一场关于爱与罪的审判》虽说面临的是一个世界性难题，但这个难题早已进入公众视野，可以安全地讨论而不会激起惊惧。为了使戏剧冲突显得更加峻急，也为了体现剧作家对现实的关注，该剧把论证安乐死的合理性与为两个被诬为杀人犯的无罪的人的辩护同时进行，通过李厂长所提供的主要情节之外的信息，维持植物人的生命体征与数百名普通患者得不到基本的医疗救助就在戏剧情境内形成了因果关系，于是，一个医学伦理问题就转换成了社会、人生问题，对于法律条文的质问变成了关注民生状况的呼吁。

20世纪80年代中期的《狗儿爷涅槃》，既表现了一个典型的传统式中国农民在20世纪中叶天翻地覆的社会变革中的悲欢和历史命运，也似乎执着地期待着涅槃后狗儿爷的新生。二十年后，在同一个舞台上又演出了一部展示20世纪中后期当代农民命运的《棋盘岭传》（《剧本》2006年第11期，编剧卫中），仍旧是自由时空，仍旧是人鬼同台，但主人公的结局却不是躲避现代经济的推土机，而是在探铁矿的炮声中被狼吃了。作为新中国同龄人的新一代农民，板凳爹同样对土地饱含深情。他经历过"鸡尾股"银行的时代，经历过"割尾巴"带来的伤害，新时期土地承包政策落实后，他得到了棋盘岭荒山560亩为期二十年的产权。凭借着勤劳和智慧，板凳爹在山上种了果树、

---

① 席勒. 论剧院作为一种道德的机关[M]//席勒文集：第6卷. 张佳珏，张玉书，孙凤城，译. 北京：人民文学出版社，2005：5.

养了鸡，成了靠土地和劳动富裕起来的新一代农民。由于在棋盘岭发现了铁矿，承包期未满的棋盘岭便被转给了矿业开发商，一时间，炮声震天，已经成为花果山的棋盘岭又将一片狼藉。当年曾宣称要将农民的"民主权、生存权、劳动权、自主经营权"都还给农民的高书记此时已病入膏肓，相继登台的"县委书记""工业局长""镇长""农林局长"和"县长"等无不在"财政增收""GDP翻番"等冠冕堂皇的口号下，将地契所确立的所有权又从板凳爹的手中夺走了。更加带有悲凉意味的是，板凳爹的事业是没有继承人的，他的儿子板凳已经没有了父亲对土地的感情，他所向往的是现代都市的生存环境，期待的是在城市居住的合法身份。从这个意义上讲，《棋盘岭传》所传达的就是末代农民的悲欢。剧中有一个细节充满着象征意味：板凳爹把地契当作宝贝藏在鞋子里，板凳却在发丧时把地契连同鞋子一道都当作"邪气"扔了。这出戏以高度凝练的手法描绘了中国农村近几十年来从兴旺又趋于凋敝的历史过程，更从心灵的角度预示着安土重迁的传统价值观将在跑步进入小康社会的声浪中彻底被轰毁。这似乎是比狗儿爷的命运更加残酷的悲剧，因为梦中已无可期待者。

二

在新世纪主流戏剧中存在三种趋势：重舞台而轻剧本；重改编而轻创作；重历史题材而轻现实题材。[①]就现实题材而言，也有一个如何对待现实生活的态度和角度问题。《郭双印连他乡党》(《剧本》2006年第5期，编剧王真)的作者在创作中总结出了"低于生活"的创作经验："以前念叨着'高于生活'，死整硬编。编境界编造感情，这些惯用的'激情'伎俩实在太假了……自己都替自己难为情。这次一低于生活，扑唰一下角角落落都显露出来了。"[②]所谓"低于生活"，就是不虚夸，不矫饰，按照生活本来的面目去再现生活（这个

---

① 这是就话剧和戏曲总体而言的。
② 王真.源于生活低于生活[J].剧本，2006(8)：28-29.

道理是多么朴素，可在舞台上实行起来又是多么困难！）。《郭双印连他乡党》是根据农村基层干部郭秀明的优秀事迹改写的，是一部奉命之作，但是，主人公活生生的事迹唤起了艺术家的良心，面对着生活的原生态，他没有采取漠视的态度，而是"蹲下来"，认真地体认具体的戏剧情境中的人物情感，写出了令人潸然泪下的作品。

  剧本的主题是表现郭双印如何为改变碾子沟的贫困面貌呕心沥血直至抱病不起的。但是在人物关系的设置上，却将郭双印放到了以梁生茂老汉为代表的许多村民的对立面，于是在戏剧矛盾的展开方式上就有了许多鲜明的个性特征。郭双印的每一个行动都受到了来自乡亲们的阻挠，即使在党内，他也只能以组织纪律的约束力来要求大家做出牺牲。为了表明与大家同甘共苦，他把自家的诊所关了，把乡亲们的欠条也烧了；隆冬季节，他带领全村党员上山植树，并带头捐款购买树苗；继而又动员乡亲捐钱建学校。但是，这些行为却惹恼了梁生茂们，因为他们的日子太穷了："日子倒灶成这种样子，这一肚子煎熬没地方倒。大的恨不起，也没有这个胆，眼前放着个支书，那就他吧！"于是他们集体状告郭双印：碾子沟三大企业"不上半年垮了一对半！"质问道："五年里家家户户给你投了多少义务工？你口口声声吆喝着说是绿色银行，能当钱么？真要是银行，我现在就想取出块儿八毛使唤使唤。郭书记，你有么？"郭双印所面临的悖论是，要行动，就得担待摊派的恶名；要让碾子沟的农民过上好日子，就得让他们一次次地勒紧原本就不宽松的裤腰带，承担义务工，出钱捐物；脱贫致富的心越迫切，勒紧裤腰带的力度便越大。这是一个明知不可为而为之的英雄，是个屡败屡战的勇士。当郭双印提交的"生态农业基地"规划被上级部门批准，得到20万元基金支持时，他已经病入膏肓。此时，生活又为剧本提供了一处神来之笔，当郭双印的事迹被当作典型宣传时，乡亲们所看到的却是乡长村长们打着学习郭双印的旗号收费派款："警车堵到门上，警棍指着鼻子，除了不会说日本话比日本鬼子还恶煞！"但是若没有"低于生活"的创作态度，绝不能将生活中的真实场面转换成舞台上的灵动的人物语言。剧本的最后一场，死后的郭双印将满台的大粗瓷碗排列成阵，对着给他送葬的乡亲们深情地说："乡党们，吃好。"剧中的郭双印最终也未能实现自己的宏愿，但从他的一次次勉为其难的苦干中，我们感受到了一种仰之弥高的力量，看到了一组以自己的巨大牺牲支撑改革事业的英雄群像。

相比之下，有些现实题材作品就显得笔触太轻飘了。如正面表现三峡移民事件的《移民金大花》（《剧本》2006年第6期，编剧伟巴、夏祖声），将骨干情节设置成基层干部如何清正廉洁、公平地处理了公私关系，终于使安土重迁的农民欢天喜地地离开了千百年来的休养生息之地。水利移民是长期困扰着世界许多国家的难题，三峡建设中的移民工程也必然伴随着国家利益和个人牺牲两者之间的巨大冲突。一个原本有可能揭示出鲜明的时代特征的题材被轻率地处理为不同个性之间的争吵，一个有可能震撼人心的悲壮历史事件被简化成日常生活的家长里短，这与作者进入生活的角度有着密切的关系。

写历史能放开手脚，写现实则显得拘束；面对已经被历史否定的对象，可以自由施展自己的艺术才华，而面对有切肤之痛的现实生活，却难免隔靴搔痒，这一长期困扰当代戏剧创作的普遍问题也出现在二联剧《兰州老街》（《剧本》2002年第8期，编剧张明、杨晓文）和《兰州人家》（《剧本》2003年第4期，编剧张明、杨晓文）中。两部作品的故事并无重叠，但并置一处，似意在唤起人的沧海桑田之感。《兰州老街》是自由展示出剧作家的才气的作品，面对着早已被历史否定的僵尸，嬉笑怒骂皆成文章。在那个是非颠倒、黑白混淆的时代，好人受气，坏人逞凶。"甘肃第一代上清华的大学生""不到三十岁就当过县长"的张素园竟沦落到要出卖祖传的古砚，甚至接下了刻春宫葫芦的订货。省府农业水利科长赵行一得到了省府的五百万修渠款，没想到被层层克扣还不算，末了还要扣掉一百万去慰劳打内战的官兵，四千多民工白干半年，水渠也没修成。年轻时就替马家军卖命的杨大夫，年过半百又重新被麻副官抓走，继续帮麻长官去同共产党拼命……这里，没有一个顶天立地的英雄，但人人都有一副傲骨，虽然每个人都对现实作出了妥协，但内心仍然保留着一方纯洁的天地。尤其是第三场结尾处落魄的秦腔艺人呱呱儿的那段《打临洮》，更是荡气回肠，既有对个人遭际的控诉，又是英雄气概的展现。有志者和有为者毁于黑暗，正直的人被逼上绝路，当一个时代把所有人都裹挟到它的战车上时，它已经宣告了自己的灭亡。

《兰州人家》则显得拘束得多。它的创作本意可能是借退休工人李大一家的悲欢，透视当代社会变革对普通人命运的拨弄。可以说，作者是怀着幽默而同情的态度对待剧中人物的。李大看了一辈子文庙，自以为是"在文化的根根上站着呢"，不承想，上级一个文件，文庙就要搬到城外去，为24层的金融大厦腾地儿。大女儿被内退，摆了个卖袜子、手套的小摊子，却总是被大盖帽追得东躲西藏。大女婿老实工作了二十多年，也被迫下岗，转而迷上了彩票。身为文化局科长的二女婿是个官迷，成天琢磨着借亲友的钱去活动个副处长，弄得妻子哭笑不得。三女儿下海经商，却与一个东北商人红杏出墙。年届三十的四女儿爱上了一个大她十七岁的有妇之夫。接连不断的不如意，使李大感叹道："人心坏下了，老天爷不养人了。"但到剧本的最后，一切矛盾都迎刃而解了：文庙有可能被保下；大女儿也不摆摊了，她和丈夫合开了一个路边电话亭——合法的；二女婿当上了文化馆第七副馆长后，忽然变得有自信了；只有三女儿自食苦果，被骗了感情，又被骗走了钱财。更有年逾七旬的李大也与张妈搞上了黄昏恋，喜结良缘了。于是就有了这样的台词："这就是几十辈中国人传说的太平盛世，太平盛世啊。"

要给这样一部剧作下断语，不免叫人颇费踌躇，因为它的确把生活的酸甜苦辣都展示出来了，生活气息很浓，人物个性突出，场面也很热闹。但它就是唤不起心中的激情或暖流，总让人感觉戏做得太满，照顾得太周全，唯独缺乏属于作者的胆识，以及胆识所带来的对生活的洞见。对待生活的消极面，它只能仿照电视晚会所允许的尺度作一番嘲弄，于是从某种角度看，《兰州人家》就成了一个电视喜剧小品的集萃。

三

2002年9月，李龙云的新作《叫我一声哥，我会泪落如雨》在《剧本》月刊发表，这在主流戏剧演出日益流于晚会化，现实题材创作日益流于报道化的趋势中，显得极为引人注目。因为它不仅是一个现实题材，而且是一部严重关注当代都市人的精神危机的作品。表面上看，它仍是作者北大荒知青题材的延续，但实质上它已经触及二十多年的改革开放和持续的社会转型中潜藏的一个严峻问题：当一个个经济上几乎赤贫的人在改革大潮中被卷入发家致富的洪流后，精神上的赤贫状况并不曾解决，反而在与物质财富的尖锐对比下发生了严重的危机，这种危机会使得精神赤贫者所掌握的财富异化成一股反社会、反人性的力量，将社会拉向倒退，使人性走向毁灭。

剧中的主人公小骡从一个一文不名的回城知青到南城酒家老板，再到将友情和正义统统抛开、尖刻、刁钻、残忍的广安门娱乐城老板，作品一步步地揭示了资本是如何一点点地侵蚀人的灵魂甚至摧残人的肉体的。当他意识到"钱没少挣，可是，搭进去的东西也太多了"时，他不仅丧失了健康，失去了朋友，也失去了亲情，在失去过去的同时丧失了未来。用精心算计加巧取豪夺而到手的娱乐城在两广大街的旧城改造中轰然倒下——资本朝着有着更大权势的暴发户手里集中。这时，染上一身脏病的小骡才重新记起了二十年前离开北大荒时许下的诺言：要尽早把牺牲的兵团战友的遗骨迁回故乡。于是，他和几个旧日的同伴一起，踏上了重返北大荒的道路。

作品以《兵团战士之歌》为序幕和尾声的主旋律，在结尾更让《兵团战士之歌》响彻"天地穹宇之间""北大荒那个辽阔无边的雪原再次出现在我们面前。主人公们那颗躁动不安的灵魂，似乎只有在这里才能获得安宁"。两名主人公在歌声中"泪雨滂沱"。显然，作者相信，重返北大荒之路就是小骡的自我拯救之路、精神回归之路。

我们擦去剧中悲怆的诗情而引发的泪雨，冷静下来后，不能不遗憾地发现，剧作家除了用《兵团战士之歌》的激昂旋律催发出全剧的情感高潮外，未能将戏剧矛盾解决在一个具有新时代特征的高度上。在茫茫雪原与娱乐城的花天酒地之间，的确有着丰富的戏剧性张力，但是，如果把重返北大荒作为戏剧冲突的最终解决方式，却难免令人感觉惶惑，仿佛是浪漫主义诗人在机器所制造的社会罪恶面前怀想田园牧歌一般。《兵团战士之歌》象征着一个时代，但这个时代却是以摧残生命、终结理想为特征的一个狂热而又冰冷的时代。固然，任何冰冷的时代都可能藏有个人的温存记忆，但是，个人记忆是无法代替时代主旋律的。企图用过去时代的狂热歌声来拯救在灯红酒绿的现实中沉沦的灵魂，笔者对这样的价值取向只能表示怀疑。

类似的结构也出现在另一些剧本中，如《秋天的牵挂》(《剧本》2002年第4期，编剧孙德民)。这个剧本写的是在经济大潮汹涌而来之时，如何制止"无止境的贪婪和躁动"，给自己，也给未来留下一片绿色。它的情节是，由深圳方面出资的家私集团对森林构成了威胁，在是保护森林还是片面追求狭隘的经济利益之间展开了一场严峻的斗争。应该说，这个剧本是很有现实意义的，它对资本的贪婪本性和某些官僚的狭隘的政绩观念进行了揭露和批判。我们也注意到，它将"深圳"当作了与所褒扬的价值观念的对照物，当作了陌生甚至充满威胁的"他者"，"那里所有的窗户都被严密地封闭，所有的房门都被防盗门堵严，人们的心灵都在防范心理下被扭曲……"这个戏在主线冲突中，还夹杂着主人公们从知青时代产生的温情和亲情。"现在的人都喜欢重温过去同学、战友和知青时的生活，留恋那个时代人和人之间的关系。"这似乎又把绿色家园与对往日的回忆混为一谈了。的确，生命中的往事，哪怕是凄苦愁惨的往事，在回忆中都会带有一丝甜蜜；但这种个人化的情感，不应该代替艺术作品中的价值判断，尤其不能成为与现实斗争的思想武器。遗憾的是，笔者从《秋天的牵挂》中读出了浓厚的旧日情怀。作品的结局是主人公，森林公安局长王栋与从深圳回来创办家私公司的前妻彻底分手，投向深林中小溪边护林员孙华的木屋。这个结局当然可以解读为对保卫绿色家园的信念的坚守，但是，象征意义上的"深圳"与绿林真的情同冰炭吗？

新世纪的中国是一个既充满希望也充满困惑的社会，各种思想的交叉、各种利益的冲突、各种欲望的表现、各种绝望的挣扎，为剧作家提供了丰富的悲剧喜剧和悲喜剧素材。相对于绚烂的生活，新世纪的剧坛未免显得太沉闷、太单调了。只有能够追上生活的脚步，参与现实的批判，中国的戏剧才有光辉的一天。

对"国家舞台艺术精品工程"话剧作品的政治美学分析*

政治与美学之间存在着丰富的互文关系，不仅一个时代的政治理想可以通过美学话语表达出来，甚至某些政治行为还可以直接用艺术的方式来实现。同样，以追求精神自由为目的的审美活动也总是带有浓重的现实功利色彩。审美的和谐与政治的秩序都以一种理想化形态呈现在人们面前。因此，当我们面对一批由国家行政机构所推举并提供充足的财政支持的戏剧作品时，强烈的意识形态气息便会迎面扑来，它们不仅折射出占统治地位的审美理想，而且能为流行的舞台风格找到现实的依据。

在近年来的艺术领域中，没有哪种艺术形式能像戏剧这样表现出主流话语与非主流话语的严重分离。无论是电影、电视、小说还是音乐、绘画，总会有为社会中经济地位和价值取向不同的人群所共同关注者，但是，在大剧场上演并被纳入各级各类戏剧奖项视野的作品，在相当程度上体现着国家意志和政府导向，而在非传统的边缘性空间上演的戏剧则常常被主流文化所漠视。业内人士也毫不掩饰这一倾向。有论者明确表示，"热衷于'内宇宙''性意识'"的作品是"有害和不健康的"，主张"重申文艺的意识形态性，强调文艺作品提升人们的思想境界、陶冶人们的情操、塑造人们的灵魂

---

* 本文原载于田本相、董健主编《中国话剧研究（第 12 辑）》（中国传媒大学出版社 2010 年版），收入本书时略有删改。

的重要作用"①。

"国家舞台艺术精品工程"就是以政府部门出面的方式，选定一批符合主流政治规范和审美理想而又被认为能够为普通观众所欢迎的舞台艺术作品，在财政上给予补贴，使之能够在较长时间内广泛上演，为文艺创作起到示范作用。"国家舞台艺术精品工程"由文化部和财政部负责实施，其主要内容是，从2003年起，经过五年的时间，以经济投入的方式扶持一批戏曲、话剧、音乐、舞蹈、杂技等共50台的舞台艺术作品。这是一项"带有理想化色彩"②的工程。据参加评审的人员的体会，该项工程的目的是"协同打造一批具有时代精神和民族气质的、凝聚着改革开放以来中国舞台艺术领域千百万艺术家迸发出来的艺术创造力、足以代表舞台艺术领域对人类所作出的杰出贡献、代表舞台艺术领域中国艺术家的水平与追求的优秀作品"，以"建构舞台艺术的国家形象"。③

作为一项国家艺术工程，入选剧目首要标准应是和执政党的执政理念保持一致，因而，其共同的美学特征就是对"秩序感"的追求，即"和谐社会"在戏剧语境中的体现（当然，"和谐"本身也是一个美学范畴，指的是消除了各种差异面的纯然对立而显示出它们的互相依存和内在联系的整体统一。直接的对立面若是经过中和，可以成为具体的统一④）。秩序的最高含义即宇宙结构，它与混沌、无序相对。在入选剧目中，则表现为戏剧行动的目标和冲突所达到的结果必须符合有关"和谐社会"理念的权威阐述。通观11部入选话剧，其情节大多经历了一个从无序到有序的过程，以理想化秩序开始出现或最终确立为戏剧行动的最高目标。大多数入选话剧的故事都是以混沌、无序为开始，以秩序的建立为结束。无论剧情带有悲剧色彩，还是带有喜剧、

---

① 王蕴明.雅俗共赏舞台艺术审美的最高品格［J］.中国戏剧，2003（9）：16-18.
② 卢忠.国家舞台精品工程选拔之我见［J］.新疆艺术学院学报，2007（1）：77-80.
③ 傅谨.政府发问：哪台戏能代表国家形象——2003～2004年度国家舞台艺术"精品工程"评选心得［J］.艺术评论，2005（1）：54-57.
④ 黑格尔.美学：第1卷［M］.朱光潜，译.北京：商务印书馆，1979：180-181.

正剧色彩，大致的模式都是类似的。《虎踞钟山》通过南京军事学院院长刘伯承在建立教学秩序过程中与几名高级将领学员的冲突，生动地体现了人民解放军如何改掉身上的游击习气，朝着正规化、现代化的方向转轨。《万家灯火》以风俗喜剧的风格讲述了北京旧城区的金鱼池地区从一个拥挤、破烂的街区经过政府的改造，变成了一个宜居的地方，由居住空间逼仄而带来的种种社会问题迎刃而解，人们的精神状态也由惶恐、乖僻一变而为通达、乐观。若不是编剧李龙云涉笔成趣，换个作者，该剧难保不成为"和谐社会"的庸俗图解。在《生死场》中，苟且偷生的北方农民在侵略者的血腥屠杀面前终于由麻木走向有组织的反抗，在某种意义上也可视为一种新秩序的建立——对于"哪里有压迫，哪里就有反抗，有斗争"这一人类历史秩序的维护。

或许带有悲剧色彩的剧目更能体现"精品工程"对于"和谐"理想的执着。《商鞅》的主人公虽然最终被暗箭所害，但他却不是一个失败者，因为在他身后，他所追求的一切政治理想都得到了实现，他为秦国制定的政治军事秩序甚至直接奠定了117年后秦国统一天下的政治基础。这个奴隶出身的"孽种"，"让奴隶见了天日，令显贵们变色……令山川易位，乾坤倒转"，有着鲜明的思想优越性和令人仰视的道德高度，即使在变法过程中出现了"血流成河"的惨烈景象，也丝毫不掩主人公生命燃烧时所发出的光辉。他惨遭暗害的根本原因不是他的性格缺陷，而在于他对官场潜规则的坚决拒斥。剧作者之所以要唤醒历史的亡灵，乃是因为他认为，现实的中国也要求"以严酷的法制来建立起社会的秩序"[①]。现实题材的《郭双印连他乡党》也带有一定的悲剧意味：主人公将自己行医多年积攒的钱全数捐出，倾家荡产帮助乡亲们脱贫，但是，个人的牺牲加上强迫摊派，不仅未能实现让乡亲们脱贫的理想，反而让跟他苦干了五年的全村人"除下苦受罪没沾上一点儿好处"。但是，他毕竟用生命铺就了一条通向致富的道路，碾子沟的《生态农业建设基金申请报告》也得到了批准，郭双印总算死得其所。同一年度即2006

---

① 姚远语，见江宛柳. 军队剧作家姚远访谈[J]. 剧本，1997（4）：27–29.

年的现实题材戏剧《棋盘岭传》在揭示当代农民命运的深刻性上并不输于《郭》剧，艺术性和观赏性也不遑相让。而未能入选"精品工程"，似乎可以从它的情节上找到原因，即《棋》剧的主人公总是被动地遭受命运的捉弄，无能也无从安排自己的人生秩序。在联产承包责任制实施数年后，这个与共和国同龄的"板凳爹"的小康生活的蓝图刚刚展开，就被铁矿开发商的隆隆炮声所摧毁；而曾经对吃不饱肚子的农民给予过真切关怀的县委高书记此时竟住进了病房，再次登台时已经坐在了轮椅上。郭双印的死是壮志未酬，板凳爹的死竟是喝醉酒后被狼吃了。这个颇具荒诞意味的死使得戏剧的结局进入了一种无序状态，与主流意识所遵奉的理念显得格格不入，落选"精品"也就势在必然。

从权威人士的反复阐述中可以看出，执政党的政治理想在于建设一个和谐社会。作为全球化时代的治国理念，"和谐社会"观不再将现代西方的精神文化视为洪水猛兽或污染之源，而是积极吸收和借鉴西方民主思想和科学理念，将它们与中国传统文化相融合。在对待民族传统时，特别重视具有东方色彩的伦理思想，提出了"以德治国"的方略，这也可以视为对儒家"近者悦，远者来"观念的新的表达方式。与之相适应，"舞台艺术精品工程"入选剧目的戏剧冲突大都脱去了剑拔弩张、你死我活的激烈态势，而倾向于将社会矛盾伦理化，尽可能在家庭氛围和亲情层面使冲突双方达成和解。

《立秋》在海峡两岸都上演过，得到过不少好评。有论者认为，它揭示了历史进程中的一种悲剧命运：面对不以人的意志为转移的巨大的社会变革，传统的守制尊祖观念已经成为适应形势发展的障碍——中坚人物所坚守的道德操守和信念规条，成为阻滞其融入时代趋势与历史洪流的障碍物"。但作品在表达这个理念时，却因对传统的过度情感认同而产生了困扰，导致了前后情节的断裂。该剧前半截的焦点是保守派的马洪翰与改革派的许凌翔之间关于要不要顺应时代潮流、应不应该参与组建国家银行之争。两派的对立是如此的势不两立，以至于许凌翔被迫提出撤走股份，以规避因故步自封而可能招致的破产；而马洪翰也不惜断绝两代人的亲情，以"号规号法"将许氏清出丰德票行。但在挤兑风潮到来时，许凌翔却又将全部身家拿了出来，以飞蛾扑火的悲壮情怀与马洪翰共同维护山西商家"五百年的信用"。作者将传统的美德慷慨地赠予抱残守缺的马洪翰，却没有赋予新派人物许凌翔以更加积极的行动特征，反而让他在马洪翰面前事事矮三分，既欠马的人情，又输马的气势。显然，《立秋》在转写"和谐文化"理念的过程中，片面强调了对传统文化的认同，而忽略了作为一种现代性政治修辞的"和谐社会"理念敢于直面时代挑战、勇于同异质文化对话、追求开创共赢共存局面的进取内涵。

同样，从情节上看，《黄土谣》中的长子宋建军的还债承诺虽然建构了一个新的秩序，使父子两代人的心理状态从失衡转向了新的平衡，但为了解决情节中的尖锐矛盾，又将人物逼到了一个道德死角：要完成父亲的意愿，将村委会欠银行的钱全部还上，做一个无愧于父亲的好儿子，就要舍弃在部队多年奋斗所得到的省城副处长的职位和相应的物质待遇，重新回到一贫如洗的穷山沟，从零开始，把后半生甚至一家三口的幸福全部押上，否则，就要像二弟宋建国那样，受到"为富不仁"的道德谴责。在这个矛盾设置中，包含着传统宗法制度下的长子继承权观念。身为长子的建军不仅要继承父亲对理想的执着和对公众事业的赤诚（这是容易做到的，而且能获得可观的道德回报），还要继承父亲代表村委会和全村人欠下的债务（这是作者要弘扬的先进道德），但是，人们长期以来所习惯的二元对立式思维将主人公逼到了一个绝境。如何让副团长宋建军和建筑公司经理宋建国小有参商而无伤大雅的道德差距在一部作品中和谐共生，使艺术世界里的道德评判的锋芒也带有一些日常生活中的温情，恐怕是值得"精品"之类的主旋律作品认真考虑的问题。此外，商人宋建国的形象表明我们的戏剧舞台仍旧受着重农轻商思想的禁锢，在如何解决传统的孝悌观与现代经济理性的和谐共存问题上缺乏足够的智慧。

入选2003—2004年度"精品工程"，表现国有企业下岗职工的生存状况的《父亲》，是少有的反映当前所面临的社会问题的作品之一。早在作品问世之初，就有评论者批评该剧的创作观念落入了"主旋律定式"：几乎所有人物最终都找到了足以安身立命的出路，"似乎显得太过工整了"。① 为了进入"精品"系列，作者对1999年演出本又作了一些修改，主要是增加作品的暖色与亮色：把退休的大工匠父亲每天出门卖羊肉串的情节改成了与其他退休工人一道聊天、唱戏，回忆过去当家做主的日子；把下岗的大姐当托儿卖假货改成了上街卖报纸。更重要的是，将勾结奸商、骗走自主创业的小舅子钱款的姐夫改成了他与小舅子同样被生意场上的"朋友"所害，两人陷入同一困境——原先受到道德谴责的坏人竟也变成了同情的对象。将"和谐"误解为一团和气，这种做法与其说是社会责任感使然，不如说是对国家级奖项的投机及对政策的拙劣图解和空洞歌颂。

为了更加强烈地体现执政党的政治理念和美学理想，"精品工程"入选剧目均在不同程度上与过去几十年奉为圭臬的现实主义舞台风格拉开了距离，不约而同地抛弃了幻觉舞台的艺术手法，而更倾向于用叙事手段来"讲述"舞台上的故事。这固然可以被看作20世纪80年代以来戏剧观念逐步开放、戏剧舞台朝着布莱希特"叙事剧"的方向逐步倾斜的结果，但是，叙事剧同时是教育剧、宣传剧。为了更加直接地表达政治意念，人们已经不耐烦像经典现实主义那样让政治倾向通过细节真实表现出来，而是更加经济地通过叙述手段直白地表达出来，并且，民族戏剧的某些特质也证明了这种手法的天然合法性。于是，一种便于直白地表达政治意念的舞台手法竟然获得了开放的戏剧观和东方的民族性的双重修辞，堂而皇之地在"精品工程"的舞台上占据了主导地位。同时，我们也注意到，近年来，戏曲导演执导话剧和话剧导演执导戏曲，已经成为演出界的一种时尚。它的积极意味就在于促进了原本遵循不同美学原则的戏剧形式的交流和互动，为一些剧目带来了令人耳目一新的剧场效果。

《商鞅》就是由戏曲舞台出身的陈薪伊导演的（与此同时，她还执导了同时入选第一批"精品工程"的新编历史京剧《贞观盛世》）。该剧采用了画框

---

① 魏东晓. 从《父亲》看主旋律创作[J]. 上海戏剧，2001（1）：28.

式结构，将戏剧主体用序幕和尾声裹起来，使观众对剧情产生距离感。剧作者还为剧中人物自铸了一种具有陌生化效果的"朗诵体"台词，以便他们自由地敞开心扉，对自己的动机和行动进行叙述乃至阐述，强化作品的直接教化功能。这种艺术手法和艺术效果都来自对戏曲中"唱"的借鉴。无独有偶，《立秋》也采用了序幕、尾声和间离效果甚为突出的风格化台词，但由于创作思想的含混所导致的情节断裂，该剧的"序"和"尾声"均徒具形式感，缺乏有机的艺术效果。它的台词也很难起到揭示人物个性的作用，马洪翰、老太太、马瑶琴等不同身份的人物的抒情段落竟极为相似。

电影和电视手法的应用早已是当代话剧舞台上的常见现象，它们在增加"精品工程"入选剧目的观赏性方面功不可没。因为该项工程的评比将是否为观众所喜爱、有无市场开发前景当作重要的评比指标，这也促使各个剧目的演出尽可能对"舞台性"给予相当的关注。如《我在天堂等你》就一改上下场门的传统舞台为马戏舞台，人物从四面八方均可登场。当他们从舞台正面的乐池位置登上舞台时，就造成了视觉上的冲击力和压迫感，促使观众更紧张地思考生/死、荣/辱、奉献/享受等重大的伦理问题。

在不同的表演艺术元素的综合应用方面，最值得重视的当是《凌河影人》。这个剧目在借鉴他种艺术手法上有着题材上的先天优势：描写东北皮影戏艺人的国恨家仇。皮影艺术的草根性和高度写意性给《凌河影人》带来了明快、紧凑、热烈的叙述风格，使它可以更加直接地以压缩时空，以变形、抽象、象征等手法讲述故事而保持风格的内在统一。尤其是第五幕（亦即最后一幕）中，当在共同的民族苦难面前决定摒弃前嫌的吴先生、邱影匠等人在大雪纷飞之夜用演出皮影的洋油点燃木头垛，引爆侵略者的军火专列，炸毁凌河大桥时，灯光、布景、声效等与专业水平颇高的皮影戏演唱一道，在情节的高潮阶段制造了剧场效果的高潮，营造了一个令观众的视听感官得到充分满足的大收煞。

从以上分析中可以看出，政治内容与艺术形式有着相互依傍的关系，如果两者能够找到适当的契合点，还能够互相提升、互相促进。作为官方认可的代表当前最高水平的"国家舞台艺术精品工程"入选剧目,为我们探讨这个问题提供了具有典型意义的例证。但就其本身而言,如何使占统治地位的政治理想和美学理想得到较为完满的结合,仍有许多可以继续讨论的余地。

重述与转写*
——歌剧《原野》叙事片论

一、小引

1987年9月，歌剧《原野》在北京民族文化宫礼堂首演，这是第一届中国艺术节的演出剧目。那晚的演出给笔者留下了深刻的印象。金湘的作曲技法现代意味颇浓（块状的旋律、繁复的转调和多调性的应用），万山红的演唱水平达到了一个新的高度（以前曾看过她主演的"民族歌剧"《星光啊星光》），这都是观众的兴奋点。第二幕开始不久，正当笔者努力地进入这个充满魅力的音乐世界时，女高音唱起了"虎子哥，你这野地里的鬼……"骤然，那浓郁的北方民歌风格直达听众的心灵，甜美而炽热，几乎叫人喘不过气来。最使人感受强烈的是第三、四幕之间的间奏，它完全是新奇的，又是令人震撼的，当最后一个音符终止时，全场响起了发自内心的热烈掌声。据笔者非专业的歌剧知识，这应该是真正意义上的间奏曲在中国歌剧史上首次亮相。紧接下来的第四幕给人以强烈的视觉和听觉刺激，当是对原作第三幕最明快而又饱满的再度阐释。当年就有专家认为："歌剧《原野》在中国歌剧史上是一部具有开创性的重要作品。"① 后来又有学者称：《原野》是金湘所有歌剧创

---

* 本文原载于《艺苑》2011年第1期，收入本书时略有删改。
① 琴音. 观歌剧《原野》后：李德伦访谈录［N］.文艺报，1987-09-05.

作中最好的一部，在新时期以来中国歌剧创作中是最好的一部，也是有中国歌剧史以来在严肃歌剧领域里最好的一部。"① 可见，笔者在民族文化宫礼堂所受到的情感冲击，的确是演出的艺术魅力所致。

歌剧《原野》的创作及其完整演出，应该被视作思想解放运动的直接成果。只有对原作中被强化的复杂和扭曲的人性不再持拒绝态度，并且认同二度创作者"打破那长期桎梏灵与肉的封建传统文化，建立真正的现代型文化"②的主题追求，才可能将这部改编作品列入首届中国艺术节。在此之前，1981 年拍摄完成的电影《原野》曾长期被禁，直到 1988 年后才被正面接受，获得百花奖"最佳故事片"。在此之后，1990 年，当笔者再次观看由山东省歌舞团演出的《原野》时，期待中的那段间奏无影无踪，第四幕的表演力度也大大减弱，几乎是匆匆带过——莫非是担心舞台上鬼魅充斥而引起过多联想？

二十三年来，歌剧《原野》承载了许多的荣耀，它是太平洋彼岸上演的第一部中国歌剧，是国内为数不多的几家歌剧院多次上演的保留剧目。为纪念该剧首演二十周年，业界还召开过专题学术研讨会。歌剧《原野》已经进入当代经典的行列。

二、零度改编

曹禺的剧作向来注重对情节的多媒介叙述，③这使得他的剧本既具有可演性，又比一般的剧本更具有可读性，同时就具备了更多的加以复述的可能性和诱惑力。在曹禺的早期剧作中，不仅处处挥洒着诗意，还有小说式的细节描写和肖像描写、心理描写，此外，鲜明的音乐性既体现在幕后歌声和主题

---

① 居其宏."歌剧思维"及其在《原野》中的实践[J].中国音乐学，2010（3）：96-101.
② 金湘.总谱之外的音符：歌剧《原野》创作小记[M]//金湘.困惑与求索：一个作曲家的思考.上海：上海音乐出版社，2003：90.
③ 他曾说："写《雷雨》的时候，我没有想到我的戏会有人排演，但是为着读者的方便，我用了很多的篇幅释述每个人物的性格。如今呢，《雷雨》的演员们可以藉此看出些轮廓。"（曹禺.《雷雨》序[M]//田本相，刘一军.曹禺全集：第 1 卷.石家庄：花山文艺出版社，1996：12.）

阐释上，更体现在情节发展的节奏上。近30年来，对《雷雨》《日出》《原野》等的改编，几乎包括了所有重要的表演艺术形式：电影、歌剧、舞剧、地方戏、电视剧，还有曲艺，首要原因固然是其人物形象的复杂性、情节的曲折性和再度生发的可能性，同时也是因为剧本中的多媒介叙述为后人的改编提供了话语基础。

曹禺认为自己的作品"故事复杂，人物太多"，而"歌剧故事应简明、清楚"。①《原野》成为歌剧的改编对象，自有其特殊的优越条件。与质地非常密实的家庭悲剧《雷雨》和社会悲剧《日出》相比，这个发生在"沉郁的"秋日原野里的故事，架构显得更加疏朗、空灵，性格对比更加鲜明，情绪表达更加强烈，还出现了大量的幻觉场面，显然，它是曹禺作品中最具歌剧品格者。

万方的歌剧脚本是对原作的"零度改编"，即忠实于《原野》的主题思想，完整保留情节骨干，不对人物和戏剧动作做任何增益和修改，而是根据浪漫主义歌剧的美学特征和体裁的特殊要求，对剧情加以重述。话剧本的基本叙事单位是对话和场面，歌剧本的基本叙事单位则是独唱（咏叹调、宣叙调、咏叙调）、对唱、重唱以及由乐队演奏的序曲、间奏曲等。在歌剧的体裁特性和成规的制约下，对"原野"的故事作全息化重述，正是歌剧《原野》获得巨大成功的原因之一。

《原野》原作共分四幕（序幕与后三幕的时间距离为十天，第一幕至第三幕的情节时间在二十四小时之内），序幕仅有五个场面，第一和第二幕大约共有二十二场（基本上以场上人物上下为划分标准，但个别的过场未计算在内），第三幕明确分为五个景别（受到奥尼尔的表现主义作品《琼斯皇》的影响），但长度与第一、二幕相当。《原野》的歌剧脚本则在全剧之前另加了一个序幕"合唱与乐队"，将原作的序幕当作了第一幕，全剧由此而变为四幕，每一幕均由七至九个唱段构成（两段间奏曲除外），形式变得更加整饬。各幕的情节与原作相同，甚至某些唱词也直接来自原作，如第一幕仇虎的咏叙调

---

① 曹禺，乔羽.关于中国歌剧的通信［J］.人民音乐，1987（9）：2-4.

及与白傻子的两段对唱,焦母等的三重唱中焦母的返始唱段中的两段歌词等就是对原作序幕的忠实转写。但是,由于有了乐队的参与,歌剧的情绪表现有时也比原作更集中,更富于戏剧性。如表现焦氏和花金子的婆媳矛盾的三重唱中,女中音和女高音虽然唱词相同,但对比性复调手法却揭示了两人之间的尖锐冲突,男高音在女声的不协和音程的短暂间隙进入,把焦大星的软弱和无可奈何表露无遗。三重唱以块状的音乐形式取代了线状的语言形式,将角色之间的情节内交际变成了人物与观众之间的情节外交际,时间上也因此显得更加经济。又如,原作中花金子有两处表白爱情、展示性格的重点场面,一处在第一幕的第一个场景,她抱着仇虎说:"野鬼,我的丑八怪,这十天我又活了,活了!"另一处在第二幕,她对着焦大星决绝地说:"我是野地里生,野地里长,将来也许野地里死。大星,一个人活着就是一次。在焦家,我是死了的。"①歌剧以这两处对白为底本,写了两个唱段——独唱"啊,我的虎子哥"和重唱"人就活一回",使原作中重点描摹的精神世界进一步被放大。在独唱里,花金子对仇虎的称呼加了三个字,改成"野地里的鬼",与"野地里生,野地里长"的"我"统一起来;在旋律上,独唱和重唱则运用旋律再现和调性对比手法,使两者既遥相呼应,又鲜明对照:前者是爱的深情表述,后者是对不爱者的无情告白,进而强化了两个场景的连贯性。在重唱中,男高音唱腔是对女高音的模仿和跟进,唱词的内容却相反,反讽效果由此而生。

但是,不偏离原作主题、不增删主要情节的"零度改编"并不意味着简单的故事重述。体裁的转移使得叙述形态发生了变化,必然导致故事的讲述方式也发生变化。从《雷雨》到《家》,曹禺的早期剧作中都有死亡的情节,但在古典悲剧原则的制约下,他将人物的死亡几乎都作了暗场处理(只有《日出》里的小东西除外)。万方的改编却是让仇虎在舞台上直接将焦大星杀死,这是对原作细节的一个重要改变,体现了歌剧艺术的独特追求。曹禺

---

① 本文引用的《原野》原作系四川人民出版社1982年9月"曹禺戏剧集"版。经过比对,歌剧脚本与这个版本关系较近。

称许万方的改编"颇有些歌剧味道"①,应该也包含着对这个细节的肯定在内。从浪漫主义时代开始,西方歌剧的观众已经习惯于观看舞台上各种形态的濒死与死亡的表演,因为歌剧叙事的歌唱性增强了戏剧动作的间离效果,降低了观众的恐惧感。可见,遵循浪漫主义传统的歌剧与古典戏剧两者的美学原则之间有着明显的差异。在歌剧舞台上正面表现仇虎的复仇行动,不仅可以加快叙事节奏,还可以强化戏剧效果。在原作中,仇虎杀死焦大星的动作经过了数次铺垫:先是让仇虎琢磨着"怎么先叫大星动了手",然后"就可以把他像小鸡儿似地宰了",但仇虎的种种暗示甚至明言焦大星就是听不懂;继而让焦大星假装告诉花金子,他已经向侦缉队告发了仇虎;复由金子转告仇虎说,大星也自认在告密人之列;这才终于激起仇虎的仇恨,冲入卧室,将睡熟的焦大星杀死。歌剧则缺乏足够的时间让仇虎一层层积累起对大星的仇恨,改编者只用了一重转折,就使人物的复仇心理达到了顶点:先用一段咏叹调"现在已是夜深深",描摹仇虎的心灵是如何受着复仇不得的煎熬;后又让焦大星在侦缉队即将到来时幸灾乐祸,口口声声"侦缉队就来抓你们!杀了你们,宰了你们",这就给了仇虎杀人以坚实的理由。再也无法忍受的仇虎一步步逼上去,用刀捅倒了焦大星,比在话剧当中更加迅速地完成了他的复仇行动。

又如表现仇虎与焦母的直接对抗,原作用了两场戏,近十三页的篇幅,包括第二幕的开端和第三个场景;其中第三个场景又分为两部分,前半部分具有情节回叙功能,后半部分则是纯粹的性格冲突。歌剧脚本将这个场景压缩为男中音和女中音的两段对唱。第一段对应着原作第二幕的开头,焦母祈求菩萨保佑,唱腔保持着固有的音型和小二度的音程关系;插入的仇虎唱段则取自原作:"初一(呀那个)十五(呀哈)庙(呵呀嘿嘿)门(呵一个)开(呀个呀得儿喂呀),牛头马面两边排,两边排(呀哈)",调性突出,句式清晰。第二段内容取自第三个场景的后半部分。这样,就非常紧凑地转写了原剧的内容。因为在第一幕仇虎上场时,已经历数了焦阎王的罪恶,并表达了

---

① 曹禺,乔羽.关于中国歌剧的通信[J].人民音乐,1987(9):2–4.

复仇的决心，情节回溯自然可以省略，但相关场次是《原野》戏剧性和舞台性最强的段落之一，是全剧的核心情节，为了再现原作的精华，歌剧调动了丰富的乐队技巧来凸显人物心理上的对峙，如用大提琴和低音提琴五个音同时发出的音块烘托焦母的狠毒，用打击乐和钢琴、弦乐逐渐加快的密集音型加重仇虎的狞笑和道白的力度，等等。

原作第三幕大量借鉴了奥尼尔的表现主义手法，在全剧中有着相对的独立性。虽然篇幅与前两幕保持一致，却分作五个场景，情节线也在真实与幻觉之间交叉，人物表除了前两幕的六个人物外，还增加了幻觉世界中的人物。它是情节的结尾，也是完成人物性格的最后笔墨，仇虎性格的善良底色在第二景得到集中展现，从而揭示了此前人物行动矛盾性的原因。歌剧选取各景中的心理活动为改编对象，以心理描写推动情节，与原作中以情节展示为动力描绘变态心理恰成对照。这种改编策略既突出了歌剧特点，也可以被看作和声手法中上下声部反向进行在戏剧结构上的象征。

三、歌剧思维

在《原野》完成后，作曲者金湘曾多次提出"歌剧思维"的概念，它"指歌剧艺术家是怎样将自己已有的意图（故事情节、情感思绪）用歌剧这个载体，并以符合这个载体本身特有的艺术规律体现出来；如何将包含在歌剧创作表演中的各个元素既特立独行又配合默契，既运用自如又发挥至极！"[①]歌剧学者居其宏认为："'歌剧思维'在更多意义上不是一个理论命题而是一个实践命题，因此既不玄奥也不神奇——在我国，能够对'歌剧思维'说出一二三的学者（包括笔者在内）和艺术家大有人在，但在创演实践中将它贯彻始终并在舞台验证中得到完美体现的艺术家及其作品却不多见。"[②]

《原野》是金湘实践"歌剧思维"的第一部作品，或许不应归结为偶然。

---

① 金湘.我写歌剧《原野》：歌剧《原野》诞生20周年有感[J].歌剧，2009（2）：53-56.相同的内容作曲家在不同场合表达过多次，这是较近的一次。
② 居其宏."歌剧思维"及其在《原野》中的实践[J].中国音乐学，2010（3）：96-101.

"灵与肉的扭曲与反扭曲、桎梏与复苏是这部歌剧深刻的主题。"[1] 原剧情节和人物性格中所包含的二元对立因素,对作曲家的"歌剧思维"的走向起着制约的作用。"歌剧思维"的核心就是音乐的戏剧化,那么,"歌剧思维"的直接现实,就体现在音乐语言、曲式、织体等对原作的戏剧性的再现和生发上。

"歌剧思维"在《原野》中有两个方面的突出体现,首先是音乐构思的戏剧性。美国音乐学家约瑟夫·科尔曼认为,歌剧"作为一种戏剧类型,它的本质存在无论在细节上还是在整体上都是由音乐的表达所决定"[2]。序幕所规定的《原野》的背景是这样的,"秋天的傍晚。大地是沉郁的,生命藏在里面",巨树的庞大躯干"象征着严肃、险恶、反抗与忧郁,仿佛是那被禁桎的普罗米修斯,羁绊在石岩上"。为了使原作的情境得以再现,序曲以定音鼓的 ppp 音强开始,紧接着便是特强的乐队合奏,加入了铁链和铁皮的打击乐组的声音以及钢琴上的微分音音块渲染着原野的荒芜。在长笛和板鼓的几番问答之后,各种音色的人声加入:"黑呀! 恨呀! 天哪! 冤哪!"阴森地狱的意象由此出现。紧接着是弓杆击弦所制造的偶然音乐和音块技巧,带来了听觉上的强烈刺激。随后,长笛在小提琴的伴奏下独奏出一段叹息般的旋律,经由小提琴和单簧管的接替,在人声的哼唱中,序曲走向结束。将这段音乐仅当作对原剧序幕开头描写段落的转写是不够的,因为它既是歌剧音乐的程式要求,又是全剧音乐形象的总提。

第一幕相当于原作序幕,主要任务是展示人物性格,确立人物关系。例如,仇虎被焦阎王所害,蹲了八年大狱,当他满怀复仇的冲动逃回来时,却得知焦阎王已经死了,顿时陷入极度的绝望,他充满怨怒地一连唱了四遍"你怎么不等我回来!"在历数了仇人的罪恶后,他向着秋天的原野——又仿佛是对着坟墓里的焦阎王——喊道:"我仇虎回来了!"(第 84 ~ 87 小节)。与原作不同的是,在白傻子告知金子嫁给了焦大星之后,上场的是焦母,她的宣叙调以小二度和三度级进为特色,多倚音,与针扎小人的动作相配合,

---

[1] 金湘.我写歌剧《原野》:歌剧《原野》诞生 20 周年有感[J].歌剧,2009(2):53.
[2] 科尔曼.作为戏剧的歌剧[M].杨燕迪,译.上海:上海音乐学院出版社,2008:13.

内心的狠毒昭然若揭。从揭示焦母与金子两人之间矛盾关系的角度考虑，让焦母先上场无疑更加经济。焦大星的咏叹调"哦，女人"应该是动听的，但旋律在高音区的反复，却显出这个人物内心的软弱和苍白。在充满戏剧性的三重唱之后，只剩下金子一人留在台上，她终于得到袒露内心情愫的机会。正当她诅咒"闷得像坟墓一样"的现实，憧憬着变成一只小鸟，在艳阳高照的蓝天下想飞就飞，想落就落的时候，仇虎出现了。这时，间奏曲响起，这段将在第二幕由仇虎唱出的音乐一改此前的现代技法，开始"毫不吝惜地以欧洲 19 世纪浪漫派手法，大旋律长呼吸地、酣畅淋漓地""刻画来之不易的爱情的刻骨铭心、温馨暖人！"① 弦乐组的引子之后，独奏双簧管在竖琴的伴奏下吹出了如歌的第一主题，它与单簧管相互交替，仿佛一对恋人依偎在一起细语呢喃。接着，第一小提琴和第二小提琴重复第一主题，将"温馨暖人"的内容发挥至极致。第二主题具有舞蹈风格，从另一个角度彰显了爱情的特质，经过弦乐和管乐的两次重复，乐队的合奏又回到第一主题，圆满结束了第一幕，在情绪和风格上开启了第二幕。

金湘曾多次强调"歌剧思维"与艺术手段多元化的联系。如果说，第一幕和第四幕偏重现代歌剧语言魅力的展示，那么，第二幕和第三幕就是浪漫派风格的体现。第二幕的时间已是十天之后，音乐的开头延续着间奏曲的意绪，营造出"家"的温馨。仇虎和金子沉浸在重新找回爱情的甜蜜中。仿佛是第一幕的憧憬终于变成了现实，金子畅快地唱道："我又活了，我又活了活了，这活着的滋味呵，什么也不能比。"仇虎也用间奏曲的甜美旋律回应："金子，金子，你在我的心里，你是我，我是你，再不能分离。"两场戏后，便是东北民歌风格浓郁的"大麦呀，穗穗长"（第 312～325 小节）。这首歌曲的旋律线虽然起伏不大，但显得色彩十分绚烂，这主要得自于鲜明的民族调式和两次转调（D 调—C 调—F 调）等手法的应用。由于有男女主人公调性不突出的宣叙调风格的对唱的烘托，这段七声徵调的重唱虽非浪漫主义歌剧中的华彩乐段，却同样达成了情感升华的效果，为全剧的爱情段落作了一

---

① 金湘.我写歌剧《原野》：歌剧《原野》诞生 20 周年有感[J].歌剧，2009（2）：53-56.

个完满的收束。

"歌剧思维"在《原野》里的第二个突出体现是整体性。作为中国民族歌剧经典形式的"新歌剧"从诞生之日起，就选择了与传统戏曲相认同的歌曲联唱体制，戏剧性在歌剧中占据着主宰的地位，歌唱与对白相分离，导致所谓歌剧就只剩下一些能够广泛传唱的曲目。金湘的"歌剧思维"倾向于追求情节连贯发展的连缀体，主张戏剧与音乐"水乳交融"，用"交响性意识"统率声乐与器乐，让咏叹调与宣叙调相互妥切，[①] 与"新歌剧"的美学观念形成了鲜明的对照。

《原野》歌剧音乐的整体性的基础是对剧作主题的明确把握。作曲家认为，全剧的贯穿性主题是纯真的人性、野性与被扭曲的外象之间的反差和对立。在表现前者时，"多用整块的、旋律感强的、调性相对明确的手法"，在表现后者时，"则多用结构模糊、旋律感弱、尖锐音程的多层结合手法，用这样截然不同的手法来表现两种不同的'情'与'景'，让它们在强烈的冲撞、反差中既表现了不同的情与景，也表现出音乐自身的美"。[②]

重复也是实现整体性的重要手段，如爱情主题在全剧中出现了三次：第一次在间奏曲中出现，充满着期待；第二次在第二幕出现，是正面表现；当它在全剧结尾部分第三次出现时，主人公们已经过了重重磨难。在生离死别时重新响起的这段旋律，从独唱发展为重唱，歌词内容也发生了变化："有了孩子就有了我们！生下他，他就是天！生下他，他就是地！"又经过细节的处理，显得刚毅与柔情并重，绝望与希望共存。唱段过后，剧情直接进入了尾声。

"初一十五庙门开"也是通过重复手法实现整体性构思的成功例证。曹禺原作中的《妓女告状》来自北方地区的鼓书唱词，歌剧改编则直接采用了话

[①] 金湘.漫议歌剧种种［M］// 金湘.困惑与求索：一个作曲家的思考.上海：上海音乐出版社，2003：41-44.

[②] 金湘.坐标的选择及其他：歌剧《原野》作曲随记之一［M］// 金湘.困惑与求索：一个作曲家的思考.上海：上海音乐出版社，2003：95.

剧中的相关段落，使之成为剧中"可感知的"歌唱。[①] 当它在第三幕初出现时，充满了宣战意味，是仇虎对焦母宣示存在的方式。唱到第二遍时，仇虎突然伤感道："是我那屈死的爹和妹子在唱哪！"遂将情节引向了二人的直接交锋。第四幕，表现仇虎内心煎熬的合唱中又出现了这段歌声，而且形式更趋庞大和复杂，足足演唱了五遍。作曲家充分调动合唱队的各种音色，将头两句唱词分割成四部分，由四个声部接续唱出，然后将旋律压缩，对五声音阶商调式的"初一十五庙门开，牛头马面两边排"加以反复，稍后又以铜管音色为特征的乐队反复演奏同样的旋律。如果说第三幕里的"初一十五庙门开"性质属于"可感知的"歌唱，演唱者仇虎的精神在情境中占着优势的地位，那么第四幕里歌声的再次出现则宣告了仇虎复仇的悲剧性失败——行动完成后，复仇者却陷入了精神崩溃，那原本用来嘲笑焦母的歌声，此时却成了仇虎内心巨大恐惧的象征。

本文认为，对"歌剧思维"的考察还可以与20世纪80年代中期的文化—艺术语境结合起来，它是改革开放的成果，是作曲家批判地审视中国现代歌剧传统，意欲将20世纪现代技法与民族审美趣味相结合，在"新歌剧"之外探索一条走向世界歌剧舞台的道路的宣言。"歌剧思维"作为一种创作主张，并不仅仅是技术性的，而是代表着明确的价值选择。《原野》作为金湘实践这一主张的第一部作品，其巨大的成功不言而喻，但如果作曲家能在后来的歌剧作品中继续《原野》的思想探索，"歌剧思维"的主张将得到进一步的丰富。

参考文献：

　　曲谱：

　　　　金湘音乐作品选集，歌剧《原野》，作品第40号，钢琴缩谱，原著：曹禺，编剧：万方，人民音乐出版社2001年4月第1版。

[①] 即歌剧的剧中人物也感知为歌唱的片断。哈钦 L, 哈钦 M. 结局的叙事化：歌剧与死亡[M]// 费伦, 拉比诺维茨. 当代叙事理论指南. 申丹, 马海良, 宁一中, 等译. 北京：北京大学出版社, 2007：509.

歌剧《原野》总谱，作品第 40 号，金湘作曲，上海音乐出版社，2005 年 6 月第 1 版。

CD：

中国歌剧《原野》，上海歌剧院、上海交响乐团，演唱：刘克清、邓桂萍、池黎明、张晓玲、赵登营、王一山，指挥：林友声 ISRC CN-A01-98-391-00、ISRC CN-A01-98-392-00，美国新英格兰艺术发展公司提供版权，中国唱片总公司出版发行。

电视录像：

《原野》，中国歌剧舞剧院，演唱：孙健、万山红、张晓玲、孙毅、赵登营、王楠，指挥：李心草，中央电视台音乐频道。

曲式的解放与戏剧性的增强[*]

——京剧《大·探·二》文本分析

一

清代道光、咸丰朝，京剧在徽班皮黄融合的演出过程中逐步形成，最终取代雄踞剧坛三百年的昆曲而成为中国戏曲的代表性剧种。随着京剧的形成，板腔体取代了曲牌体所占据的戏曲音乐中心的地位，原先处于戏曲创作核心地位的文人让位于艺人，原先孜孜以求的抒情写志、精研音理让位于舞台上的角色声容，剧评的重心从文章、律吕转向粉墨排场。种种的变革，可以归结为一个重要方面——中国戏曲的"戏剧性"内涵被置换，演出的剧场效果和表演性大大增强。对于表演艺术家而言，戏剧性不是一个理论问题，而是每日必须正视的现实。如果一门演剧艺术的戏剧性极度衰弱，就会混淆演剧艺术与案头文章的差异，就会失去表演艺术的存在空间；再高妙的文词、再典雅的音乐、再严谨的格律，也只能为"清工"所把玩，无法形成舞台上下相互交流的审美心理场，也就失去了演剧艺术存在的合理性。

关于"戏剧性"，在西方戏剧理论中有多种解释，有的主张"三一律"，有的主张"冲突律"，有的执著于演员与观众之间的关系。如果不拘泥于各家

---

[*] 本文原载于周华斌、李兴国主编《大戏剧论坛（第2辑）》（中国传媒大学出版社2004年版），收入本书时略有删改。

论说的具体细节，戏剧性问题实际上就是在舞台上如何叙述故事的问题。某一故事或剧本适合于在舞台上搬演，就说明它的戏剧性强，反之就是戏剧性弱甚或不具备戏剧性。大致说起来，"戏剧性"的内容不外乎情节更紧凑、更单一，矛盾冲突更加表面化、更加集中，因而适于舞台表现等几个方面。由于中国戏剧综合了文学、音乐、舞蹈、杂技等多种成分，不像欧洲戏剧那种在发展过程中逐渐褪去了"歌曲"和杂耍等因素而成为比较纯粹的"诗人的艺术"[1]，所以中国戏剧的"戏剧性"外延自然也就丰富些，它涵括了戏剧作为文学和演剧艺术所涉及的诸多方面，举凡"关目""结构""词采""音律""演习"等都包括在内，以区别于其他的文学艺术体裁。因此，我们在探讨中国戏剧的"戏剧性"问题时，就不能完全局限在文学文本上。另外，西方理论将"戏剧性"和"舞台性"区别对待（如亚里士多德就说，"唱段是最重要的'装饰'"，"戏景虽能吸引人，却最少艺术性，和诗艺的关系也最疏"[2]），中国的戏剧理论却每每不加区分，因为戏剧性最终还须实现在舞台上。何况，戏曲舞台上自古就有大量只有表演性而少文学性的剧目。尤其在扮演取代剧本而占据舞台艺术的核心地位之后，戏剧性问题就更是围绕观演关系展开。有鉴于此，本文在使用"戏剧性"这个概念时，就将戏剧的剧场效果即"剧场性"或"舞台性"包含在内，而有意忽略人们所熟悉的斯坦尼斯拉夫斯基表演体系对"舞台艺术"与"舞台匠艺"的区分。纵使中西戏剧的戏剧性存在再多的差异，紧张、集中、唤起观众的强烈共鸣，都是戏剧性最核心的内涵。

中国戏剧演进过程中文学与音乐形态的演变及相互消长，就是围绕着戏剧性的上述核心内容展开的。

从元杂剧到明传奇的更替，就已经显示了曲式解放与戏剧性增强之间的必然联系。"杂剧但摭一事颠末""传奇备述一人始终"[3]，这样看来，应该是前

---

[1] 亚里士多德.诗学[M].陈中梅，译.北京：商务印书馆，1996：65.
[2] 亚里士多德.诗学[M].陈中梅，译.北京：商务印书馆，1996：65.
[3] 吕天成.曲品[M]//中国戏曲研究院.中国古典戏曲论著集成：第6册.北京：中国戏剧出版社，1959：209.

者更符合戏剧艺术的整一性规律，但它却终究为传奇所取代，其原因不能不归咎于杂剧在音乐上"一宫到底""一人主唱"的过度程式化，它限制了音乐本身的表现力和丰富性，限制了在三人和多人之间借对唱和轮唱的形式展开戏剧冲突的可能性。这是杂剧擅长表现一事之始末却无法以戏剧性取胜而最终为传奇所取代的重要原因。

从杂剧到传奇，戏剧题材的格局发生了重大的变化，情节容量增加，故事性大大增强。"一人主唱"的程式被打破，生、旦均获得了同台歌唱的权利，对唱、合唱等形式随之出现，戏剧因素得到了强化，但传奇的问题是，过于冗长的情节和过于复杂的故事线索与戏剧的本性存在着先天的矛盾，情节太长"使人不易一览全貌""繁芜的事件又会使作品显得过于复杂"[①]。摆脱了一本四折的限制之后的中国戏曲迅速走上了体式庞杂的路径，一部传奇动辄三四十出，其间还加上与情节主线关系疏朗的穿插。在叙事文体中显得有条不紊的故事进行方式一旦诉诸舞台，便显得芜杂而散漫，戏剧性被严重削弱。同时，以昆曲为代表的曲牌联套体在音乐的戏剧性表现方面也仍然存在着局限性。第一，格律过于谨严，一般均按曲牌的既有格律填词，而一出戏当中的曲牌必须属于同一宫调，且曲牌的先后顺序也须合一定之规。第二，重字格[②]而轻音乐，重"字清""腔纯""板正"而轻情绪表达。第三，一般须由一人将整个曲牌唱完，如遇对唱，则两人轮流重复同一曲牌，或者分别演唱不同曲牌（或者分唱南北套），由此产生的情节进展上的拖沓在所难免。第四，音乐的行进较为单一，大多由散板起唱，进而慢板，中经加速，最后又进入散板结束。

---

① 亚里士多德.诗学［M］.陈中梅，译.北京：商务印书馆，1996：163."以人为纲"还是"以事为纲"，这是小说和戏剧之间的重要区别。朱光潜说："同一人物的不同遭遇虽彼此独立，却仍可以显出他的性格。这种写法在传记体小说中是常用的。至于戏剧，则一般多用以事为纲的写法，顺着一个情节的前因后果的线索写下去，较易紧凑。"（爱克曼.歌德谈话录［M］.朱光潜，译.北京：人民文学出版社，1978：227.）

② 吴梅《顾曲麈谈》："所谓字格者，一曲中必有一定字数，必有一定阴阳清浊，某句须用上声韵，某句顺用去声韵，某字须阴，某字须阳，一毫不可通借。"（吴梅.吴梅全集·理论卷：上册［M］.石家庄：河北教育出版社，2002：5.）

当这一套高度精致化的成规落入在戏剧创作中占据主导地位却不通晓舞台、反以掉书袋子为能事的文人手中,便将原本应该是最明快的戏剧变成了冗长拖沓的艺术形式。到乾隆年间,"曲文典雅化"、构思"诗文化"成为戏曲创作中的普遍现象。①

以京剧为代表的乱弹就是在这样的背景下,完成了将中国戏曲的艺术重心由文学性向戏剧性回归的历史任务,进而取昆曲而代之,占据了戏曲艺术的主导地位。尤其是皮簧音乐的上下句的腔格打破了曲牌体唱腔的束缚,为戏剧性的回归创造了条件。具体表现在:第一,大大改变了重字音而轻音乐的状况,京剧中的"腔"比"字"更重要,唱腔本身就具有独立的戏剧表现力,宁肯为乐句的完整性而牺牲语言的语法,哪怕到了文理不同的地步,也不可为了文采而影响唱腔的旋律。第二,每句唱腔均为七言或十言,使曲律趋于简化,并与民歌和曲艺极为接近,是汉语韵文最常见、最富于生命力的表现形式。第三,上下两句即为一个完整的乐段,却无固定音高,音乐的复杂性降低,同时赋予它扩板、抽眼、无板无眼以及在演唱过程中加花的自由,因此,它不仅是一种固定的腔型,也是可供再创作的素材。第四,演唱形式更加自由,唱段的长短视剧情和舞台需要安排,从寥寥一两句到淋漓酣畅的数十句均无不可。各句唱词间更可夹以长短不一的科白,以丰富舞台的表演手段。比起昆曲对唱中四平八稳的同一曲牌的叠用,京剧当中一句赶一句的对唱更容易激起观众的共鸣。第五,自由的音乐形式为基于艺术家生理特点的流派艺术的诞生提供了空间。昆曲由于有宫调及字音的要求,且许多演唱常伴有繁重的做工和舞蹈,演员再度创作的能动性明显受到限制,京剧演员却可以根据自身条件和临场状况寻找最适合于自己的演唱风格,不仅传统的老生、正旦流派蜂起,就是花脸和老旦等行当也可以出现自立门派的演唱风格。

作为京剧诞生期出现的代表性剧目,《大保国》《探皇陵》《二进宫》在唱

---

① 陈芳.乾隆时期北京剧坛研究[M].北京:文化艺术出版社,2001:268,277.例如,唐瑛试图挽狂澜于既倒,用昆曲改编了一些乱弹戏的本子,也仅是宾白部分显得清新可喜,曲唱部分听上去仍晦涩难解。

腔设计、角色安排、情节进展等方面都具有迥别于曲牌联套体的崭新气象，所以本文便以《大·探·二》为例，具体地探讨曲式的解放与戏剧性的增强两者的关系，以期收窥斑见豹之效。

二

《大保国》《探皇陵》《二进宫》，总名《龙凤阁》，简称《大·探·二》，作者不详。据有关资料分析，它们不是同时出现的，而是稍有先后，即先有《二进宫》，后有《大保国》，《探皇陵》出现最晚。据《京剧剧目辞典》[①]，道光二十五年（1845）出版的《都门纪略》中就有"杨五工演李艳妃"的记载；王芷章《中国京剧编年史》"1845年（道光二十五年乙巳）"所载和春班和春台班的演出剧目中都有净行《二进宫》。[②]《大保国》最早出现的年份是"1860年（咸丰十年庚申）"：四喜班孙保和"四月二十七日，选入署中供职"，演出剧目中有《大保国》。[③] 据《中国京剧史》，净角刘永春（1862—1926）因在《探皇陵》中首创净角二黄的大段唱腔而享誉菊坛。[④] 这就足证《探皇陵》的成型更晚。当然，由于京剧史料的发掘利用并不完全，我们不必拘泥于上述具体年份，但是《大·探·二》的出现有先后，已较为确凿了。

关于《大·探·二》的本事，一般都认定来源于《香莲帕》鼓词（"香莲帕"者，故事中吏部尚书李太[泰]妻当年进宫庆贺老太后寿诞时获得的一件宝物）。梆子戏搬演《香莲帕》故事时改名《龙凤帕》，移植到京剧又名《龙

---

① 曾白融. 京剧剧目辞典［M］. 北京：中国戏剧出版社，1989.
② 王芷章. 中国京剧编年史：上册［M］. 北京：中国戏剧出版社，2003：188，200.
③ 王芷章. 中国京剧编年史：上册［M］. 北京：中国戏剧出版社，2003：247.
④ 北京市艺术研究所，上海艺术研究所. 中国京剧史：上卷［M］. 北京：中国戏剧出版社，1990：557. 另，该书云，刘永春"在《叹皇陵》中首创净脚二黄慢板的板式"。但笔者所见四种《探皇陵》（《叹皇灵》）剧本中［中国戏曲学院. 京剧选编：第9集；王程，整理记谱. 京剧《大·探·二》演出本；许锦文，记谱整理.《二进宫》［M］// 京剧曲谱集成：第六集. 上海文艺出版社；《戏考大全·叹皇灵》］，徐延昭的唱段均只有二黄（导板、回龙、原板），不知《中国京剧史》有何所本。

凤阁》，① 但从现有的一些文献和说法看，《香莲帕》与《大·探·二》之间的链条仍有一些缺环。

笔者阅读中山大学出版社出版的《车王府曲本菁华（元明卷）》（刘烈茂、苏寰中、郭精锐主编，吴承学、苏寰中、欧阳世昌、陈伟武整理，1992年4月第1版）所收的《香莲帕》（十二本一百三十三场）和上海市传统剧目编辑委员会所编李瑞来藏本《香莲帕》（四本八十三场）（收入《传统剧目汇编》第二十集，上海文艺出版社1959年11月第1版）之后发现，车王府曲本几乎难觅《大·探·二》的踪迹。该剧写北极玄天真武大帝心忧万历年幼登基，母后执掌朝纲。一旦群奸作乱，忠良遭陷，势必江山不保，于是派常世雄下凡界保护大明。剧中既有朝廷争斗，又有贼寇滋扰，情节窜杂，头绪繁乱，结构松弛。虽有杨波和徐彦（延）昭出现，但两人的戏份都很轻。徐、杨的第一次上场是在一本五场，杨波称"昨日兵部接得镇台关批文一角，道太行山戈期作乱，打劫经商"，李良据以诬陷吏部尚书李太私通强盗，引起徐彦昭强烈不满，二人发生争执。至四本四场，徐彦昭又上场告白，因在朝与李良作对被圣上革职，又有将女儿徐金定许配女扮男装夺得状元的戈红霞的情节。此后直至十本十三场，有徐彦昭、杨波、左德三人被李良陷害入狱，得刘伯温密札，嘱耐心等待讨贼大军凯旋的事。以上均属于穿插性情节。全剧由皮簧演唱，但还留有相当数量的昆腔和弋腔曲牌，打上了京剧形成初期的烙印。

李瑞来藏本《香莲帕》在形式上则整饬得多，不仅删除了神仙等多余角色，故事情节也相当集中，首尾呼应。特别是杨波的形象更加鲜明，在与李良的斗争中始终处于主动地位。定国王徐延昭的上场，就是杨波为战胜李良而搬出的救兵。在这个戏中，《大保国》及《二进官》的情节因素已经非常明显，分别是头二本的三十六场（末场）和三四本的四十五场（倒数第二场）。但也很难说它和《大·探·二》之间有渊源关系，因为李瑞来藏本《香莲帕》出现的时代已很晚了。从剧中人物胡小香"想不到这个时候还有不懂爱情的

---

① 陶君起.京剧剧目初探［M］.北京：中国戏剧出版社，1963；中国戏曲学院.京剧选编：第9集［M］.中国戏剧出版社，1990；京剧《大·探·二》演出本弁言［M］//王程.京剧《大·探·二》演出本.北京：人民音乐出版社，2000.

青年"（头二本第十九场）的宾白看，此剧本的定稿当不早于五四时期，而从剧中提及的菜肴名称的地方特色看，海派京剧的烙印则相当鲜明。

由以上情况可见，《大·探·二》直接出于《香莲帕》的可能性可以排除，它们各自的演进和发展在京剧史上应该是平行的，但是这段杜撰的明代故事究竟是如何从早期的《香莲帕》中析出的，后来又是如何进入连台本的《香莲帕》的《大·探·二》在艺术上的完善过程与《香莲帕》的关系究竟如何，还需要查找更多的史料才能确定。

三

《大保国》《探皇陵》《二进宫》讲述的是一个完整的故事：李艳妃垂帘听政不久，太师李良图谋篡位，李艳妃也有让位之意，定国公徐延昭、兵部侍郎杨波上殿谏阻，李艳妃不听，后李良封锁昭阳宫，篡位迹象益显，徐、杨二次进谏，终于获得李艳妃信任，以国事相托。整个故事的时间跨度虽然较长，[①]但由于剧情全在故事进展的节骨眼儿上展开，既无枝蔓，也无不必要的延宕。情节进展的"开端""进展""发现与突转""高潮""结局"诸要素一应俱全，且安排得当；加之舞台表演衔接紧凑，气氛热烈，观众的紧张情绪一直维系到《二进宫》的高潮部分。三出戏一气呵成，与经典戏剧理论中"整一律"和"一人一事"的要求十分吻合。不仅如此，《大·探·二》引人注目之处还在角色和唱腔的安排上所显示的戏曲音乐的特点，首先是曲式结构与戏剧结构达到了高度的统一，其次是青衣、老生、花脸的音色对比极富剧场效果。

下面从音乐结构与戏剧性表现的对应关系上对《大·探·二》作具体分析。

由于扬弃了曲牌联套的程式，京剧唱腔更多地表现为乐句的组合而非乐

[①] 或为一个多月（《大保国》李艳妃唱词："七月十三交天下。八月十五坐中华。"又《二进宫》杨波唱词："臣七月十三三本奏上，国太偏偏要让。"），或为七天七夜（《探皇陵》杨波念白："想我杨波为了大明江山，七天七夜，只愁得须发皓然了！"）。

段的组合，音乐依靠戏剧情节而获得其整合性，在灵活性增强的基础上，叙事性和冲突性均大大增强。它的统一性不是体现在同一宫调内曲牌的安置和节奏由慢到快的变化上，而是体现在各唱段的相互配合及与戏剧情节进展的密切关系上。从这一点看，《大·探·二》的曲式结构甚至与西方音乐发展到成熟阶段所出现的奏鸣曲式也有相似之处，即"长于体现矛盾冲突和戏剧斗争"①。在整个三联剧中，《大保国》是情节的开端，《探皇陵》是冲突的加强和转折，《二进宫》则包含高潮和结局两个阶段。从曲式看，《大·探·二》全剧的音乐结构，也可以相应地分为呈示部、展开部、再现部。戏剧情节和音乐的关系为：

A（《大保国》）+B（《探皇陵》）+A2（《二进宫》）
呈示部　　　　　展开部　　　　　再现部

各部分的结构如下：

呈示部（《大保国》):【主部】旦角慢板——【连接部】摇板——【副部】原板——老生慢板——原板——散板——原板——【结束部】(西皮快板）——（梆子腔）
展开部（《探皇陵》):导板——散板——导板——回龙——原板——散板——原板
再现部（《二进宫》):【主部】旦角慢板——【连接部】散板——老生慢板——原板——【副部】旦角慢板——原板——【结束部】摇板——散板

在唱腔的基本结构和旋律走向基本确定的情况下，最活跃的因素是节奏，

---

① 吴祖强.曲式与作品分析［M］.北京：人民音乐出版社，1962：216.

它与音色、音高变化等相互作用，使京剧音乐的表现力显得变幻多端、色彩绚烂。就《大·探·二》而言，音乐结构的完整性是通过节奏变化的丰富性和规律性体现出来的。因此，划分曲式内部结构的依据不是旋律，而是节奏，即板式。

从上述分析可以看出，《大保国》是主题和戏剧矛盾的呈现，以西皮和梆子腔的不稳定音结束，带给人以不安的感觉。《探皇陵》是《大保国》的对比式展开，情势愈加紧张，戏剧性增强。《二进宫》的结构是《大保国》的模进式再现，但出现了新的特征，原板的篇幅增加，叙事更加酣畅热烈。最后，李艳妃终于与徐延昭和杨波达成了一致，冲突解决，音乐在具有祥和气氛的摇板和散板上结束。

《大保国》属于戏剧的开端。【引子】和【慢板】唱腔以叙述的方式交代了情节的初始状态：老王晏驾，女王代政，引起了李良的篡位动机。因为是开场，除了交代前事外，还有引导观众顺利入戏的任务，青衣慢节奏的【引子】【慢板】和【摇板】较适于从容呈示戏剧情节的由来，从而引发危机，为对立面的出现做好铺垫。经过架子花和铜锤花的【摇板】衔接，老生【散板】犹如一个新的动机，引出了铜锤花脸和老生【原板】这一代表冲突的对立面的音乐形象（类似于奏鸣曲的副部主题）。当青衣也加入【原板】唱腔后，便将情节引入了冲突的第一个回合——老生【快三眼】转净、旦、生对唱的【原板】。在这一段，杨波和徐延昭历数明太祖的创业经历及历代奸臣篡位的史实，对李艳妃晓以大义，希望她收回成命，唱腔速度由慢到快，情绪越来越激烈，终于激起了李艳妃的反击。三人对唱音色变幻多端，音高起伏跌宕，无论在剧情还是表演上，都构成了全剧的第一个高潮。李良的两处【摇板】则构成了副部中的反面主题，在对唱的间歇处与主部主题形成对比。这激起了徐延昭的义愤，用铜锤追打李良，进而激怒了李艳妃，由此徐、李二人之间展开了一段情绪十分激烈的交互式对唱，音乐突然由【二黄散板】改为【西皮原板】，由商调式和徵调式一变而为宫调式和徵调式，音色骤变；紧接着又迅速进入节奏更快的【西皮快板】，将双方的交锋一步步逼向剑拔弩张的态势。古希腊悲剧中有一种被称作"交互对白"（stichomythia）的对话形式，这是一种简短的交锋时对白，它能大大增加戏剧的紧张气氛，强化戏剧冲突，

"对话越生动,每一个回应就越简短,相互间结构的冲突就越明显。这样就产生了一种特殊的语义效果"①。它在索福克勒斯和欧里庇得斯的笔下都有广泛的应用。李艳妃和徐延昭的这段西皮【原板】转【快板】也可视作东方式的"交互对白"。这种针尖对麦芒式的对唱,自京剧诞生以来就一直是表现戏剧冲突的固定范式,不仅在传统剧目中屡有所见,现代戏中更是常见,它对于强化戏剧冲突、烘托剧场效果有着极其特殊的作用。这是曲牌联套体音乐望尘莫及的。既然徐、杨二人与李良的矛盾逐渐转移并集中到李艳妃身上,这就使得冲突的解决暂时成为不可能。结尾处李良的一段【梆子腔】,从历史的角度看固然是京剧形成途中的一种遗留,但从略带怪异的音乐形象上看,却恰如其分地表现了正义与非正义双方此时的态势,表明李良的得势是不合理的、暂时的,其戏剧学的含义则是冲突尚未解决。

《探皇陵》包括两场戏,按照李良父女的约定,八月十五就要江山易姓,而此时距中秋日只剩两天。杨波秘密调兵进京,讨伐李良;徐延昭则于深夜来到先帝灵前,哭诉孤忠。在戏剧结构上,这是戏剧危机的进一步加深,音乐上是《大保国》中所呈现的主体的进一步展开。面对奸臣篡位、满朝文武坐视不管的严重危机,徐、杨二人五内如焚、忧心不已。这场戏为老生和净角都安排了二黄【导板】接【散板】或【导板】转【回龙】接【原板】的成套唱腔,以显情势的紧急和人物孤立无援的焦虑。初版于 1915 至 1925 年的《戏考》的编者在《叹皇灵》一剧前加按语云:"此剧净角之唱功,当别具一种悲苍凄婉之声调,方为相称。不能仍以叱咤风云,暗哑山岳为能事也。"②《探皇陵》单独演出时可以加上徐、杨二人的一段对唱【原板】,但《大·探·二》联演时无此段对唱,可见三联剧音乐结构之整饬。

《二进宫》是全剧的高潮与收束,情节的"突转"与"发现"均在这场戏中。虽只有一场,但包含两个部分,划分标志是旦角的两段【慢板】唱腔。《二进宫》剧的场景是李艳妃所住昭阳院,《大保国》中的对立双方再次聚首,

---

① 普菲斯特.戏剧理论与戏剧分析[M].周靖波,李安定,译.北京:北京广播学院出版社,2004:163.
② 戏考大全:第 1 册[M].上海:上海书店,1990:853.

唱腔的结构方式也是对前者的模进，但人物关系由对立冲突转变为统一、融合，音乐的模进中也有否定和超越。开头仍是二黄慢板，腔型相同，色彩却不同，唱词的韵脚由洒脱的"发花"辙变为清幽的"由求"辙。"4""7"两个不稳定音有所增加，《大保国》中的雍容华贵为局促不安所取代。这里，唱词对音乐情绪的规定制约作用得到了充分的显现。紧接其后的一大段【慢板】接【原板】，从音乐上看，是对《大保国》中的【摇板】与【散板】的否定与超越；从内容上看，又是对前者的深化。比起《大保国》中充满讽谏意味的"戏串"来，《二进宫》中相应段落的内容更贴近杨波此时微妙的心理活动——既有保国的决心，又害怕历史的悲剧在自己身上重演。京剧极少纯粹的抒情段落，它总是通过叙述（甚至是套路式叙述）的方式达到抒情的效果，而抒情效果的强烈与否，则与唱腔的数量和演唱的难度成正比。当这段【慢板】接【原板】，长达四十句的生、净对唱结束时，观众已经被人物拼个鱼死网破、折戟沉沙，也要保定正统皇权的赤胆忠心感动得热泪盈眶。至此，全剧内容上的高潮已经出现，但形式上的高潮还需等到旦角加入对唱之时。旦角的六句慢板具有明确的句逗意味，主要是为舞台表演起到段落划分的作用。接下来是长达六十三句的生、旦、净三人对唱，音乐化的"交互对白"再次出现。这是全剧的高潮，也是戏曲音乐中经典的极富音色变幻的唱段。

　　李艳妃由于轻信太师的承诺，被李良禁锢在昭阳院，而忠心保国的徐、杨又被她得罪，于是她只得"怀抱太子，两泪汪汪"，正所谓"困龙思想长江浪，虎落平阳想奔山岗"。徐延昭和杨波的上场，将全剧的情节引入了"突转"阶段。尽管他们是抱着保国忠心而来，并且不惜鱼死网破，但毕竟得到李艳妃的承诺后，其行为更符合道统，所以他们必须千方百计得到李艳妃的明确授权，还要她保证决不让历史悲剧重演。徐、杨二人的对唱中安排了一些欲擒故纵的唱词，如故意劝李艳妃有事应请太师进宫商量，又对李艳妃的委托重任假意不敢承当，杨波甚至宣称"臣昨晚修下了辞王本章，今日里进宫来辞别皇娘"，题旨全是为了迫使李艳妃作出果敢而正确的决断。接下来的三人对唱，一步赶似一步，节奏紧张而不慌乱，是一板一眼而不是有板无眼，紧急处竟然出现了"抢板接唱"这种罕见的处理手法，逼着李艳妃断然回答

"谁是忠良哪个是奸党"的质问。李艳妃答道:"忠良本是徐、杨将,奸贼就是我父李良,"终于解除了徐、杨二人的后顾之忧。至此,杨波才愉快地表示接受重整江山的重托。此时的唱腔由【原板】转入【摇板】,音乐具有稳定性质,宣示着篡位阴谋将被挫败。随后,杨波讨封的喜剧性波折将全剧带入了尾声。这个尾声并非蛇足,无论从剧情的角度还是从唱腔的角度看,都极有必要。从剧情看,杨波为家人讨得的封号是他护驾保国、功勋卓著应得的赏赐,也是他为避免重蹈历代功臣之覆辙而采取的手段,更重要的,这是对前面徐延昭的劝说和李艳妃的许诺的呼应,是戏剧情节完整性不可或缺的一笔。从唱腔的角度看,这也是音乐发展逻辑的必然。以昆曲为代表的曲牌联套体音乐一般遵循散—慢—中—快—散的规律,板腔体音乐虽然从微观上看更加自由,但在整体上,也依然遵循这个规律。慢板—原板—摇板—散板是京剧成套唱腔内在规律的体现,是戏剧情节从高潮下降,进入结局的必然方式。

余叔岩艺事评论浅议[*]

中国戏曲发展到乱弹时代，剧社取代了家班，伶人深度参与剧本创作和唱腔创制，成为舞台艺术的中心。相应地，戏曲批评的对象也从剧本、文辞、音律等转向表演。尤其是进入 20 世纪以后，严肃的演员艺事批评逐步压倒了晚清一度流行的"色艺谱""群芳指南"等，克服了将演艺等同于色艺的倾向，蜕变为以表演为主题的艺术评论。这类评论既然以演员为中心，以剧目为视点，那么，孜孜于演员的唱腔、身段而缺乏综合性和系统性，也就势所必然。但也有例外，如余叔岩艺事评论就高于同侪，令人耳目一新，并且带动了后世健康的、正规的戏曲批评。

独特的批评往往与独特的艺术有着因果关系。余叔岩是京剧史上承上启下的纽带式人物。京剧老生从"前三鼎甲"到"后三鼎甲"是一个历史阶段。"后三鼎甲"中的谭鑫培开始变法，将老生唱腔从高音大嗓变成了"云遮月"的"花腔"，注重技巧，注重表现人物，与汪桂芬和孙菊仙拉开了距离，一时间形成了"无腔不谭"的局面，同汪、孙两派后继乏人形成了鲜明的对照。尤其是余叔岩，继承了谭鑫培的艺术精神，虽无高大的身材、丰满的颜面和浓眉大眼，亦无宽厚、高亮的嗓音，却根据自己并不优越的先天条件独辟蹊径，虽遇阻挠而不气馁，多方求学，终得谭鑫培亲传。此后更进一步创立了自己的"余派"，成为京剧老生艺术的轴心，由此衍生出马派、杨派、奚派，再加上言派、麒派等，最终形成了京剧老生艺术蔚为大观的局面。可以说，京剧音乐重视"韵味"而不一味追求响亮、高亢，表演讲究含蓄，符合戏剧

---

[*] 本文原载于《艺术探索》2020 年第 2 期，收入本书时略有删改。

情境和人物心理，而不片面卖弄技巧，应多多归功于余叔岩克绍箕裘，在谭鑫培之后继续变法。

晚清时代的舞台评论混杂在众多的以花鸟譬喻伶人声色的"花谱"当中，连对伶人起码的人格尊重都做不到，遑论认真、严肃的艺术批评。目前见到的较早的关于谭鑫培的文字是申左梦畹生（真名黄协埙）所编《粉墨丛谈》中《菊部闲评》一节《老生一等三人》（汪桂芬、小叫天、孙春恒），对小叫天的评语是"如游龙天矫，神化无方"①，未出以花鸟喻伶人声色的格局。及至 1904 年（光绪三十年）成书的《同光梨园纪略》②，才出现了一批伶人小传，其中对谭鑫培的籍贯、家世均有记述，但传记内容仍以趣闻轶事为主，艺事只是顺带提及。

谭鑫培 1917 年去世，恰在这一年，一本由艺人的"赞助者、追随者、爱好者出资编纂"、以"提高声誉，广为宣传"③ 为目的的自费石印本《余叔岩》面世。虽然此书被认定为带有广告性质，但内文的《记》部分开端便说："德成而上，艺成而下""德也者艺之根蒂，艺也者德之菁华"，④ 给《记》的主角余叔岩戴上了"德艺双馨"的桂冠。1917 年年初，二十八岁的余叔岩以"谭派老生"之名第二次到成名之地天津演出，一鸣惊人。《余叔岩》之《记》中的赞誉虽不脱窠臼，但给了艺人以平等甚至略高的人格地位。接下来的家族史追溯和学艺经历的叙述模式则与传统史传相同，对传主的师承、交游、从艺经历的记载也真实可信，基本摆脱了早期京剧艺人赏评的窠臼。故此文应该被视为既有"哗众取宠"之心又有"实事求是"之意的艺术批评文字。⑤

---

① 申左梦畹生.粉墨丛谈［M］// 谷曙光.京剧历史文献汇编（清代卷）贰 专书：下册.南京：凤凰出版社，2011：161.
② 谷曙光.京剧历史文献汇编（清代卷）贰 专书：下册［M］.南京：凤凰出版社，2011.
③ 谷曙光.京剧老生伶人专集的珍贵文献：石印本《余叔岩》研究［J］.戏曲艺术，2013（1）：33.
④ 静漪.余叔岩［M］// 刘真，文震斋，张业才.余叔岩与余派艺术.北京：学苑出版社，2011：29.
⑤ 薛观澜 1943 年发表于《半月戏剧》4 卷 12 期的《忆叔岩》一文与此文可谓前后呼应。薛文发表于余叔岩逝世后的第二个月，开篇即惊呼"三光绝，一炬烈，谭余之迹永不灭"，继而逐年回顾了余叔岩从"九岁学唱，有神童之誉"，到 1940 年住院手术之前因不谙主治大夫粤音，"误为嘱唱一阕，乃引吭而歌"的"令人心酸"的最后艺事，以崇敬的态度和哀婉的笔触缕述了余叔岩的全部艺术生涯。

此书出版的第二年，余叔岩嗓音渐入佳境，又屡次与梅兰芳、杨小楼合作演出，"从此进入第二次登台的灿烂时期"[①]。大约从此时起，余叔岩艺事评论便逐渐成为京剧评论的一种典型。它立足于余叔岩的舞台艺术，专注于他的唱腔风格和表演特色。尤其是一批有现代意识的知识分子、报人、文史学者等由追捧余派艺术进而研究余派艺术，将传统的诗文词曲批评方法应用于京剧批评，彻底摒弃了赏花评莺的欣赏习惯，甚至将余派艺术评论提高到学术层面，为戏曲舞台艺术批评确立了规范。

余派艺术批评从初创期（20世纪头十年后期）到完善期（20世纪80年代中期），经历了六十多年，贯穿着三种批评态度和两种路径。三种态度：一是把演员当艺术家的主观立场，二是实事求是的探索精神，三是学术型的研究思路；两种路径：一是艺术鉴赏，二是将鉴赏上升到学术研究的层面。

余叔岩艺术批评始于内行、细致、到位的鉴赏。这一点值得特别强调，因为我们的文学艺术研究中多年来流行着从概念到概念、从理性到理性的方法。艺术批评的一个不可或缺的重要环节是对批评对象的鉴赏，是由感性到理性的过程，而不可用固定教条对批评对象进行先验式研究，合则取之，不合则弃之。或者根本不懂得艺术，评论写得干巴巴的，毫无趣味。余叔岩艺事评论的艺术鉴赏也分为两个部分，一是表演赏析，二是唱腔赏析，而以后者所占比重较大。表演赏析首先看有没有功夫，即艺术表现力的强弱。如评《审头刺汤》的论者，就能看出余叔岩的表演个性体现在"以神情见长。把陆炳的嫉恶如仇，而又不能不委曲求全，来解决这件公案，同时又要成全雪艳杀贼报仇的心愿"刻画入微；《审头》一场的上场"潇洒大方"，达到了内行所谓"背影上都有戏"的程度。又如《打棍出箱》，"把一个对恶劣环境毫无抵抗力的文弱书生"刻画得出神入化：出场时"两眼直瞪，面色苍白"，表现的是人物"失魂落魄、茫茫无主"的神情，而随后的表演则是念、做结合，天衣无缝，"台下人会逐句觉得台上人，忽而高大，忽而矮小，忽而臃肿，忽而枯瘦，真是神乎

---

① 刘真，张斯琦.余叔岩艺事年表汇编[M]//刘真，文震斋，张业才.余叔岩与余派艺术.北京：学苑出版社，2011：724.

其技"。① 这种鉴赏文字，不仅要求作者的确观赏过余叔岩的现场演出，还要求作者能够从内行的角度欣赏表演，看懂每一个动作的所指，此外更进一步要求能从与同时代其他生行演员的比较中见出余叔岩的个性化风格。

戏迷关注的是身上功夫，同台演员则注重内心的体验和动作的逻辑。梅兰芳曾与余叔岩合作演出《游龙戏凤》和《打渔杀家》（由于他们的合作，这两部戏的经典地位更加突出），他在回忆录中对余叔岩的正德皇帝的扮相评论道："叔岩的扮相琢磨得也不错，网子勒得比较高，自然显得长眉入鬓，带点武生气，眼皮上的红彩抹得略重一些，就显得有点浪漫意味。"② 这就把这个人物何以能引起凤姐的注意，并且愿意与他逗趣，在外形上找到了依据，即有一股英武之气，能够吸引情窦初开的异性的欢喜。梅兰芳又谈到余叔岩在《打渔杀家》中的表演：

> 叔岩的表演确实是很讲究，例如：前后两番拉船索的身段，劲头就不一样，第一番，因为撒网后，已经打到了鱼，要把船摇到柳荫之下，凉爽凉爽，那是白天，并且是每天打渔很熟悉的地方，所以船靠了岸，他跳上岸去，只是一腿绷着，一腿躬着，两手很省事地往怀里收船索，收完拴住再跳上船去，仿佛这只船虽然靠了岸，并不是靠得太紧，因为他没有做出费力的样子；第二番是过江杀人，又是黑夜在一个比较生疏的地方停船，所以身段，神情和第一番不同，他面部露出紧张而小心的神气，用手往怀里收船索，抬起一条腿，往后倒着步退，最后一下，表示怕船漂走把它挂到岸边靠紧些，看出是很费力的样子，情景地点就划分得很清楚了。③

---

① 孙养农.余剧鳞爪[M]//刘真，文震斋，张业才.余叔岩与余派艺术.北京：学苑出版社，2011：71-72.
② 梅兰芳.舞台生活四十年[M].北京：中国戏剧出版社，1987：625.
③ 梅兰芳.舞台生活四十年[M].北京：中国戏剧出版社，1987：639-640.

筱翠花曾与余叔岩合作《坐楼杀惜》，他评述了余叔岩在该剧中的表演：

> "杀惜"开始，他（剧中人宋江）……见到阎惜姣，也没有先前那种得意之色，变成讨厌和不屑一看的神气了。在后面，他写完休书交与阎惜姣……余先生一耍髯口，两手撕大领，连胸前都露出来了，人往后退一步，他的脸色顿时变得雪白。我和他演到这里，他这么一变脸，我在台上见了，总是不由自主地一愣，大吃一惊，从心里害怕起来，真有毛骨悚然之感。①

这种回忆就不再是简单地从外部视角所作的评论，而是参与到了艺术作品的创造过程中，是由"内"而"外"的鉴赏。

由于余叔岩的舞台生涯较短，所以更多的评论系针对他的唱腔而发，当然，这与北京观众重视"听戏"这一观赏方式密切相关。

余叔岩天赋条件不够优越，全凭"苦"学"苦"练而自成一家，哪怕是"云遮月"的谭派风格也无法全盘继承，而必须进一步从"低回婉转"中"杀出重围"。所以，能否从余氏唱腔中听出独特韵味并作出富于感性认知的评述，就成为余叔岩艺事评论的关键。内行观众不仅能看出余叔岩的好，还能看出他的演唱与表演相互配合、扬长避短的能耐。如署名"民哀"者评余氏的唱功戏《庆顶珠》，就坦率地指出"父女打鱼在河下"四句【摇板】"无甚精彩"（笔者按，【摇板】始终是余氏的"短板"），而精彩之处在于他善于用肢体动作和其他艺术方法将短处遮掩过去。如同剧第三场的【快板】嗓子不够用，但到【哭板】处"桂英，我的儿吓"一句又"扳回一局"。"疾徐婉楚"成为当日演出的亮点。而到了第四场的【摇板】，"衷气已促"，此时便以手上的表演来补救，"不至于砸"。②

---

① 筱翠花.余叔岩演《坐楼杀惜》[M]// 刘真，文震斋，张业才.余叔岩与余派艺术.北京：学苑出版社，2011：421.
② 民哀.评余叔岩 王长林 高秋颦之《庆顶珠》[M]// 刘真，文震斋，张业才.余叔岩与余派艺术.北京：学苑出版社，2011：76.

有两篇署名"廖公"的剧评值得我们关注。廖公即张豂子，五四时期维护传统戏曲艺术的著名人物，其旧戏观点与《新青年》的戏剧改良主张相左，后被北京大学取消学籍，转到天津的南开大学就读。20世纪30年代，他在《三六九画报》上发表《余叔岩之〈失街亭〉》和《余叔岩之〈击鼓骂曹〉》，评价余叔岩"嗓音虽低，而神韵流动，含吐抑扬，均极自然""抗坠顿挫，其味无穷"。[①] 可见即便是戏迷评论，也具有较高水平，鉴赏之精微，令人叹赏。

余叔岩艺事评论之所以成为京剧舞台艺术评论中的"显学"，取决于"余迷"当中有一批具备现代批评意识的文人、学者，他们在旧式文人和失意政客自为消遣的艺术中发现了人生，找到了人生意义和个体价值的存在方式，他们用品鉴诗文的严肃态度对待余叔岩的舞台艺术和演唱艺术，使余叔岩艺事评论上升到了学术研究的层面。另外，还有一批新音乐工作者以现代文艺观从事"余评"，为余叔岩艺事评论赋予了现代意识。这一派的主要人物有徐凌霄、翁偶虹、刘增复、吴大澂、周福隽、吴小如、卢文勤等。

徐凌霄结合余叔岩的嗓音条件、习艺经历来论述他的唱腔风格，认为在渊源有自的伶人中，大约有"善学""笨学""浅学"和"挂号"几类人物，余叔岩的成才道路则属于"苦学"一类：学艺过程苦；嗓音苦——先天条件差，经过苦练，只习得亮音、娇音、老音，而炸音、贯堂音、开口音仍付诸阙如；音节苦——这属于风格范畴，嗓音不腴润，只用一种苦撑之法，于是连演出剧目也大受局限。文章甚至说："试以其唱片于月白风清之夜，荒村旷野之间，沉默听之，真是秋坟鬼唱，一片呜咽之音，戏苦，音苦，嗓苦，腔苦，凄上加凄，苦上加苦。"[②] 用富于表现力的文学语言，将余派唱腔艺术的意境充分转达。此外，这段评论还从悦耳的审美体验过渡到了社会心理层面，促使那个时代的读者在时代和民族生存的危机中寻找余派艺术形成的社会心理根源。

这一路或可称作"意境派"。同为意境派的还有周福隽、吴大澂等。周福

---

① 廖公.余叔岩之《失街亭》：听歌想影续录（节选）[M]//刘真，文震斋，张业才.余叔岩与余派艺术.北京：学苑出版社，2011：85.
② 凌霄汉阁.呜呼，叔岩！[M]//翁思再.余叔岩研究.上海：上海文艺出版社，1994：4.

隽认为，余叔岩唱腔的意境构成的第一个要素是"神韵之声"，余氏唱念中的特殊神韵则来自他以"天赋发声器官条件的调整之功，去粗取精，去劣存优"，进而形成了"阴阳皆备、明亮含蓄、甜润苍劲的特点"。第二个要素是演唱的嗓音具有立体感，即"轻、中、重""虚、中、实""刚、中、柔"结合运用而形成的层次感。具备了这些条件，就能用剧情去打动人，进而创造出真切的意境。①

吴大徵则认为余叔岩唱腔最突出的成就体现在"韵味醇厚"，具体体现在演唱艺术"十分讲究，且富于变化"，这些都基于余氏演唱艺术的三个特点：苦心孤诣的技巧安排，发音技巧别具一格，以及高低俱备、刚柔相济。②

在"意境派"之外，还存在着"技术分析派"。京剧票友王庚生认为余派唱腔的技法是"一把钥匙开一把锁"，他从余叔岩的唱法中归纳出了一些规律，分别命名为"立音""亢音""溜音""滑音""空音""苍音""厚音""水波浪音""脑后音和鼻音""三叠腔""诡音"，共十一种。这些分类未见诸学院派的教学体系，都是王庚生个人体验的表达，虽无发声技术上的解释，但与欣赏心理息息相关，也遵循着系统化的思路。所谓"一把钥匙开一把锁"，就是把这十一种"音"与实际演唱中的情绪和情节表现一一对应："立音"表达的情绪是"受到突然刺激"，或是意外的惊讶、愤怒、悲痛，"情绪在内心积郁已久，抑制不住"；"亢音""多半用来表现强烈激动的情绪"；"溜音""主要的都是抒发郁闷"；"苍音""表示人物的苍老，或是感情的深沉"；等等。王庚生甚至试图用图示的手法将"空音""水波浪音"和"诡音"解释得更加清楚。③ 他还特地研究了余叔岩擅长把先天性不足转化为优势的地方，即"巧妙地把这种沙涩变成苍劲和醇厚"④。

如果说王庚生是凭借着对余派艺术的热爱而做着"苦"学问，那么曾经为梅兰芳操琴，后又在戏曲学校任教的卢文勤则驾轻就熟地用科学术语解释

---

① 周福隽.余叔岩唱功论[M]// 翁思再.余叔岩研究.上海：上海文艺出版社，1994：230-235.
② 吴大徵.余派唱腔赏析[M]// 翁思再.余叔岩研究.上海：上海文艺出版社，1994：251-254.
③ 王庚生.余叔岩[M]// 吾群力.余叔岩艺术评论集.北京：中国戏剧出版社，1990：16-20.
④ 王庚生.余叔岩[M]// 吾群力.余叔岩艺术评论集.北京：中国戏剧出版社，1990：23.

余叔岩的发音、用气、行腔、尺寸、吐字，将余派唱法纳入现代声乐教育体系，因而他的研究就不局限于个人体验，而能将余派的演唱方法用专业、系统的语言准确地表述出来，消除了传统戏迷的鉴赏文章中常见的神秘感和模糊性，使得余派艺术的"科学化"继承成为可能。卢文勤指出，余派发声的首要特征是干净，其次是"立音特好"，做到这两点的原因则在于"脑后音"的技巧用得多而巧。"余派行腔的特点是气感很强，只要腔不断，底气始终托着。……气息始终在流动中装载着音符，给人以强烈的吞吐感。"[1] 余派唱腔听上去速度偏快，但分析起来，则"以灵活、跳脱、利落、流畅、紧凑为主"[2]。

综合性研究则从艺术史着眼，将余叔岩放在京剧老生艺术乃至于整体京剧艺术的发展过程中加以考察，既有宏观视野，又有微观探究，力求全面、深入、系统。综合性研究将余派艺术视作京剧发展史上的一个环节，它不是孤立存在，而是同时代京剧艺术生态的有机组成部分。这种研究重视史料考证，重视艺术家之间的传承关系。吴小如的相关研究应是这方面的典型。他的《说余派》（全文15 000 字，首发于1981 年出版的《学林漫录》第四集）在全面而扼要地论述京剧老生艺术历史的基础上，通过纵向（程长庚—谭鑫培—余叔岩）和横向（梅兰芳—杨小楼—余叔岩）以及同时代老生艺术内部关系（言菊朋—余叔岩）的比较，得出了余派艺术"上迈前贤，下开后学""始终执老生坛坫之牛耳"的结论，加上对李少春、孟小冬的评述，可谓一幅简明扼要的京剧老生艺术体系图。至于文中对言菊朋与余叔岩之异同的比较："言腔的形貌变化虽大而并未超脱谭氏樊篱；余腔虽与谭大同小异而骨子里却自出机杼"[3]，更可视为不刊之论，绝非沉迷于某派艺术之中而无暇旁顾者所能比拟。《说余派》还破解了多年来言人人殊的难题：功夫嗓、的溜音、三级韵。所谓"功夫嗓"，"即用尽一切人为手段来克服、补救先天禀

---

[1] 卢文勤.试论余派唱法的声乐价值[M]// 翁思再.余叔岩研究.上海：上海文艺出版社，1994：176.

[2] 卢文勤.试论余派唱法的声乐价值[M]// 翁思再.余叔岩研究.上海：上海文艺出版社，1994：177.

[3] 吴小如.说余派[M]// 吴小如.吴小如戏曲文录.北京：北京大学出版社，1995：237.

赋所带来的种种缺陷"①;"的溜音"就是"提着气"唱,同时要保证"绝对不能出'左'音和'扁'音",譬如写字,"须笔笔中锋,绝对不许走偏锋用险笔"②;被许多人视为"神秘"的"三级韵",身为文史学家的吴小如更是轻松化解,一语道破——无非是北京音声调、湖广音声调和其他地区方音的配合使用而已。

由于艺术视野开阔,吴小如还擅长在各名家之间进行比较。比如,"谭鑫培之唱,可谓善用其长;而余、言两家之唱,却是善用其短"③。又如他认为生行的余叔岩和旦行的程砚秋都获得了极大成功而成为一代典范,其共同之处就在于既"绝顶聪明",又有"惊人毅力"。关于得到余叔岩亲传的李少春和孟小冬,吴小如也通过翔实的事例证明,作为余派传人,他们在哪些地方偏离了余叔岩,哪些地方又超越了余叔岩,并根据具体的艺术表现效果寓褒贬于叙述中,绝不简单地以是否完全继承了余氏衣钵为衡量标准。

谈到余派的做、念、打,吴小如只根据现存的资料和自己的记忆,有一分材料说一分话,至多引用一点从余叔岩同时代的当事者处访得的材料,绝不作"合理"的推测和发挥。

翁偶虹《京剧老生的第二个里程碑——谈余叔岩》也是综合性研究中的重要文献。正如标题所示,这篇文章在余叔岩艺事评论史上也有着里程碑的意义。翁偶虹是京剧艺术的通人,举凡案头、场上、史论、创作,无不通晓。此文从承前启后的历史意义上论证余派的价值,在才情和性格中寻找余叔岩之所以能够成为里程碑式人物的内在因素,以音乐和唱腔为切入点建构余派的整体艺术体系。作者的宏观构思和写作过程中历史与逻辑的结合,将余叔岩研究推上了一个新的高度。此文被《余叔岩艺术评论集》(中国戏剧出版社,1990年)和《余叔岩研究》(上海文艺出版社,1994年)选作"代序",说明其学术价值已为大众所公认。

余叔岩艺事评论也为当今的演员(尤其是戏曲演员)表演艺术评论建立

---

① 吴小如.说余派[M]// 吴小如.吴小如戏曲文录.北京:北京大学出版社,1995:238.
② 吴小如.说余派[M]// 吴小如.吴小如戏曲文录.北京:北京大学出版社,1995:240.
③ 吴小如.说余派[M]// 吴小如.吴小如戏曲文录.北京:北京大学出版社,1995:238.

了规范。当今的演员评论基本上也是遵循这样一种程式化思路：表演艺术的准备阶段—师承—个人特色的形成—代表性作品。但是，与余叔岩一代名伶不同的是，当代戏曲演员不再居于舞台表演艺术的中心，经过几十年的"现代化"过程，演员一般都不参与作品的整体创作过程，而只是在最后的舞台呈现阶段才参与表演。简言之，当代的演员不再据有戏剧艺术的中心地位，而只是综合性剧场艺术的一个环节，甚至不属于主体性最强的那几个环节，因此，当今的演员表演艺术评论有可能在某种程度上重新回到晚清的格局。不过，这已经是另一篇文章的内容了。

"三突出"述评*

"文革"期间,所有的戏剧理论研讨都宣告终止,代之以革命大批判;所有正常的戏剧批评也宣告终止,代之以对"样板戏创作经验"的学习和膜拜。在这个特殊的历史时期,对戏剧本质的表述就是"搞阶级斗争"[1]"革命样板戏的创作,就不是单单搞一两出戏的问题,而是一场激烈的阶级斗争""是一场两个阶级短兵相接的搏斗"[2]。以"三突出"为核心的一整套样板戏创作经验,几乎成了这一时期仅有的"戏剧理论",也是这一时期仅有的戏剧批评话语。

1967年5月以后,八个样板戏成了舞台上仅有的戏剧作品,并被赋予"开天辟地"的意义。当时的舆论称,在中国左翼文艺运动三十九年之后,在延安文艺座谈会召开二十五周年之后,直到江青"亲自领导的京剧革命",无产阶级方才有了自己的文艺作品。京剧革命成了无产阶级"文化大革命"的第一项"伟大成就",京剧革命"第一次使历史的真正创造者——工农兵的英雄形象大放光彩。长期统治艺术舞台的老爷、太太、少爷、小姐们,开始被赶下台了。被颠倒了的历史再颠倒了过来,这是无产阶级文化革命史上的一个光辉的里程碑"[3]。舆论一致认为,京剧《智取威虎山》《奇袭白虎团》《海港》《红灯记》《沙家浜》、交响音乐《沙家浜》、芭蕾舞剧《红色娘子军》《白

---

* 本文原载于《戏曲艺术》2014年第4期,收入本书时略有删改。
[1] 于会泳.让文艺舞台永远成为宣传毛泽东思想的阵地[N].文汇报,1968-05-23.
[2] 初澜.中国革命历史的壮丽画卷:谈革命样板戏的成就和意义[J].红旗,1974(1).
[3] 戚本禹.毛主席《在延安文艺座谈会上的讲话》是无产阶级文化大军的建军纲领[N].人民日报,1967-05-24.

毛女》"是一批优秀的样板",是一批耀着毛泽东思想光辉的、体现"两结合"创作方法的精髓的艺术典范。

1968年5月23日,为纪念毛泽东《在延安文艺座谈会上的讲话》发表二十六周年,也为庆祝样板戏诞生一周年,时任上海文化系统革委会主任的于会泳在《文汇报》发表了《让文艺舞台永远成为宣传毛泽东思想的阵地》一文。文章提到,江青"十分重视工农兵英雄人物的塑造,特别重视突出主要英雄人物的塑造"。在总结上海京剧团《智取威虎山》和《海港》两剧的创作经验时,"我们根据江青同志的指示精神,归纳为'三个突出',作为塑造人物的重要原则,即:在所有人物中突出正面人物来;在正面人物中突出主要英雄人物来;在主要英雄人物中突出最主要的即中心人物来"。文章还进一步将体现江青指示精神的"三个突出"说成是"创作社会主义文艺的极其重要的经验,也是以毛泽东思想为武器,对文学艺术创作规律的科学总结"。在这篇文章中,于会泳还提出了京剧音乐创作的"三个对头""三个打破"等"工作守则",为后来一整套束缚文艺创作的"三字经"开了个头。

1969年10月,经毛泽东过目并修改了个别词句的《智取威虎山》定本在《红旗》杂志第11期刊出,同时发表"上海京剧团《智取威虎山》剧组"的文章:《努力塑造无产阶级英雄人物的光辉形象——对塑造杨子荣等英雄形象的一些体会》,文章将"三个突出"调整为"三突出","在所有人物中突出正面人物;在正面人物中突出英雄人物;在英雄人物中突出主要英雄人物";反过来又可称为"三陪衬","用反面人物陪衬主要英雄人物""用其他正面人物烘托主要英雄人物""运用环境的渲染突出主要英雄人物"。这段话成为后来"三突出"的标准表述。1974年7月12日《人民日报》发表"江天"《努力塑造无产阶级英雄典型》一文,对"三突出"又作了再次表述:"突出主要英雄人物的创作经验,还包含着对主要英雄人物的衬托。即:在正面人物与反面人物之间,反面人物要反衬正面人物;在所有正面人物之中,一般人物要烘托、陪衬英雄人物;在所有英雄人物之中,非主要人物要烘托、陪衬主要英雄人物。"

所谓"三突出",是在片面夸大毛泽东关于文艺的某些论述的基础上,为了适应无产阶级"文革"中的"夺权"斗争的需要而炮制出来的。

在毛泽东关于文艺的论述中,并没有强调要将塑造无产阶级英雄典型放在首位,更没有要求把它放在艺术创作的核心地位。《在延安文艺座谈会上的讲话》的主要内容是关于文艺工作者的立场问题、态度问题、工作对象问题、工作问题和学习问题,以及文艺为什么人服务和如何服务的问题。只是在批评和辨析一些不正确的观点时,毛泽东才提到了歌颂资产阶级还是歌颂无产阶级和劳动人民这一是非问题,并且说:"歌颂资产阶级光明者其作品未必伟大,刻画资产阶级黑暗者其作品未必渺小,歌颂无产阶级光明者其作品未必不伟大,刻画无产阶级所谓'黑暗'者其作品必定渺小。"这一论述的要点还是文艺工作者的立场问题,即是站在无产阶级的立场上歌颂共产党所领导的革命斗争,还是热衷于表现小资产阶级的个人感情。在《看了〈逼上梁山〉以后写给延安平剧院的信》中,毛泽东对旧戏中"由老爷太太少爷小姐们统治着舞台""人民却成了渣滓"的现象表达了不满,对《逼上梁山》将颠倒的历史重新颠倒过来表示欢迎,但这应该解读为对旧剧改革方向的肯定,并不意味着将它视为放之四海而皆准的真理。只是到了江青 1964 年 7 月在京剧现代戏观摩演出人员的座谈会上的讲话,才把社会主义舞台上"占主要地位的不是工农兵,不是这些历史真正的创造者,不是这些国家真正的主人翁",当作是"不能设想的事";才把"在我们的戏曲舞台上塑造出当代的革命英雄形象来"规定为"首要的任务",其他的题材都不能代替这"第一个任务";并且提到《智取威虎山》经过了反复修改,"把杨子荣和少剑波突出起来了,反面人物相形失色了","三突出"的理论在此显露出端倪[①]。在"四人帮"的文艺理论话语中,江青的这篇《谈京剧革命》"充满着马克思主义的反潮流精神,是一篇向修正主义文艺路线宣战的檄文"[②],对无产阶级文艺大军起着战斗号角的作用。

经过"初澜"、"江天"等写作班子的反复阐释,"三突出"由最初的创作

---

① 江青. 谈京剧革命: 一九六四年七月在京剧现代戏观摩演出人员的座谈会上的讲话 [J]. 红旗, 1967 (6).
② 初澜. 京剧革命十年 [J]. 红旗, 1974 (7).

经验逐步上升为系统的文艺观念。"三突出"的内容只有一个意思，就是要用一切手段突出"主要英雄人物"，因此，"满腔热情、千方百计地塑造无产阶级典型"也就成了创作革命样板戏以及其他艺术作品的"核心问题"。之所以是核心，是因为它能实现无产阶级在文艺领域里对资产阶级的全面专政。在他们看来，在江青插手之前，京剧是宣扬"腐蚀、毒害和奴役中国人民"的孔孟之道的工具，也是"炮制了一支又一支反党反社会主义的毒箭"的场所，只有江青领导创作的"革命样板作品"，才"为发展社会主义文艺事业"奠定了基础。①从第一批样板戏中总结出来的"三突出"创作原则，自此也就具有了艺术法典的地位，具有了顺我者昌、逆我者亡的权威。

如何塑造无产阶级英雄典型呢？"江天"提出，"要在典型化的矛盾冲突中展示英雄人物的光辉形象"。首先不能照搬生活，不能写"真人真事"，而是要源于生活，高于生活。阶级斗争是推动社会使之前进的动力，所以，文艺作品就要紧紧围绕阶级斗争的主线来组织典型化的矛盾冲突，即使是描写人民内部矛盾，也必须抓住阶级斗争的实质。在现代世界上，基本上只有无产阶级和资产阶级两家，所以，若要将阶级斗争典型化，就必须达到世界观的高度，表现无产阶级思想和资产阶级思想的斗争，表现世界观的交锋。即使像《奇袭白虎团》中的严伟才和美国顾问之间、《平原作战》中的赵勇刚和龟田之间没有世界观的直接交锋，也是"始终贯串着两种世界观的斗争"②。

与上述"塑造无产阶级英雄典型"这一"核心问题"相关联，还有一个如何解决"艺术形式的继承与革新"的问题。这个问题也是在毛泽东的有关论述基础上加以片面化和极端化而来的。20世纪50年代初，毛泽东针对文艺创作的形式方面，提出了"古为今用，洋为中用""百花齐放，推陈出新"的原则。"文革"时期炮制的样板戏创作经验将这些原则与"不破不立"的造反精神相结合，对艺术形式的继承与革新作了这样的阐释："要让京剧的唱、做、念、打各种艺术手段都为塑造无产阶级英雄形象服务，就必须从生活出

---

① 初澜.京剧革命十年［J］.红旗，1974（7）.
② 江天.努力塑造无产阶级英雄典型［N］.人民日报，1974-07-12.

发，打破老腔老调，批判地吸收和改造其有用的东西，标社会主义之新，立无产阶级之异。"①

综上所述，我们似乎可以得出"文革"时期戏剧理论的框架了：戏剧创作的本质，是搞阶级斗争；戏剧创作的核心，是塑造无产阶级英雄典型；戏剧创作的方法，是在典型化的矛盾冲突中展示英雄人物的光辉形象；戏剧创作的形式规律，是对旧艺术进行根本性改造，使之既具有该剧种的鲜明特色，又具有强烈的时代精神；戏剧创作的技巧，是由"三突出"衍化而来的"烘托""陪衬""反衬""铺垫""远铺垫""近铺垫""正铺垫""反铺垫""多侧面""多层次""多浪头""阶段性""有节奏"……

在上海京剧团《智取威虎山》剧组之后，中国京剧团《红灯记》剧组、北京京剧团《沙家浜》剧组等也相继发表文章，围绕着塑造无产阶级英雄形象这个核心谈创作经验。《红灯记》塑造李玉和的主要方法是突出"一根红线"："对伟大领袖毛主席和伟大的中国共产党的无比热爱和忠诚"；"一条主干"："对无产阶级的敌人作针锋相对的阶级斗争"；"一个重要方面"："深刻揭示他与人民群众血肉相连的阶级关系"。具体的方法是："既描写了他的英勇无畏，还描写了他的老练从容；既描写了他的冷静多思，还描写了他的心潮澎湃，浮想联翩，有着丰富的无产阶级感情。并以李奶奶、铁梅等正面人物，烘托了他的高大形象，以反面人物鸠山、王连举的假、恶、丑，进一步对比出他的真、善、美。"②在《沙家浜》的较早版本中，阿庆嫂的情节比郭建光更加生动，但是要体现"三突出"，就必须重新调整郭建光和阿庆嫂的关系，是以武装斗争为中心，还是以秘密工作战线为中心。以武装斗争为中心，就能"表现中国共产党领导的人民军队在抗日战争中的作用"，以秘密工作为中心，"就会使阿庆嫂成为一个错误路线的执行者"。③因此，在《沙家浜》中，"三

---

① 初澜.京剧革命十年[J].红旗，1974（7）.
② 中国京剧团《红灯记》剧组.为塑造无产阶级的英雄典型而斗争：塑造李玉和英雄形象的体会[J].红旗，1970（5）.
③ 北京京剧团《沙家浜》剧组.《在延安文艺座谈会上的讲话》照耀着《沙家浜》的成长[J].红旗，1970（6）.

突出"的具体做法，就是要让阿庆嫂的"一切活动，自始至终"都"围绕着十八个新四军伤病员以及由伤愈归队的战士组成的突击排而展开"。为了达到这个目的，"第二场《转移》，原来一切都是由阿庆嫂安排好了，现在是由郭建光对地方党政干部作了反'扫荡'工作的布置"，原来让郭建光和战士们"完全听从阿庆嫂的部署而行动"的"闹喜堂"一场也必须删除。① 联系到刘少奇长期担任白区党的领导的史实，那么，"三突出"的政治意图何在，也就昭然若揭了。

《海港》的修改过程，更加系统而全面地贯穿了"三突出"的理念。这个戏的1967年演出本中的戏剧冲突只限于人民内部矛盾，阶级斗争表现得还不够突出。1972年演出本把钱守维改成了暗藏的阶级敌人，突出了"无产阶级专政下阶级斗争的特点"②。虽然《海港》的情节远逊于《智取威虎山》《红灯记》《沙家浜》等，但该剧包含着"与大自然斗，和人民内部的错误思想斗，更要和暗藏的阶级敌人斗"的三重内容，突出了当代题材中生产斗争与思想斗争、阶级斗争相互交织的特点，遂成为本时期话剧和戏曲创作纷纷效法的对象，对创作界的影响超过了革命战争题材的"样板戏"。该剧的前身又是在"大写十三年"的口号中出现的淮剧，它的"创作经验"对于"努力表现无产阶级文化大革命战斗生活"的题材而言，也就更加具有规训作用。

在三重冲突中，生产斗争虽然摆在第一位，但它只不过是为后两者提供舞台而已，正如《创作体会》所说："《海港》取材于新中国码头工人的斗争生活，""是要为英雄人物提供一个阶级斗争的典型环境。"③ 全剧的重点还是在如何处理两类不同性质的矛盾冲突。《海港》中人民内部矛盾的对象是赵震山和韩小强，他们"都是方海珍的阶级兄弟"，"他们的错误思想都是认识问题而

---

① 北京京剧团《沙家浜》剧组.《在延安文艺座谈会上的讲话》照耀着《沙家浜》的成长［J］.红旗，1970（6）.
② 上海京剧团《海港》剧组.反映社会主义时代工人阶级的战斗生活：革命现代京剧《海港》的创作体会［J］.红旗，1972（5）.
③ 上海京剧团《海港》剧组.反映社会主义时代工人阶级的战斗生活：革命现代京剧《海港》的创作体会［J］.红旗，1972（5）.

不是政治品质问题"①。掌握了这样的基调和分寸，就可以大胆地揭示矛盾，充分地展开矛盾，通过斗争解决矛盾。这种矛盾表现得越尖锐，主要英雄人物的思想境界就越崇高，但是，还要写出两类矛盾的内在联系，因为人民内部的许多错误主张的根子都在阶级敌人身上。

在"三突出"内容的细化上，《海港》剧组提供的"经验"也成了同时代戏剧创作的金科玉律。它除了重复"必须处理好突出主要英雄人物与刻画其他正、反面人物的关系"等内容外，还更加具体到"突出主要英雄人物，必须让他在矛盾冲突和情节发展的关键时刻上场，给他以强有力的行动，充分发挥他作为推动和解决矛盾的主导力量的作用"。为此，《海港》删除了韩母的形象，把她所肩负的对韩小强进行阶级教育的任务转到方海珍身上，避免这个英雄人物总是游离于解决主要矛盾。它还提到了"要突出主要英雄人物，还应该正确处理言论与行动的关系"。英雄人物言论多，行动少，这是"文革"时期所有叙事文学创作都有的先天性缺陷。大概《海港》剧组自己也感觉到方海珍这个人物太虚，豪言壮语多，戏剧动作少，尤其是罕有实际意义的行动，所以，便又造出了一个经验："英雄人物的语言，既不能太实——就事论事，没有思想的火花；也不能太虚——不着边际的空发议论。要言之有物，虚实结合，以实表虚，以虚带实。"通观在"三突出"的约束下塑造出来的主人公，全都是只善于夸夸其谈而不屑于从事实际工作的人物，因为"四人帮"的创作理念把勤勤恳恳、任劳任怨、埋头业务等都当成了阶级斗争观念淡薄、单纯业务观念的体现，这种人物已经走到了修正主义的边缘，是主要英雄人物的斗争对象。因此，如何让英雄人物既有豪言壮语，又能言之有物——在戏剧中主要是能够推动戏剧情节的发展——成了所有剧作者不得不面对，却又不可能解决的矛盾。

北京京剧团《杜鹃山》剧组在提供"通用型"创作经验方面显得煞费苦心。该剧的题材是第二次国内革命战争时期农民武装斗争，但剧中为主要英

---

① 上海京剧团《海港》剧组.反映社会主义时代工人阶级的战斗生活：革命现代京剧《海港》的创作体会［J］.红旗，1972（5）.

雄人物柯湘设计的四组矛盾冲突（与毒蛇胆、与温其久、与雷刚、与杜小山等自卫军战士的急躁情绪）却集中到无产阶级与非无产阶级思想的斗争这一"主线"。这不仅比《红灯记》《沙家浜》等剧的矛盾冲突更加复杂，而且还使得这种创作经验不仅适合于表现武装斗争的题材，也适合于和平年代的社会主义建设题材。因为非无产阶级思想的表现形式无穷无尽，任何不同于主流意识形态的话语都可以装到这个框子里接受批判。此外，他们的经验还包括一些具体的创作手法，如"多侧面"地组织戏剧矛盾，以利于体现柯湘性格的广度；在强化戏剧冲突时，采用"多浪头推进"手法，把英雄人物"推向层层浪头的顶端"，以凸显人物的性格特征。①

在江青集团挥舞的文艺批评大棒的震慑下，几乎所有的文艺创作都奉"三突出"为圭臬，不仅中长篇叙事文学作品要"三突出"，短篇叙事文学也要"三突出"，就连一首革命歌曲，一首抒情短诗，一幅宣传画都要体现"三突出"的创作原则。话剧创作更是跟在样板戏的创作经验之后亦步亦趋。从1973年到1975年，上海、北京等地出现过几个独幕剧，评论文章和剧作者的"创作体会"，硬是把样板戏的创作经验当作现成的批评话语，套在这几个短剧上，如《新来的管理员》（上海工具厂业余文艺宣传队）写的是新任仓库管理员王坚帮助生产组长罗大刚树立全局观念，"甩掉本位主义臭包袱"，废除班组"小仓库"的故事。评论文章认为它的成功之处就在于既以革命样板戏的"多层次""多浪头"的创作经验为指导，又体现了小戏的特点。"剧本描写王坚和罗大刚矛盾冲突的开展有三个层次，它由缓到激，由浅入深，一步步地展示出来。第一个层次是围绕着王坚和罗大刚的艺徒小杜领焊条的具体事件而展开。……这里，虽然王坚和罗大刚没有正面开展矛盾，但舞台上两种思想的对立已经初步地勾勒出来，为表现他们之间的直接冲突进行了铺垫。"紧接着，剧本"把矛盾推向第二、第三个层次。……在这一斗争中，王坚一直处于矛盾冲突的主导地位，处处掌握主动权"。第三个层次导致了矛盾

---

① 北京京剧团《杜鹃山》剧组.疾风知劲草　烈火见真金：塑造无产阶级英雄典型柯湘的体会[N].人民日报，1974–08–20.

的激化,"由于这一激化,剧本为揭示英雄人物的思想性格开辟了更好的典型环境"①。从寥寥数语中即可看出,这哪里是戏剧评论,就是跟着样板戏创作经验学舌而已。该剧的几点创作体会亦复如是,在《努力塑造小戏中的英雄人物》这一标题下,文章又设了几个小标题:"处理好正反关系,让英雄人物居于矛盾的主导地位""处理好言行关系,让英雄人物在斗争中显出本色""处理好正侧关系,从不同的角度丰满英雄形象""处理好主次关系,想方设法烘托英雄形象"②。《抗寒的种子》的创作体会更是充满"文革"的"战斗"色彩。"演戏是一场战斗!"——"工农兵学员不仅要占领大学的讲台,也要占领大学的舞台,这也是我们'上、管、改'战斗的一个重要方面。"除了要充满战斗激情地完成战斗任务外,他们还体会到"业余编演的革命小戏也一定要学习革命样板戏'三突出'的创作原则,要调动一切艺术手段突出主要英雄人物,同时刻划好其他正面人物、转变人物,以烘托和陪衬主要英雄人物"③。

可见,和戏剧创作领域一样,"文革"时期的戏剧理论与批评领域也被完全窒息了。

---

① 施雪源.从有层次的矛盾冲突中塑造英雄人物:简评独幕话剧《新来的管理员》[M]// 小戏的创作与排演.上海:上海人民出版社,1975:108–110.
② 上海工具厂业余文艺宣传队.努力塑造戏中的英雄人物:创作《新来的管理员》的几点体会[M]// 小戏的创作与排演.上海:上海人民出版社,1975:114–122.
③ 复旦大学文艺宣传队.以饱满的战斗激情演好革命戏[M]// 小戏的创作与排演.上海:上海人民出版社,1975:221–226.

"样板戏创作经验"制约下的"文革"后期戏剧[*]

——以黄梅戏《红霞万朵》为例

"文革"前期,中国剧坛百花凋零,只有公式化、概念化的"样板戏"一花独放。最终,连最高领导也开始抱怨对文艺创作的要求过苛,文艺作品太少。于是,在1973年后,官方的文艺政策有所调整,随之出现了为数不多的戏剧、电影、小说以及音乐、美术作品。但是,当时的意识形态将文艺创作视作专政工具,能否体现上层建筑领域无产阶级对资产阶级的全面专政,是衡量一切文艺作品政治上正确与否、艺术上成功与否的唯一标准,而由官方写作班子总结的一整套"革命样板戏创作经验",则成为一切文艺创作必须效法的圭臬。尤其是戏剧、电影创作,更是只能亦步亦趋。主题必须表现两个阶级(无产阶级与非无产阶级之间)、两条道路(社会主义与资本主义之间)、两条路线(毛主席无产阶级革命路线与反革命修正主义路线之间)的斗争,批判"阶级斗争熄灭论"和"唯生产力论";情节必须是"战天斗地"的生产斗争和科学实验,在人与自然的冲突中突出人与人之间的阶级矛盾和阶级斗争;在人物形象塑造上,则是坚持"'三突出'原则",把塑造高大完美的无产阶级英雄典型放在第一位。因此,这时期的戏剧作品与其说是"创作",不如说是"仿作"。

---

[*] 本文原载于《云南艺术学院学报》2014年第2期,收入本书时略有删改。

"样板戏创作经验"制约下的"文革"后期戏剧

一

七场黄梅戏《红霞万朵》(安庆地区文化局《红霞万朵》创作组创作)是黄梅戏这一剧种在"文革"期间唯一产生过影响的大戏,它参加过1975年7月文化部组织的文艺调演("文革"后期,安徽省的个别县级剧团还创作演出过黄梅戏《小店春早》《珍珠湖》等小戏,但传播范围不广)。该剧的创作力量虽然不限于安庆地区(安徽省黄梅戏剧团的王少舫、时白林等著名演员和作曲家都参加了该剧的创作和演出),但从文学剧本到唱腔设计和舞台表演均跟在"样板戏"(尤其是当代题材"样板戏")之后亦步亦趋,未敢越雷池半步,较为集中地代表了同一时期戏剧创作的总体特征。

《红霞万朵》的主要情节是:1970年深秋,翠岭生产队妇女在妇女队长唐国凤的带领下,不满足于砍竹子、编篓织席之类的传统副业,决定在翠岭冲筑水坝,为农业学大寨作出贡献。生产队副队长、唐国凤的公公李双根想的却是多给供销社卖竹货,好让年终时家家户户多分几个钱。经过启发落后妇女的政治觉悟,"铁姑娘战斗队"迅速开进了筑坝工地,但是,暗藏的反革命白爱娇却暗中破坏,她让三婶一边给竹靠椅烙字,一边炒炸药,导致炸药房失火。热衷于个人致富的富裕中农余得喜趁机鼓动李双根管管儿媳妇,把拦冲打坝工程停下来,扩大副业规模。唐国凤坚持原则,与公公自发的资本主义倾向展开面对面的斗争,决心像大寨人那样"坚持政治挂帅抓根本""斗天斗地斗敌人",她启发三婶的政治觉悟,使后者认识到大伯子余得喜与她之间不是什么亲情,而是赤裸裸的剥削与被剥削关系,从而坚决地站在了拦冲打坝的一边。唐国凤依靠党组织,安排人员对白爱娇的历史进行调查,掌握了白爱娇解放前伙同国民党反动军官杀害革命群众,解放后又盗窃国家财产,破坏集体经济,妄想复辟变天的罪证。在白爱娇与投机倒把同伙阴谋将竹子堆到西山,趁洪水到来之时砍断捆竹的绳索,企图制造竹子堵住溢洪道,冲击拦水坝的事故时,她带头跳水,护坝挡浪,使得阶级敌人的阴谋破产,执迷不悟的李双根幡然猛醒,余得喜也提高了觉悟。最终大坝建成,"社会主义好"五个大字在天幕上闪闪发光。

样板戏的题材来源有两个,一个是民主革命时期,一个是社会主义革命时期,而以后者的模式化特点和示范性更为突出。前者表现的是无产阶级和反动势力的直接交锋,阶级斗争以刀光剑影的方式加以表现;后者则透过生产斗争表现阶级斗争,将日常生活现象集中起来加以图解,使其政治化、阶级斗争化,这也就更加符合"无产阶级专政下继续革命"的理论,更加符合"批林批孔"和"反击右倾翻案风"等项政治运动的需要。所以,也就不难理解,为何"文革"后期的戏剧、电影创作对《海港》《龙江颂》的模仿较多,所谓"现实意义"更为突出。

将《红霞万朵》与"样板戏"《龙江颂》相比较,可以发现,前者不仅在主题思想上与后者如出一辙,而且在情节走向、场次设计、角色安排乃至唱腔的设计与安排、舞台调度甚至对白风格上,都与后者十分相似。这两个戏的情节进展模式如下:

(1)任务下达。《龙江颂》:县委指示"堵江送水"。《红霞万朵》:女社员贴出大字报,主动要求"拦冲打坝"。要完成这个任务,两个阶级必然要经过你死我活的斗争,即《龙江颂》所唱:"在眼前有一场公私交锋仗,战斗中人换思想地换装。"

(2)说服动员。《龙江颂》:江水英用"丢卒保车"的道理说服本位主义思想严重的大队长李志田,使之同意"堤内损失堤外补""农业损失副业补"。《红霞万朵》:唐国凤对思想状况不同的社员群众三婶、陈桂芳、辣妹娘等进行动员,初步排除了消极因素。这既是证明党的指令和群众的想法的一致性,又体现了主人公正确的工作路线。

(3)斗争逐渐深入。正、反面一号正式交锋,正方初战告捷。《龙江颂》:大坝合龙前出现险情,需要四小队和八小队出让烧窑的柴草,阶级敌人黄国忠却鼓动把窑火烧得越旺越好。江水英识破阴谋,对八小队队长阿更等落后群众晓以大义,终于使他们同意停火,搬柴抢险,大坝顺利合龙。《红霞万朵》:妇女队苦战一月,大坝清基工程已经完成。白爱娇和余得喜鼓动三婶离开工地外出打椅子,又间接制造了炸药房失火的事故,促使李双根向唐国凤强力施压，要求停止拦冲打坝，继续执行竹货合同。唐国凤在群众骨干的支持下，决定顶住压力，继续筑坝。

（4）重要"发现"。反面一号的反动历史被查出，主人公胜券在握。《龙江颂》：江水英后山访旱，掌握了黄国忠原名王国禄，曾是反动地主帮凶，在大旱之年杀害穷苦百姓的罪恶事实。《红霞万朵》：唐国凤用阶级斗争的观念启发三婶，使她摆脱了封建的宗族观念，决心用自己炒炸药的一技之长贡献于拦冲打坝。在上级党委和公安部门的领导下，白爱娇的历史真相也越来越清楚。

（5）反面一号被"专政"，代表资本主义道路和错误路线的领导终于被事实所教育，决心回到正确路线上来，主人公获得全面胜利。《龙江颂》：沿岸秧田进水，甚至威胁到社员的家，李志田听信了黄国忠的蛊惑，欲强行关闸断水。在江水英的教育和启发下，他同意开闸放水，并对自己的错误有所认识，王国禄在破坏大坝时被现场抓获，他的罪恶历史也被揭露出来，李志田终于认识到自己心中"扩大了的私字"对革命的危害。人的思想焕然一新，龙江水也流向了旱区。《红霞万朵》：白爱娇利用李双根的权力，勾结前夫前来收购竹子，并将拟用于加固大坝的水竹全部运往西山头上，此时大雨倾盆，白爱娇等又将固定竹子的绳索砍断，使竹子落入水库，对大坝造成威胁。唐国凤带头跳水打捞竹捆，保住了大坝。李双根也终于认识到，如果看不到广大妇女走社会主义道路的决心，忘记了阶级斗争，就会犯极大的错误。

从以上分析可以看出，虽然《红霞万朵》没有抄袭《龙江颂》，但是在"样板戏创作经验"的严苛要求下，不仅公式化、概念化势所必然，而且在情节走向和冲突的内容及其解决方式的设计上，也会出现大同小异、似曾相识的现象。当然，和1964年创作、1972年"钦定"的《龙江颂》相比，1975年正式上演的《红霞万朵》也增添了一些当下色彩，如主人公唐国凤不仅是生产队的妇女队长，还是"文革"当中成长起来的公社党委委员，明显带有造反派的色彩，体现了对否定"文革"的"右倾翻案风"的抵制。代表资本主义自发势力的富裕中农余得喜也比《龙江颂》里的富裕中农常富更加具有主动性和破坏力，特别是他对物质利益的追求与副队长李双根完全一致，因此李双根就是余得喜所代表的资本主义势力在领导班子中的代表人物，突出了自发的资本主义势力的危险性。余得喜的出现以及他与李双根的关系，则证明了小生产的自发势力与党内修正主义路线有着密不可分的关系。这也是1975年"学习无产阶级专政理论"这一政治运动的特殊需要。

二

"样板戏创作经验"对戏剧创作的制约，还体现在人物形象的塑造上。可以说，样板戏创作经验也是"文革"时期戏剧美学的系统表述，是时代政治主题的转喻。从延安时期起，毛泽东就十分关注由什么角色来统治舞台的问题。1964年，江青又对舞台上都是"封建主义""资产阶级"那一套大为不满，强调之所以要在京剧领域树立以现代戏为主体的"样板"，就是要用无产阶级思想攻占"封建主义"和"资产阶级"的最顽固的堡垒。① 因此，"样板戏创作经验"对戏剧本质的表述就是，"搞戏，就是搞阶级斗争"② "革命样板戏的创作，就不是单单搞一两出戏的问题，而是一场激烈的阶级斗争""是一场两个阶级短兵相接的搏斗"③。1968年，江青、于会泳等人提出了一套以"三突出"为核心的"样板戏创作经验"，就是"在所有人物中突出正面人物；在正面人物中突出英雄人物；在英雄人物中突出主要英雄人物"；反过来又称为"三陪衬"："用反面人物陪衬主要英雄人物""用其他正面人物烘托主要英雄人物""运用环境的渲染突出主要英雄人物"。④ "三突出"的核心是塑造主人公的手法和确立剧本中各组角色的关系，但是经过文化部写作班子"初澜""江天"等的反复阐释，却成了能否实现无产阶级在文艺领域对资产阶级实行全面专政的政治问题。突出了主要英雄人物，就实现了全面专政；未能突出主

---

① 江青.谈京剧革命：一九六四年七月在京剧现代戏观摩演出人员的座谈会上的讲话[J].红旗，1967（6）.
② 于会泳.让文艺舞台永远成为宣传毛泽东思想的阵地[N].文汇报，1968-05-23.
③ 初澜.中国革命历史的壮丽画卷：谈革命样板戏的成就和意义[J]，红旗，1974（1）.
④ 上海京剧团《智取威虎山》剧组.努力塑造无产阶级英雄人物的光辉形象：对塑造杨子荣等英雄形象的一些体会[J].红旗，1969（11）.

要英雄人物，那就是被资产阶级专了政，就出现了资本主义复辟的危险。由工农兵英雄形象牢固地占领舞台，就是毛主席革命路线取得了胜利，否则就是地主阶级、资产阶级没有退出历史舞台。

于是，从《智取威虎山》等样板戏创作过程中总结出来的"三突出"手法，也就具有了原则的地位、艺术法典的地位，具有了顺我者昌、逆我者亡的权威。在所有的戏剧作品中，主人公都必须是根红苗正且是无产阶级先锋队成员（共产党员）的工农兵形象，站在陪衬地位的反面形象必须是地（主）、富（农）、反（革命）、坏（分子）、右（派）、叛徒、特务、走资派，处于中间地位的则多是读书人、富裕中农、能自发产生资本主义倾向的农民、城市市民等。《海港》《龙江颂》是如此，《红霞万朵》也只能如此。

围绕着核心人物唐国凤，《红霞万朵》设置了三组人物，与之形成"三突出"或曰"三陪衬"的关系，第一组是党员、老贫农青山伯和团小组长兰英等与唐国凤同气相求的积极分子，他们在人物表中占大多数；第二组是生产队副队长李双根、富裕中农余得喜和被余得喜所控制的弟媳妇三婶；第三组就是暗藏的阶级敌人白爱娇以及以供销社职工的身份招摇撞骗的白爱娇原先的丈夫（幕后人物）。按照样板戏的做法，《红霞万朵》把各种矛盾都汇聚到唐国凤面前，让不同特质的人物反衬和铺垫出她性格中的不同侧面，如，青山伯烘托的是唐国凤朝气蓬勃的造反派精神，土改时期的老妇女代表陈桂芳烘托的是唐国凤反复辟的干劲，兰英、辣妹、巧玲、依姐则是唐国凤一呼百应的基本群众，说明唐国凤并不是"'鹤立鸡群'的'超人'"。与三婶的关系表现的是唐国凤和传统观念彻底决裂的勇气及耐心细致做思想工作的素质。三婶小时候家境贫寒，被母亲放在了"伤心树"上，任凭生死，因被余得喜家从"伤心树"上救下，成了余得喜的弟弟的童养媳，因而对余家一直怀有感恩心理，却不曾意识到自己埋头打竹椅交给余得喜拿去卖，让余得喜挣大头，自己只赚取一点工分，恰恰与余得喜形成了剥削与被剥削的阶级关系，资本主义复辟的现实性就在眼前。通过"伤心树"下忆苦思甜，内向而手巧的三婶终于认识到"精神枷锁不砸碎，解放的妇女还会落火坑"，从今后要"认清方向干革命"。李双根对唐国凤的烘托主要是彰显唐国凤的阶级斗争和路线斗争觉悟，烘托她作为"文化大革命中锻炼出来的新干部"所具有的崭新的精神面貌。这里集中使用了样板戏在刻画人物上"多层次""多回合""多浪头""多波澜""有节奏"的"创作经验"。唐国凤的对立面是三婶、李双根、余得喜和白爱娇，他们与唐国凤亲疏关系不同，敌我矛盾和人民内部矛盾的性质不同，这也为戏剧冲突以不同方式展现提供了条件。唐国凤对待三婶是动之以情，晓之以理；与李双根是在党性原则下展开思想斗争，一旦李双根的思想问题得到解决，与余得喜的矛盾也就迎刃而解；对白爱娇的斗争则是你死我活的敌我矛盾，但白是躲在幕后操纵余得喜等人，所以在最终揭开她的真实面目之前，唐国凤也不能掉以轻心。三组矛盾中，与李双根是主要矛盾，因为论私，他是唐国凤的公公，论公，他是生产队的负责人，唐国凤若不以公社党委委员的身份进行压制，就只能苦口婆心，或用事实进行教育。似乎也只有这样，才能体现"文革"新人高超的路线觉悟和斗争水平。第七场，我们看到了《海港》中方海珍揭露钱守维时所采用的步步进逼的质问手法：

  唐国凤 ……我问你，你到底要把翠岭向哪条路上引……

  李双根 这……

  唐国凤 ……我问你，在你心目中，劳动妇女究竟是半边天，还是附属品？

  李双根 这……

  唐国凤 ……我问你，这样下去，吃的粮食怎么办？支援国家建设怎么办？备战备荒要不要？社会主义要不要？

  李双根 这……

由于李双根此前已经看过了公安机关转来的有关白爱娇反动历史的材料，所以李双根已经基本上承认了错误，放弃了错误。这几句质问，乃是要让李双根从路线斗争的高度认识自己的错误，不能让"唯生产力论"和集体的经济利益蒙住双眼。来自《海港》的"质问"这一戏剧手法,在"文革"后期的话剧和戏曲创作中,几乎随处可见,其作用是既可以揭开阶级敌人的假面,也可以触及犯有路线错误的人的灵魂。

甚至在唱腔的安排上,《红霞万朵》也效法样板戏的"创作经验"。《智取威虎山》等剧组的经验是"通盘考虑,总体布局""在所有唱段中突出主要唱段",每个唱段重点突出人物的某一侧面,在"核心唱段"集中揭示人物的内心世界,表现共产主义理想。①《红霞万朵》给唐国凤安排了十二个唱段(与《智取威虎山》中的杨子荣相同),其中重点唱段有六段(略多于杨子荣的四段,乃黄梅戏剧种特色所决定):第一场的"披晚霞赶回村激情无限"(定下人物基调和情节走向——要让翠岭妇女走学大寨的正路,脱离光搞副业抓现钱的邪路,出现的场合和情节功能与《龙江颂》中江水英的唱段"人换思想地换装"极为相似),第二场与三婶对唱"竹子生长在山间"(展现人物对阶级姐妹细腻、深厚的感情,令人联想到江水英对李志田做耐心细致的思想工作时的唱段"几年前这堤外荒滩一片"),第四场"山乡战鼓频频催"(抒发战天斗地的豪情,表现公公、也是班子里的"战友"的李双根政治上的关心——"你要仔细辨真伪"),"爸爸一怒冲出门"(相当于"样板戏"中的一号人物不可或缺的"核心唱段",功能是集中展现人物的精神境界和"力量源泉"。她分析了摆在面前的重重困难和种种矛盾,决心向大寨人学习,坚持党的基本路线,狠抓阶级斗争,夺取最后的胜利),第五场"盘根的老树刻下了多少穷人恨"(帮助三婶深挖走资本主义道路的思想根源,妇女如果不能砸碎"同宗共族一家亲"的精神枷锁,即使政治上获得了解放,仍旧会重新落入火坑,终于使三婶摆脱了精神枷锁,放弃了副业,加入到农业学大寨的行列中),第七场"眼前事向我们敲钟报警"(该唱段的出现契机与《龙江颂》第八场"为人类求解放奋斗终身"完全相同,都是在戏剧矛盾的最终解决——搞破坏的阶级敌人被当场抓获——之前的一个场面,对人民内部矛盾中对立

---

① 上海京剧团《智取威虎山》剧组.努力塑造无产阶级英雄人物的光辉形象:对塑造杨子荣等英雄形象的一些体会[J].红旗,1969(11);中国京剧团《红灯记》剧组.为塑造无产阶级的英雄典型而斗争:塑造李玉和英雄形象的体会[J].红旗,1970(5).

面的最后觉悟起到了关键作用。唐国凤帮李双根找到了的思想根源："不抓粮食丢了纲，成天想着钱眼里面把路寻。背离了社会主义金光道，忘记了是哪个阶级的当家人。"她还指出了纠正错误的方向："勤学习，抓根本，破私念，树雄心，振奋精神向前进"）。这种整体性的唱段布局，构成了该剧文本的另一个完整层面。即使脱离了拦冲打坝的故事情节，该剧的主题思想仍然能够得到全面的阐释。

为了体现时代的美学要求，《红霞万朵》在音乐创作上也采用了京剧等剧种的某些手法和曲调。和"革命现代京剧"一样，黄梅戏《红霞万朵》也为主人公设计了个性音调，唐国凤的个性音调既遵循了黄梅戏女角唱腔的落音至徵的规则，从而保证了曲调的稳定性，又以六度音程的大跳，突出了"刚劲""昂扬"的性格。更突出的是"爸爸一怒冲出门"对京剧成套唱腔格式的借鉴。这段"核心唱腔"长达三十二句，是传统戏中不曾有过的，它被处理成了散板、【平词起句板】（相当于慢板）、【火攻】（相当于快板）、【二行】（相当于原板）四个部分，并且没有标注板式，以便曲调"创新"。第一部分的散板实际速度较快，可以视为对京剧【导板】的借鉴，【平词起句板】部分为容纳人物的思考提供了足够的容量，【火攻】在速度上形成对照，表达人物冲锋向前的决心，结尾处的 2/4 拍【二行】表明人物的心情逐渐平复，恢复正常。此外，"困难时使我想起了大寨人"一句和结尾一句"拦冲打坝我铁了心"还借用了晋剧的下行小二度音程和某些特性音调。剧中三婶的唱腔较为传统，甚至加入了《打豆腐》中的【彩调】旋律，这或许也是向"样板戏"编曲手法学习的结果。

重读田本相《曹禺剧作论》*

在曹禺研究的历史上，田本相先生是一个承先启后或曰枢纽式的人物。在他之前，曹禺作品评论及其创作道路研究已经有了四十多年的历史，但总体上看，曹禺研究仍然处在较为片段的、偶发的甚至片面的状态，仅仅作为一种作家作品论而存在，或作为文学史上与主流作家相对应的"民主主义"边缘作家群的成员而存在。尽管已经有了《曹禺的道路》（吕荧）、《曹禺论》（杨晦）这样的整体视角的研究，但相关论述或执着于论者的偏颇之见，或缺乏完整的历史考察。曹禺的戏剧创作作为一个整体，在中国现代文学史和现代戏剧史上的独特贡献究竟何在？曹禺的艺术个性具有怎样的价值？这些一直是悬而未决的问题。这些不尽人意之处，都由于田本相先生的曹禺研究而改变了。他的相关研究成果有《曹禺剧作论》《曹禺传》《苦闷的灵魂——曹禺访谈录》《曹禺年谱长编》，与他人合作的《曹禺研究资料》《简明曹禺词典》《中外学者论曹禺》等。直至晚年田本相先生还以学者身份创作了无场次话剧《弥留之际》，其中艺术形象的塑造与学术难题的攻克相映成趣，力图以形象思维的模糊性和包容性与逻辑思维的清晰性和排他性形成互补。田本相先生还多次谈到，在中国现代文学史上，曹禺是继鲁迅之后的又一个伟大的存在，无论是在创作灵魂的深刻性还是作品的可阐释性、影响的持久性上，都超过了其他作家。可以说，田本相以宽广的学术视野和敏锐的艺术感悟，对曹禺的艺术世界进行了深入的探索与开掘，把曹禺研究的学术水平提到了

---

* 本文原载于《云南艺术学院学报》2020年第4期，收入本书时略有删改。

学科的新高度。我们或许可以说，曹禺研究、钱钟书研究、张爱玲研究，是新时期以来中国现代文学史研究中鼎足而立的最有成就的领域。在研究工作的持续性展开上，曹禺研究又胜过一筹。在这方面，田本相先生有领袖群伦之功。

田本相的曹禺研究始于1978年。这一年，他在《南开大学学报》第4-5期合刊上发表了《〈雷雨〉〈日出〉的艺术风格》。今天看来，这篇文章在一定程度上带有向老校友致敬的意味，当然，也带有作者鲜明的个性。结合田本相翌年发表的《鲁迅小说风格初探》[①]，可以看出，田本相进入学术成熟期的标志就是对作家艺术风格的关注。

一

属于现代文学批评的曹禺剧作评论，紧随着《雷雨》《日出》的发表和演出就已经开始了，到了20世纪40年代，更出现了综合性的作家研究。由于批评观念的差异，还形成了两种对照鲜明的不同观点。一派观点从既有的"现实主义"定义出发，认为既然《雷雨》在批判和否定中国旧式家庭制度上已经迈出了可喜的一步，并且紧随其后的《日出》又展现了社会批判的锋芒，那么，《原野》就不能仅停留在农民悲剧的描写，而应该在更加广阔的社会背景下农民命运的新的方向和新的可能。这一派尤其对曹禺在20世纪40年代初完成了政治题材的《蜕变》之后又回到旧式家庭题材，把更加超拔的创作才情投入曾家这群毫无生命力的人物的描写，甚至把巴金的《家》的格局改编得更加狭小，把青年人的受害更加坐实在冯乐山这一具体的个人的人性之恶上，表示不解。他们批评：从曹禺的作品中"闻不到一点战争的血腥，看不到一点国家民族的危机，以及整个民族的耻辱。仿佛这个国家的生死存亡

---

① 田本相.鲁迅小说风格初探[J]//高校中国现代文学研究会，北京出版社.中国现代文学研究丛刊：第1辑.北京：北京出版社，1979.据田老师自己说，这篇文章的构思在1966年以前就已经基本成型。

的问题，并未临在作者的头上，而且作者也没有要搜索出一个答案的一般"①。他的作品在艺术上也是失败的。突出的问题是篇幅太长，只适合于有闲阶级观赏，其他的问题还有时代性模糊，地理方位凌乱，偶然性现象太集中，超出了艺术虚构的许可范围，等等。

另一派虽然从主题到题材均肯定曹禺的《雷雨》和《日出》，认定《雷雨》中人物的死亡"一方面暴露了封建家庭制度的残酷和罪恶，同时也正呈现了这个制度自身的破绽和危机"②，但周扬之不同于黄芝冈者，乃是后者的"公式主义"，并且同样存在着将既定的现实主义标准理念套用在批评实践中的倾向。周扬在分析《雷雨》中的人物时，就将重点放在鲁大海这个"不成熟"的形象上，以此证明剧本没有写出"性格和血统"都代表工人的形象，把本应在社会层面揭示的工人阶级和资本家的对立冲突只停留在血亲层面③。

直到20世纪50年代末和60年代初，才出现了以钱谷融为代表的作品细读式的研究方法。以作品细读为基础、以人性论为理论核心的《〈雷雨〉人物谈》④，将周朴园和周繁漪不仅当作剧作结构上的主人公，而且是具有真实人性的、有生命活力的，因而也就对具有多面性和复杂性的人加以研究，这引起了学术界的关注和讨论，形成了有别于当时通行的"现代文学史"之外的另一股清流。《〈雷雨〉人物谈》后续的多篇论文直到20世纪70年代末才全部发表，成书的《〈雷雨〉人物谈》在1980年出版⑤，既迎合了新时期全社会的人性复归潮流，也呼唤着曹禺研究的新成果。

所以，以审美鉴赏和艺术风格研究为核心展开全方位的曹禺研究，既是田本相个人的学术兴趣的表现，也与现代文学研究从既定的概念和模式向文学本质和作家本体转向的时代潮流相吻合。

---

① 杨晦.曹禺论［M］//田本相，胡叔和.曹禺研究资料：上册.北京：中国戏剧出版社，1991：222.
② 周扬.论《雷雨》和《日出》：并对黄芝冈先生的批评的批评［M］//田本相，胡叔和.曹禺研究资料：下册.北京：中国戏剧出版社，1991：862.
③ 周扬.论《雷雨》和《日出》：并对黄芝冈先生的批评的批评［M］//田本相，胡叔和.曹禺研究资料：下册.北京：中国戏剧出版社，1991：828.
④ 钱谷融.《雷雨》人物谈［J］.文学评论，1962（1）：40-54.
⑤ 钱谷融.《雷雨》人物谈［M］.上海：上海文艺出版社，1980.

二

　　田本相在开始曹禺研究的时候，既有现实的关切，又是对有着几十年历史的曹禺作品评论和研究的延续。研究者心里时刻进行着与前人的隔空对话。这种对话的第一个主题，就是在从事作家作品研究时，应该从作家的艺术个性入手，而不能从批评者的既定理念入手。欲研究一个作家，须找出这个作家的个性，然后才更有可能发现他的艺术世界的新奇之美，带着制式标准去衡量作家，越有个性的作家便越不符合标准，越有生命力的作家便越受到指责。这些在今天都已经是最基本的常识，但在四十多年前，却是带有探索意义的学术自觉，是对长期占据主流地位的以政治—意识形态为中心的研究方法的扬弃。

　　按照作家的创作历程，田著的第一章为《〈雷雨〉论》，在此之前的有关曹禺早期创作的专章《一个剧作家的诞生》自有其史料学价值，而笔者本文要提醒读者的是其中关于曹禺早期诗作意境的这句话："或凄惋清冷，或恬淡幽静，显示着他的文学修养。"[①] 显然，田本相在这里发现了作家艺术个性的最早的萌动。

　　田本相带着证实"雷雨式的热情和个性"的欲念进入《雷雨》的艺术世界："曹禺他不但是一位具有自己的巨大热情的作家，而且是一位对现实生活作着执著探求的作家。他在捶胸顿足地拷问着现实，拷问着自己，寻求着对现实课题的哲学的回答。"[②] 曾被一些人认为充满唯心主义异端的《雷雨·序》是他进入《雷雨》的艺术世界的钥匙。田本相将曹禺深受其影响的西方戏剧史、曹禺的人生经历、《雷雨》情境等三方面结合起来解读《雷雨·序》中"对宇宙间许多神秘的事物"感到"不可言喻的憧憬"的文字，发现了《雷雨》的特异之处——也就是曹禺不同于同时代其他现实主义作家的艺术个性，

---

① 田本相.曹禺剧作论［M］.北京：中国戏剧出版社，1981：9.
② 田本相.曹禺剧作论［M］.北京：中国戏剧出版社，1981：34.

"在一个令人窒息的典型环境里，它的悲剧人物都在拼命挣脱，但都难以逃出'那残酷的井'，而这些悲剧人物都有着被压抑的痛苦和愤懑，作家总是深入他们痛苦的内心世界里，抒发着他们各自的感情。"[①] 田本相认为，曹禺的创作的现实主义特点在于，"一个并非马克思主义的作家，并非不可能对现实生活的某些方面具有自己的真知灼见"[②]。于是，他开始了对所谓"宇宙间许多神秘的事物一种不可言喻的憧憬"的分析。所谓"憧憬"就是神往，就是要有走近神秘事物一探究竟的冲动。那么，作家自认为自己走进去了，就要把自己的所见所感记录下来，于是他就发现了"残忍"和"冷酷"，而当"残忍"和"冷酷"的原因无从寻觅时，就借用了宿命的、悲剧的叙事模式来表达自己的理性认识——尽管作家对这一叙事套路并不完全认同。

对作品有了这样的整体认识后，接下来从"深刻的现实主义悲剧"的角度来定义剧中人的本质，就避开了简单的阶级分析方法的单一性和片面性，并且也在人道主义和人性论之外找到了属于戏剧世界的人物—角色功能定位。例如，对周朴园的分析，就超越了一些研究者关于这个角色"暴露了资产阶级的罪恶""揭露了资产阶级的反动、虚伪、残暴和精神上的脆弱"的定位，而指出他是"有着根深蒂固的传统道德"的"资产阶级家庭"的"专制暴君"[③]，这样就揭示了这个人物的历史错位，也就是中国民族资产阶级的历史命运的悲剧性，把具体人物形象通过艺术分析提升到了历史的高度。《〈雷雨〉论》的相关结论，是与对《雷雨·序》的体认和细读分不开的。曹禺说，"《雷雨》所显示的，并不是因果并不是报应，而是我所觉得的天地间的'残忍'"。报应是一方对于另一方复仇的意志的体现，"残忍"则是施害者不加选择地加害于被害者。田本相令人信服地得出结论，周朴园不仅是《雷雨》悲剧的制造者，也是他自己制造的悲剧的牺牲品。这正是田本相对于曹禺笔下的"天地间的'残忍'"的进一步阐释。

---

① 田本相.曹禺剧作论［M］.北京：中国戏剧出版社，1981：44.
② 田本相.曹禺剧作论［M］.北京：中国戏剧出版社，1981：35.
③ 田本相.曹禺剧作论［M］.北京：中国戏剧出版社，1981：50.在这一页的脚注中田本相写道：笔者提出讨论的一些问题，对引文一般不列出姓名，也不注明出处。

《雷雨》论》还进一步明确了，《雷雨》的现实主义艺术的深刻性表现在：（一）反映了 20 世纪初叶中国真实的社会关系和半封建半殖民地的典型图景；（二）三条冲突主线（周朴园—周繁漪、周家—鲁家、周朴园—鲁大海）代表着三种类型的社会矛盾和斗争，第一条是封建文化传统与五四新文化的冲突，第二条是社会统治阶级与被统治阶级的矛盾，第三条则是具有鲜明时代特色的社会关系的反映；（三）剧作的矛盾冲突都是围绕这三条主线搭建的。

如果说在《雷雨》研究中，田本相还有一些重要问题要与前辈学者进行"隔空讨论"，在讨论中深化自己的研究，那么在《〈日出〉论》中，他就紧紧抓住马克思主义经典作家对于资本主义社会的本质的论述，把学术界对《日出》的评价推向了一个崭新的高度。"作家把他的艺术注意力倾注在对那个金融社会机体全部腐烂的描绘上，表明这是一个不可救药的社会。他把它全部否定了。既不存在任何幻想，更没有半点留恋。作家令人信服地揭示出，这个社会末日来临的必然趋势。"① 《日出》的创作动机是要"试探一次新路"，所谓新，就在于对当代社会的"强烈仇恨和对社会主义的朦胧向往"，"是一条革命现实主义的道路"。②

《〈日出〉论》指出，剧中所有的罪恶的、腐朽的、怪异的现象，都是由不合理的金钱制度造成的，剧本"深入到了政治经济学和道德伦理学的领域"，暴露的是"金融都市社会的种种罪恶"。③ 剧中人物潘月亭是"金钱贪欲"的人格化，"发财的欲望""像鬼魂一样附着"在李石清的身上，同样的欲望又让黄省三变得"癫狂起来"。其余的顾八奶奶、胡四、翠喜、福升，无不被金钱的力量所颠倒和扭曲。田本相写道："马克思曾指出：'货币不仅是发财欲望的对象，而且同时是发财欲望的源泉。自私自利没有货币也是可能的，发财欲望本身是一定社会发展的产物，它不是自然的而是历史的。'当作家深刻

---

① 田本相. 曹禺剧作论[M]. 北京：中国戏剧出版社，1981：92.
② 田本相. 曹禺剧作论[M]. 北京：中国戏剧出版社，1981：90–91.
③ 田本相. 曹禺剧作论[M]. 北京：中国戏剧出版社，1981：96.

地反映了这种发财欲望，他就深刻地反应了'一定社会发展'的历史阶段。"①

接下来对陈白露的分析，则充分展示了田本相的学术个性，既严谨又热情，既遵循学术研究的缜密逻辑，又对作家笔下成功的人物形象充满珍惜和热爱之情。从《日出》诞生起，陈白露的形象就一直引起人们的争鸣，但直到田本相《〈日出〉论》的发表和《曹禺剧作论》的出版，陈白露这个形象才得到了全方位的、妥帖的阐释。从她的出身门第和家庭变故，到她闯入社会后的种种经历，以及由于看不到潜伏的危机而自我陶醉，田本相非常了解她的悲惨命运的根源乃在于早已潜伏在她生命中的精神悲剧。她的时代定位类似于繁漪，她的精神经历又类似于茅盾笔下的林佩瑶，只不过她的个性更强，命运也因此更加悲惨，她终于到了要靠着出卖唯一属于自己的可以换算成金钱的物品——肉体而维持生存的境地，也就是开始"堕落"了。田本相从恩格斯的相关论述中得到启发，确认陈白露的境况处于卖淫制度的迫害下的"既是受害者又是被腐蚀的堕落者的双重的矛盾地位"；"她是一个在个性解放道路上经历过一段历程的女性。尽管身陷罗网，她仍然打心里热爱生活，渴望自由"②。这个人物的痛苦、挣扎和死亡，展示了美好的东西是如何一步步在社会的压迫下被摧残、被扭曲，寄托了作家最高的美学理想。

因此，田本相的《日出》研究超越了此前的所有的相关评论，甚至把作家未必意识到的思想深度和艺术感染力也揭示出来了。至此，田本相对曹禺的认知已经超出了对作家的艺术个性的认同，而达到了理性抽象的高度。所以他能透过各种矛盾现象看到曹禺的杰出之处，"在于能从腐尸气息中看到生命的跃动，在地狱中发现金子的闪光，在堕落中窥视到善良的灵魂"③。

在曹禺研究中，《原野》曾经是个难题。用刻板的现实主义尺度衡量，这个戏既没有反映风起云涌的农民革命，又没有许诺苦难之后的美好未来，视

---

① 田本相.曹禺剧作论［M］.北京：中国戏剧出版社，1981：98.
② 田本相.曹禺剧作论［M］.北京：中国戏剧出版社，1981：118-119.
③ 田本相.曹禺剧作论［M］.北京：中国戏剧出版社，1981：108.甚至研究者内心的诗意冲动也被激发出来了，写出了一段段抒情文字，详见书中相关章节。

之为"曹禺最失败的一部作品"①也就理所当然。写作《〈原野〉论》时的田本相承认，以现实主义的标准来衡量，曹禺在《雷雨》和《日出》之后，推出《原野》这样的作品，有一些说不通的地方，尤其是剧中人物缺乏现实主义所要求的"典型化"特征，但他没有采取断然否定的方法，而是试图从作家意识的矛盾和苦闷中来寻找创作动机和创作方法，这就从另一个侧面解释了《原野》独特的艺术风格何在。值得庆幸的是，田本相没有过多地纠缠于现实主义创作原则与《原野》之间的矛盾，而是发现了曹禺对美国剧作家尤金·奥尼尔的《琼斯皇》的借鉴，迅速将思路转向了《原野》与《琼斯皇》的比较，认为《琼斯皇》中的反抗热情正好与处于苦闷中的曹禺的情绪相吻合，《琼》剧"非现实的表现方法"②又正好能够克服他在塑造农民形象时的困难。我们无意对本书写作阶段的田本相作出不符合实际的过高评价，但是有一个事实必须提及：正是从这时开始，他萌生了展开现代比较戏剧研究的想法。

《〈北京人〉论》可以说是全书当中《〈日出〉论》之外的又一力作。首先，它纠正了多年来关于《北京人》属于悲剧的观点。虽然曹禺在20世纪50年代就说过这个戏"可能"是喜剧，"应该让观众老笑"③，但是在实际的演出和鉴赏过程中，人们仍普遍视其为悲剧。田本相认为，喜剧性是打开《北京人》艺术世界的一把钥匙。要穿过剧中营造的浓郁的抒情气氛纱幕，认清该剧的喜剧本质，而该剧的喜剧性体现在，作家以"高昂的斗志和睿智的见地"④，发现了表面上可怕的现实，竟然本质上是可笑的、垂死的、失去了现实性的实体。其次，在分析了《北京人》的戏剧情境和戏剧人物之后，田本相指出，"喜剧并不总是令人发笑的"⑤，真正的喜剧在于，舞台上自以为是的主

---

① 杨晦.曹禺论［M］//田本相，胡叔和.曹禺研究资料：上册.北京：中国戏剧出版社，1991：247.
② 田本相.曹禺剧作论［M］.北京：中国戏剧出版社，1981：162.
③ 张葆辛.曹禺同志谈剧作［J］.文艺报，1957（2）.
④ 田本相.曹禺剧作论［M］.北京：中国戏剧出版社，1981：188.
⑤ 田本相.曹禺剧作论［M］.北京：中国戏剧出版社，1981：201.

角实际上是"真正的主角已经死去的那种世界制度的丑角"（马克思语），它们忘记了自己的真实身份，洋洋自得，却不知自己的处境实际上是走进坟墓之前的最后的狂欢。《北京人》就是这样一场狂欢，只不过参与其中的曾皓等丑角们不自知而已。第三，论证了《北京人》乃作家最高的美学理想的实现，"完全脱尽了那些所谓'张牙舞爪'的痕迹。既不倚重过分的技巧，也没有了那种'太像戏'的感觉。它是这样地'平铺直叙'，一切都显得自然、逼真、熨帖、和谐"[1]。作家把他的现实主义的戏剧艺术推向了"一个更加深化的新境界"[2]。

三

通观《曹禺剧作论》全书，我们得到一个鲜明的印象：在作品论形式的这部专著里，文章的学术水平与作品的艺术水平呈正相关关系。《〈雷雨〉论》《〈日出〉论》《〈北京人〉论》等不仅是书中最重要的篇章，而且奠定了作者田本相先生在中国现代文学史研究领域的学术地位，对此后将近四十年的曹禺研究和中国话剧史研究有开启先河之功。《〈明朗的天〉论》《〈王昭君〉论》等则与相关的剧作一样，较少被人提及。这说明，研究者的个性与研究对象（作家）的艺术个性以及作品的艺术成就和艺术风格密切相关，研究者的艺术鉴赏力是文学艺术研究工作不可或缺的前提条件。在田本相先生后来的学术生涯中，他仍然以作为艺术家的曹禺为重点，将曹禺研究不断推向新的高度。田本相先生另外一项具有开创意义的是"北京人艺演剧学派"研究，而北京人民艺术剧院恰恰是曹禺担任院长的剧院。余下的，田本相先生更多地以学术事业组织者的身份出现，对相关的项目仅作示范性研究，以实现对学术集体的方向和尺度的把握。研究者的个性对研究对象的个性的高度认同，是田本相先生的曹禺研究取得杰出成就的不可或缺的条件。

---

[1] 田本相.曹禺剧作论[M].北京：中国戏剧出版社，1981：226.
[2] 田本相.曹禺剧作论[M].北京：中国戏剧出版社，1981：191.

《曹禺剧作论》给我们的第二个启示是，研究现代文学尤其是曹禺这样的"一缕一缕地抽取主人家的金线"[①]织就自己衣服的作家，必须具有比较广阔的学术视野，善于采用外国文学理论和批评资源。田本相先生属于新中国培养的第一代学者，他们的学术资源较多地集中在马列文论和苏俄现实主义文论上，但在研究中加以主动和积极利用，并取得突出成果的，田本相先生是最具代表性的人物之一。《曹禺剧作论》多处引用了马列主义经典作家的悲剧观和喜剧观，多处引用了别林斯基等人的现实主义批评理论，读者从行文中还可以明显感到与杜勃罗留波夫的行云流水和激情澎湃近似的风格。还应当指出的是，田本相先生对苏联学者 B. 叶尔米洛夫的《论契诃夫的戏剧创作》一书也有所借鉴，不仅《曹禺剧作论》全书的体例（"一个剧作家的诞生"加上"一剧一论"）与《论契诃夫的戏剧创作》的章节相似，每一篇作品论中的小标题的设计风格也相仿，特别是《〈日出〉论》和《〈北京人〉论》等篇章中关于"诗意真实"和"抒情喜剧"的论述，都可以说是受到了相关的启发。但这里有两个前提条件，一是曹禺确实受到了契诃夫的剧作风格的影响，二是相关的借鉴天衣无缝，就像曹禺"织就"的"衣服"那样。

[①] 曹禺.《雷雨》序［M］//田本相，刘一军.曹禺全集：第1卷.石家庄：花山文艺出版社，1996：5—6.

美国戏剧是一面镜子*
——评《戏剧在美国的衰落：又如何在法国得以生存》

弗雷德里克·马特尔（Frédéric Martel）是社会科学博士，还曾取得哲学学位。在 2006 年本书出版之前，他有四五年的时间担任法国驻美国大使馆的文化专员，此前还担任过法国政府部门的高级政治顾问。这种身份提示了，他的美国戏剧研究应该是一种外视角、一种宏观视角。如果知道同在 2006 年，除本书之外，马特尔还出版了《论美国文化》（*De la culture en Amérique*）一书，那么，我们就更有理由期待读到一部探讨美国戏剧的政治、经济、文化特色的"调研报告"[①]。

《戏剧在美国的衰落》开宗明义地指出，美国戏剧的衰落始于 2005 年 2 月，阿瑟·米勒（Arthur Miller）逝世的那个夜晚，"百老汇的所有剧院都拉起幕布，向这位剧作家致以一分钟的默哀"，完全终止了"剧本戏剧"的演出的百老汇，也以这种方式宣告了戏剧的"死亡"。马特尔在此处提到的"剧本戏剧"概念并非偶然。1999 年，德国法兰克福的歌德大学戏剧系教授汉斯－蒂斯·雷曼就出版了那本后来各国学者谈论当代戏剧时必然要引用的著作——*Postdramatisches Theater*（中译本书名为《后戏剧剧场》。其实，若是译作"后剧本戏剧"，显得更加妥当），它所论述的就是 20 世纪 70 年代以后不再以剧本为中心的戏剧形式。不过，正如"后剧本戏剧"虽然不再以剧本

---

* 本文原载于《戏剧艺术》2017 年第 1 期，收入本书时略有删改。
① 马特尔.戏剧在美国的衰落：又如何在法国得以生存［M］.傅楚楚，译.北京：商务印书馆，2015. 以下引文均出自此书，不再一一标注。

为中心，但是导演仍然处在中心位置一样，虽然米勒之死宣告了"剧本戏剧"的死亡，但死去的只是埃斯库罗斯—莎士比亚—拉辛传统的剧本戏剧，或曰"英国文化中被视为贵族的、精英的概念"的戏剧，"美国戏剧"依然存在，而且"色彩斑斓""充满了悖论和多样性"。在传统戏剧和主流戏剧走向衰落之后，社群戏剧、校园戏剧、先锋戏剧、少数族裔戏剧、同性恋戏剧等纷纷显示出蓬勃的生机。因此，本书的书名中的"衰落"，并非舞台演出的式微，也不是演艺经济的崩溃和从业人员的困顿，而是在抛弃了剧本和剧作家之后，美国戏剧文化所显示的唯商业马首是瞻的特异状态。

马特尔首先辨析了英国的 theatre 和美国的 theater 的异同：theatre 一词贵族而传统；theater 则代表了挣脱传统束缚的冲动。美国戏剧演出的传统可以上溯到 17 世纪的殖民地时期，但是美国戏剧在国外产生影响，则须等到 20 世纪上半叶的尤金·奥尼尔出现之后。奥尼尔以剧作家身份获得诺贝尔文学奖，为美国戏剧赢得了世界性的声誉。之后，田纳西·威廉斯、阿瑟·米勒、爱德华·阿尔比、大卫·马梅等逐渐形成了美国戏剧文学的传统，但是，美国历史上的商业演剧传统强大，即便是前述的几位，也只有当他们在百老汇取得成功的时候，才能被称为成功的"美国剧作家"。当百老汇与奥尼尔及其《天边外》、奥逊·威尔斯及其《尤利乌斯·恺撒》、田纳西·威廉斯及其《玻璃动物园》、阿瑟·米勒及其《推销员之死》等紧紧联系在一起的时候，也就是美国戏剧的黄金时代。但在另一面，百老汇又不仅仅为剧作家提供舞台，它属于演员、属于演出经纪人，它不仅属于戏剧艺术，也属于美国经济，它为全世界的戏剧经济提供典范。

"尽管美国拥有伟大的剧作家，但百老汇在二战前就已经是一个由图像和明星，而不是剧本和导演主宰的地方了。"这也是美国戏剧截然不同于欧洲戏剧之处。在欧洲剧院，决定权掌握在导演手中；"在美国，演员才是唯一重要的人"，若发生大众戏剧与创新戏剧的交叉，其结果"总是艺术屈从于公众的压力"。商业戏剧的合理性或就在于此。来自欧洲的剧作以及青年剧作家的实验性作品，因不见容于商业戏剧理念，便在百老汇周边区域演出，于是有了"外百老汇"戏剧；当外百老汇也趋向保守，则又进一步分化出"外外百老汇"。商业演剧——非营利性演剧——在非营利性之外更多了一层业余色彩的戏剧，便构成了纽约地区（也就是美国戏剧中心）的主体框架。"外纽约"地区的戏剧则在政府和福特基金会的资助下走着"外百老汇"的非商业化专业戏剧之路。

作者的研究重点是百老汇商业戏剧，因为它是美国戏剧的龙头和典型表征。作为一种文化产品，戏剧有着艺术和商业的二重属性，但是，戏剧演出的唯一性，又是与商品生产的经济规律相违背的。一方面无法批量生产以降低成本，另一方面又随着剧院雇员工资的增加以及有票房号召力的艺术家的使用，使得戏剧艺术的生产越来越昂贵，以至于若不采用商业化运作，戏剧就难以为继。这就是商业戏剧在逻辑上的合理性。况且，商业化渠道能够扩大观众总量，进而实现文化普及，这又是商业戏剧在伦理上的正面价值。

本书将美国戏剧"衰落"的"开端"定在1967年12月，当时，霍华德·萨克勒描写世界首位黑人拳击冠军杰克·约翰逊的人生经历的作品《极有前途的人》的版权被百老汇一名戏剧制作人买下，该剧一共演出了556场，并获得普利策奖。该剧之所以被定为衰落的"开端"，是因为将一部原本是非商业的戏剧搬到百老汇商业剧院并获得意外的经济回报，代表了非商业戏剧向商业化缴械投降，同时证明，商业化是使艺术戏剧摆脱困境的康庄大道。

艺术沦为商业，整体上始于20世纪80年代。其诱因包括：第一，演员工会的垄断。百老汇和美国职业剧团的演员、导演、舞台监督、灯光师都必须按照工会制定的严格的最低薪酬标准获取报酬。第二，影视行业薪金的诱惑导致戏剧行业人才外流。百老汇为好莱坞培养了人才，但却不得不花高价把他们买回百老汇。第三，高票价将一大半美国观众拒之门外。观众成分由"上层白人和中上层人士"构成，他们掏得起钱，但是艺术趣味保守，反对先锋与创新。这样一来，百老汇就"需要更多的音乐剧，去吸引那些听不太懂英语的外国人；需要更通俗易懂的故事吸引儿童和家庭；需要更为保守的演出，才不至于吓到老派观众和百老汇数量庞大的上了年纪的观众"。戏剧创新的生命力窒息了。到了20世纪90年代，美国政府对非商业戏剧的公共资助大幅削减，降至以前的百分之五以下，使得上述现象雪上加霜。慈善界此时也对戏剧十分冷淡,他们对戏剧的资助远远低于博物馆和古典音乐,原因是他们的捐赠得不到所期待的回报(如让自己的名字与博物馆和大学绑在一起,永久流传)。在经济压力下,为了达到财务平衡,非营利戏剧也"不得不迎合公众的期望,排演一些没那么高追求、不怎么大胆的剧目"。作者认为,当代美国戏剧之所以"艺术性不足",经济才是最后的根源,"经济法则决定了艺术法则"。

经过商业与艺术的共谋,"崭新的百老汇"出现了。来自经济帝国迪斯尼的动画片《美女与野兽》化身为音乐剧,进军百老汇。相对于演员,它注重故事质量;相对于导演,它注重舞台效果。目的是压缩成本,获取更高的利润。1994年4月的首演,十万张门票在一天之内全部售罄,成为百老汇有史以来最卖座的剧目之一。《狮子王》接踵其后,该剧的舞台导演竟然是做先锋戏剧的朱莉·泰莫,她将先锋戏剧的创作理念与对大众文化的兴趣融为一体,表现出卓越的"跨界"才能。在她的执导下,《狮子王》成了史上"最美"的音乐剧,更是最卖座的音乐剧,为迪斯尼带来了超过4亿美元的收入。

迪斯尼这个资本大鳄乘胜进军,又相继在百老汇上演了音乐剧《阿依达》《人猿泰山》《小美人鱼》等,加上亚裔著名剧作家黄哲伦和皮娜·鲍什团队等先锋戏剧家的入伙,再一次证明,只要有了资本的强大后援,就能把先锋戏剧与商业戏剧整合起来。

迪斯尼进驻百老汇,改变了百老汇演员至上的格局,一变而为制作人至上,更是以制作人面目出现的大型垄断企业至上。"今天,百老汇的40家剧院全部掌控在几个跨国公司和剧院房产主的手里","五大巨头控制了百老汇"。其结果是,制作成本暴涨,任何财政实力不够格者(尤其是那些独立制作人),均无法进入戏剧演出市场。那些挂着"阿瑟·米勒剧院""尤金·奥尼尔剧院"或是"奥古斯特·威尔逊剧院"牌匾的剧场,"已经没有能力排演使其得名的剧作家的作品了"。百老汇被掌握在几个投资基金管理机构和房地产业主手中,他们虽然也会出于艺术的缘由产生矛盾,但最终都会在追求利润的共同目标下统一起来。在高额的制作成本和运营成本的压榨下,百老汇停止了创新,满足于用已知的东西去吸引未知的观众,宁愿炒流行文化的冷饭，也绝不敢有丝毫的冒险。他们的艺术行为只停留在"改编""重演""复排"，创新和实验消失殆尽，戏剧文化最本质的精神脱壳而去，"明星至上""消费者至上"成为必须尊崇的原则，甚至赞助企业的插入广告也公然出现在舞台上。

当初作为百老汇的反叛者和背离者而出现的外百老汇和外外百老汇又怎样呢？弗雷德里克·马特尔发现，在商业的围攻下，外百老汇也变成了一个百老汇，而且由于大财团的缺位，它显得是更加糟糕的"下百老汇"。成本的增加，使得"独人秀"越来越常见，"这种表演只有一名演员，一种布景，没有乐手"，成了一种风格新奇古怪的纯粹娱乐。由于演出经济萧条，政府资助大幅缩减，外百老汇成了濒危产业。仅在纽约地区之外，1980年之后的二十年间，就有50家地区剧院关门大吉。幸存的地方剧院多演多赔，少演少赔，只能上演参演人数少的剧目。后来又发明了"试演制"，就是在大学等场地低廉的地方演出，引进大学实习生义务工作，以避开演员工会对劳务报酬的监督。

马特尔专门用了一章的篇幅谈论美国先锋戏剧的衰落。美国艺术戏剧名人虽多，但是在国外真正产生影响的少，因为他们不像很多欧洲戏剧家那样，热衷于关注人类问题，而更体现着一种本土的美国精神。美国的先锋戏剧也大致相仿。20世纪60年代响当当的生活剧团和伍斯特剧团，未能持续地在美国产生影响，又未能融入世界其他地区的戏剧潮流；进入20世纪80年代后，在商业戏剧的挤压下，越来越激进，走上了"主动将自己和大众割裂开来"的道路。1989年，他们所代表的"行为艺术"和酷儿戏剧受到了极右保守势力的攻击，"附庸风雅"和"自命不凡"成为公众对他们的总体印象。无奈之下，伍斯特剧团只得被好莱坞"招安"，开始心甘情愿地为娱乐产业服务。

本书的第一部分谈论的主要是美国主流戏剧，第二部分"抵抗"，则把目光转向了非主流戏剧。对商业化主流戏剧的抵抗主要来自大学、社区和城镇的业余演剧。如今，美国大约有7,000家"社群剧团"，有将近100万志愿者，每年上演的剧目总数超过4.5万种，观众人数达到750万。这种演剧活动作为"娱乐"的对立面出现，强调的是教育。"用美国人的话来说，这是一种'from the botom up'（自下而上）的戏剧，即从底层走向上层，从社群走向'主流'大众，从民间走向精英，这与'top-down'（自上而下）的文化体制是相反的。"因此，与其把这种演剧看作戏剧艺术，不如看作社会工作更恰当。它们不仅出现在大学、中学校园，也出现在工厂和商业中心，内容多是积极参与各种社会问题的讨论和辩论。

其次是先锋戏剧。为了与观众重新修好，先锋戏剧不再藐视观众，而是对观众进行"陪伴"与"教育"，让观众"感到愉快自如"，力求能够再次像20世纪60年代那样批判主流生活，解构主流文化。

文化多元化是美国社会的一个突出特征。这种文化的多样性在拯救美国戏剧的衰落方面也发挥了无可取代的作用。作为中国读者，可以明显感到在我们的出版物中对美国多元文化戏剧的关注远远超过对美国主流戏剧的关注，我们多关注的是女性戏剧、黑人戏剧、拉丁裔戏剧、亚裔戏剧甚至宗教戏剧。事实上，同性恋题材戏剧在美国就有方兴未艾之势。同性恋者托尼·库什纳的《天使在美国》一剧的副标题是"一首有关国家大事的同性恋狂想曲"，它不仅关注到同性恋问题，还涉及了犹太问题、黑人问题等问题，"不断地从一个少数群体跳跃到另一个，为美国多民族社会描绘出一幅五彩斑斓的肖像"。正是由于对沉重的政治性主题的关切，使得《天使在美国》获得了"美国政治悲剧"的赞誉。这部戏的出现并引起广泛关注，证明在主流戏剧"衰落"的总体趋势下，美国戏剧的希望还在，奥尼尔—米勒—阿尔比的传统还没有完全被抛弃。主流戏剧传统被边缘戏剧所继承和发扬，这大概就是美国戏剧的希望所在。

马特尔的考察报告有一个副标题：（戏剧）"又如何在法国得以生存"。按照原来的方案，他的报告还要以美国戏剧为借镜探讨法国戏剧的生存状况。据说由于课题经费和时间的限制，这部分的研究方案未能完成，但是，作者仍然给我们提供了比较美国戏剧与法国戏剧的思路。法国以及英国、德国等欧洲国家没有百老汇这一类的强大的商业戏剧系统，国家剧院系统是这些国家艺术水平最高的演出团体，法兰西喜剧院、皇家歌剧院、皇家莎士比亚剧团、德意志剧院等体制也比较完善，政府对戏剧——尤其是古典戏剧的财政扶助也比较充分，毕竟它们是产生了莫里哀、拉辛、莎士比亚、歌德、莱辛的国家，有着悠久而优秀的戏剧艺术传统，戏剧从业人员不必以超级商业化戏剧马首是瞻，公众和舆论更不以商业成败论英雄。因而，法国戏剧和欧洲戏剧没有美国戏剧那种危机感。

但是，以美国戏剧为参照，也可以反衬出法国等国家戏剧存在的问题。美国戏剧奉行"达尔文主义"，适者生存，"只有那些最强悍的艺术家——至少是那些拥有更大的媒体号召力或更多资助的人——才能存活下来"。而在法国，戏剧却享受着"精英"的地位。近年来，阿维尼翁戏剧节和某些剧院的演出"对观众表现出某种轻蔑，甚至某种傲慢，……认为自己的作品相当了得，所以观众应该找上门来而不是剧院俯就观众"。马特尔认为，这种现象当中潜伏着戏剧的危机。还有危机是戏剧对于文化多样性的忽视。法国存在着北非移民和黑人等种族问题，但这方面的社会问题却未能引起2005年阿维尼翁戏剧节的关注，这是法国戏剧逊色于美国戏剧的地方。马特尔还发现了一个法国和美国同样面临的问题：戏剧在现代社会所扮演的角色，戏剧在未来世界所处的位置。其实，这个问题对于一切有着戏剧的社会和国家都同样存在，且同样处在多解（悲观些就是无解）的状态。

总之，《戏剧在美国的衰落：又如何在法国得以生存》是一部谈论危机的书，这种危机既来自商业主义，也来自精英主义；既来自政治上的平庸，也来自与大众的隔膜。如何才能让戏剧之光在舞台的中心永远闪亮，这不是杞人忧天，而是一个现实问题。作者弗雷德里克·马特尔的思考给人以启迪：如果戏剧创作不去盲目追风，而是展现社会和人类的复杂性及其无解的难题，那么，这门艺术就能永葆其魅力。

文本的旋涡*

——评申丹《叙事、文体与潜文本》

在主持《当代叙事理论指南》的译事时，申丹将第一部分的总标题"New Light on Stubborn Problems"译作"顽题新解"，可谓既"信"且"达"；这也许在不经意之间表露出申丹个人的研究兴趣之所在，即对于叙事学界众说纷纭或被忽略的问题的关注。从1998年出版的《叙述学与小说文体学研究》开始，申丹就立足于叙事学和文体学这两种批评模式之间的联系和区别，讨论诸如故事与话语的区分、传统情节观与叙述学情节观的差异、功能性人物观与心理性人物观的互补关系，并在叙述学与文体学相重合的"话语"和"文体"、叙述视角类型、自由间接引语等范畴作了详尽的讨论，对这些歧异纷呈、莫衷一是甚至被人们忽略的问题提出了鲜明的主张。在2005年出版的《英美小说叙事理论研究》①（与韩加明、王丽亚合著）中，申丹以占全书约二分之一的篇幅，对最具代表性的后经典叙事理论——评述，对后经典叙事学的来龙去脉作了辨析，认定20世纪90年代以来所复兴的是"后经典叙事学"而非"后结构主义叙事学"，其关键就在于诸家理论均在叙事规约之中运作，而未颠覆叙事规约，未将叙事作品视为读者的"发明"。申丹不仅解开了后经典叙事理论中的不少"顽题"，还呼吁后经典叙事学在注重"共时性"的叙事研究的同时，对叙事结构的发展演变的"历时性"也要有足够的重视，在探

---

* 本文原载于《中国图书评论》2010年第12期，收入本书时略有删改。
① 申丹，韩加明，王丽亚.英美小说叙事理论研究[M].北京：北京大学出版社，2005.

讨叙述技巧的演变及其具体应用时,"应充分考虑社会历史语境"[①]。

因此,人们从申丹教授的最新研究成果《叙事、文体与潜文本》[②]中发现两个突出的特点,即选题上延续着作者乐于解"顽题"的学术志向,方法上将周密的共时性分析技巧与文本的历史语境分析相结合,也就顺理成章了。《叙事、文体与潜文本》一书还有个副标题,"重读英美经典短篇小说",提醒读者,其重点在于综合使用叙事学和文体学的手法解读具体文本,尤其是应用隐含作者、不可靠叙述、视角转换以及文体学分析遣词造句的方法来解读表层文本之下的"潜文本"。全书分为上篇"理论概念和模式"及下篇"短篇小说的潜文本"两部分。上篇以占全书三分之一的篇幅讨论了叙事学与文体学的互补关系、隐含作者、不可靠叙述、叙述视角四个问题,下篇以申丹自己提出的阐释模式——文内、文外和文间"整体细读"的方法对六名英美短篇小说名家的 8 篇作品(以美国作品为主)的潜文本进行发掘,以纠正长期以来批评界的普遍误读,颠覆文学批评史上的固定见解,以逼近历史文本的真实面目。上篇与下篇构成了互为表里的关系。叙事学的生命力体现在具体的叙事文本的分析过程中,而强有力的文本解读功能也提供了奠定叙事学理论大厦的基石。本书下篇不是对上篇所探讨的四个概念和模式的消极应用,而是对相关概念与模式的支撑和拓展。

作为接受过文体学严格训练的叙事学学者,申丹对这两种批评模式的关联和分歧深有心得,并努力从两种模式的结合中开拓独具个性的研究领域。《叙事、文体与潜文本》积极参与了新世纪以来国际叙事学格局的构建过程,但其核心内容仍可视为《叙述学与小说文体学研究》的延续和深入,如《叙事学与文体学:互补与借鉴》一章在重申这两种方法在某种程度上可相互结合的前提下,以更加明快的行文强调了两者理论来源上的差异:"小说文体学基本因袭了诗歌分析的传统,而叙事学却在很大程度上摆脱了诗歌分析的手法。"文体学注重作者在表达内容时显露的"文体风格",叙述学注重故事

---

① 申丹,韩加明,王丽亚.英美小说叙事理论研究[M].北京:北京大学出版社,2005:220.
② 申丹.叙事、文体与潜文本:重读英美经典短篇小说[M].北京:北京大学出版社,2009.

事件的"结构安排"。① 即使在相互重合的范畴，差异也十分明显，如两者都颇为重视的"视角"概念，叙事学强调感知角度，直接聚焦于"被叙述的事件"；文体学则强调文字表达过程中所流露出来的立场、观点和口吻，"间接地作用于事件"。② 有了如此透彻的分析，读者对两者的特殊关系的理解便豁然开朗，对文本分析实践中区别使用"文体技巧"和"叙述技巧"的必要性有了更加清晰的认识。

"隐含作者"可以说是叙事学发展史上的一个"顽题"。1961年，韦恩·布思在社会-心理学批评逐渐式微而主张罢黜作者的形式主义思潮逐渐占据主流的形势下，在《小说修辞学》一书中提出了这一概念，目的是系统地研究小说家控制读者的总体技巧和手段，同时意在对两种尖锐对立的批评观念加以调和。半个世纪以来，众多学者从字面理解布思的隐喻性表达，认为"隐含作者"系"真实作者"在写作时所创，因而属于文本之内，但又认为隐含作者是创造文本的主体，因此造成一种矛盾：文本之内的创造物又成了文本的创造者。面对这种情形，申丹透过布思的隐喻性表达，揭示出布思这一概念的本意：作者在创作时会脱离平时自然放松的状态，进入某种"理想化的、文学的"创作状态（可视为作者的"第二自我"）。处于这种创作状态的作者就是"隐含作者"，他作出各种创作选择，我们则通过他的选择从文本中推导出他的形象。申丹认为，布思提出这一概念的历史价值是，在不与当时占统治地位的"新批评"相对立的情况下，纠正形式主义批评理论抛弃文学作品的主体性的偏颇。其现实意义则在于，把作品/作者研究与作家研究加以区别，以保证文学批评对于历史研究的独立性，保证作品/作者研究对于作家传记研究的独立性。因为作家研究所面对的是作为文学家的"全人"，是从他的全部经历中总结归纳出来的形象，而作者在创作某一作品时，可能会采取某种特定立场，不同于该作者在创作其他作品时的立场，对某一作品的"隐含作者"的了解取决于我们对那一作品的了解。这样，就从批评

---

① 申丹.叙事、文体与潜文本：重读英美经典短篇小说[M].北京：北京大学出版社，2009：24.
② 申丹.叙事、文体与潜文本：重读英美经典短篇小说[M].北京：北京大学出版社，2009：23-24.

实践（而非意义阐释）的层面解决了"隐含作者"存在的合理性问题："我们根据各种史料来了解作者的生平，构成一个总的作者形象，但若要了解某一作品的隐含作者，就需要全面仔细地考察这一作品本身，从隐含作者自己的文本选择中推导出其形象。"① 这一观点既坚持隐含作者系从文本中推导出来的，又认可隐含作者与总的作者形象有着内在的联系。更有意义的是，申丹通过对19世纪末期美国女作家凯特·肖邦的名篇《黛西蕾的婴孩》的整体细读，建构了这个文本的隐含作者形象，从而颠覆了（或曰丰富了）文学史叙述传统中的肖邦形象，为她的"隐含作者"观提供了一个生动的范例。

长篇小说《觉醒》的作者凯特·肖邦在文学史上以思想超前的具有女性反抗意识的作家形象出现。受到这种阐释框架的束缚，很多学者认为《黛西蕾的婴孩》是反男权压迫和种族压迫的进步作品。申丹则通过对文本语言层面的细读和故事层面的叙事结构的分析，把暗含的作者的种族歧视立场揭示了出来。她的分析方法，一是从叙事结构角度探究文本的深层含义，二是通过语言分析探讨作者的情感立场。作品中在种族问题上持宽容、仁慈态度的，都是血统纯正、门第显贵的白人奴隶主；在种族问题上态度狭隘并最终给女主人公母子二人带来灭顶之灾的，则是到最后才发现有着黑人血统的阿尔芒。作品情节中的悬念设置以及人物设置上的镜像关系无不暗示着白人与黑人之间宽容与专横、随和与苛求、温柔与暴戾的尖锐对立。语言层面的词句选择也塑造着隐含作者的伦理态度，"黑压压""阴森森""棺材罩"等词句和意象只与阿尔芒及其黑人母亲相关联，"温婉""美丽""亲切""真诚"等则与最后被证明为纯种白人的黛西蕾相伴随。经过这番分析，隐含在文本深层而又反映着真实作者意识的隐含作者的形象也就呼之欲出，下列结论也就显得水到渠成："看到隐含作者精心制造的这种种'黑白对立'之后，不难意识到《黛西蕾的婴孩》实质上是为白人奴隶制辩护的作品。"② 申丹还通过令人信服的分析，揭示出肖邦这一作品的隐含作者与肖邦其他作品的隐含作者在种族

---

① 申丹.叙事、文体与潜文本：重读英美经典短篇小说［M］.北京：北京大学出版社，2009：52.
② 申丹.叙事、文体与潜文本：重读英美经典短篇小说［M］.北京：北京大学出版社，2009：121.

立场上的差异。本书的这个文本批评实践可谓一箭双雕：既匡正了文学史上的"阐释定见"与"文本事实"的严重偏差，又从实践的角度证明了隐含作者的存在方式及其与真实作者的微妙关系，有助于减少围绕"隐含作者"这一概念而产生的歧见。

第三章关于"不可靠叙述"的讨论也饶有趣味。所谓"不可靠叙述"，按照修辞叙事学的观点，就是叙述者的叙述与隐含作者的规范之间出现了不一致，但认知（建构）方法却认为它是读者在遇到文本中的自相矛盾等问题时所采取的"阅读假设"或"阐释策略"。有西方学者建议综合两者以建构"修辞—认知方法"，但申丹认为，这两种方法一者着眼于"隐含读者"或"作者的读者"的阅读位置，一者着眼于"有血有肉的个体读者"的阅读位置，两者之间没有调和的余地。况且"认知（建构）方法"将现实世界的个体读者与读者共享的叙事规约熔于一炉，导致了研究方法的混乱。因为个体读者总是受到各自所处的历史语境中的社会文化因素的影响，他们的"阅读假设"和"阐释策略"经常导致误读，只有"排除历史变化中的各种阐释陷阱，才能把握作者的规范，得出较为正确的阐释"[①]。因此，即使让修辞方法与认知（建构）方法并存，也应该"摒弃认知方法的读者标准"[②]，让关于"不可靠叙述"这一重要叙述策略的讨论回归文本世界。正如对"隐含作者"的探讨一样，申丹对"不可靠叙述"的探讨也以理论模式和批评实践的互动为特征。她从"不可靠叙述"这一角度切入对爱伦·坡的名篇《泄密的心》的探讨，揭示出叙述者的双重不可靠性，挖掘出作者围绕至关重要的结局所建构的"效果统一"的戏剧反讽，纠正了一百多年来历代批评家对这一作品的种种误读。通过实际分析，就"不可靠叙述"的理论而言，申丹发现认知派在关注面上有所遗漏，而修辞派的衡量标准在某些情况下不适用，从而对之作出了相应的补充和修正。

如果说，全书的上篇以追求叙事理论的准确，揭示相关概念和模式的实质性内涵为特征，那么，下篇则在展示"整体细读"式阅读方法的魅力的同

---

① 申丹.叙事、文体与潜文本：重读英美经典短篇小说[M].北京：北京大学出版社，2009：73.
② 申丹.叙事、文体与潜文本：重读英美经典短篇小说[M].北京：北京大学出版社，2009：69.

时，显示了女性叙事学者的独特视角。英国女作家曼斯菲尔德一向以笔端蕴秀、手法圆熟为人称道，其作品中蕴含的悲剧色彩及对婚姻状况和女性屈辱地位的描写构成了最突出的风格要素，但是，当申丹采用视角分析方法，从视角转换的角度切入《唱歌课》的艺术世界时，却从这篇向来被解读为以细腻的感伤见长而缺乏深刻的思想性的作品中发现了"迄今被忽略深刻的思想内涵和社会意义"[1]。就在作者的选择性全知视角和人物的有限视角相互交替的阐释框架中，"个人绝望—杀人尖刀—社会歧视"这一潜藏文本的主题得到了揭示。潜藏文本的发掘固然有赖于视角转换的解读手段，但是分析者的主观意识的作用也不可忽略。请关注一下各小节的标题："视角转换与女性生存悲剧""全知视角与形象变换""障眼法与深层社会呐喊"，这已经不是叙事学分析中常见的零度感情和客观态度了，而是充满了对于文本的社会历史语境的批判激情。同样的细读效果也发生在凯特·肖邦的《一小时的故事》上。在一些女性眼里，肖邦这篇作品表现的是女性自我意识的突然觉醒。中外学者都曾从这个角度进行解读，这在某种意义上已经成为研究定式，但申丹却在这篇小说文本的深层发现了作者对女主人公的多重微妙反讽——一方面描写获得丈夫罹难消息后的妻子竟有了获得自由的"邪恶的欢欣"，另一方面又让她在一小时之内当看到并未遭遇车祸的丈夫回家后死于"致命的欢欣"。正是从这种种迹象中，申丹进一步发现了凯特·肖邦的这一作品在创作观念上的保守性。这也提醒人们，欲对具体的作品有合乎历史语境的理解，必须从具体的文本出发，而不能从既定的阅读框架或预设的立场出发，否则就会导致"浅读"或"硬读"的现象发生。

在本书的其余各章中，申丹继续发挥着叙事结构分析和文体风格解读的综合优势。从斯蒂芬·克莱恩《一个战争片段》中的纯属男性世界的战争场景、战斗动作和战士心理描写中，她发现了贯穿整篇作品的"女性化"叙事策略，进而读出了作者对战争意义的解构，特别是对充斥于大众之中的浪漫战争观的否定，从而认定克莱恩的创作的思想价值在于对帝国主义、沙文主

---

[1] 申丹.叙事、文体与潜文本：重读英美经典短篇小说［M］.北京：北京大学出版社，2009：108.

义发动的不义战争的抨击。对海明威的一个只有十一个句子的"平淡无味"的短篇故事,申丹却运用了叙事学的结构分析和文体学的语句分析的多重技巧,揭示出作品的多重深层象征意义,充分展示了整体细读的魅力。

叙事学在进入中国后,似乎主要集中在两个方向上,一是经典叙事学的应用,二是与传统的中国文学批评话语相结合,采用后经典叙事学方法的研究成果则较少。申丹在主持引进国外重要相关学术成果的同时,也以自己的研究工作引领着中国叙事学朝着与国际叙事学界相一致的方向迈进。正是在这个意义上,《叙事、文体与潜文本——重读英美经典短篇小说》是值得叙事理论界和批评界给予充分重视的成果。

富于个性的人才培养与学科建设之路*
——《曹禺"弥留之际"的诗意独白》序

新世纪以来,各地大学新办了一些戏剧影视专业。有的主要是在原中文系等相关学科基础上扩充而成,有的是由校内优势和社会力量整合而成。沈阳师范大学的戏剧艺术学院就属于后一种模式。为了拉动和提升戏剧学科整体实力,沈阳师范大学又建立了校属剧场艺术研究所,特聘著名导演王延松为所长,并组建了全部由戏剧专业的文学博士组成的高端团队。王延松导演进入沈阳师范大学担任戏剧戏曲学学科带头人之后,以剧目创作和演出为龙头,带动戏剧戏曲学学科的整体建设,努力使艺术创作和学术研究两方面协调发展,提高艺术人才培养水平,把沈阳师范大学戏剧戏曲学办成了一个令社会瞩目、令同行羡慕的充满活力的新兴学科。

张荔教授是这个学科的带头人之一。她在取得博士学位后被引入沈阳师范大学剧场艺术研究所,开始全方位地参与戏剧艺术学院和研究所的学科建设。几年来,她不仅在专业教学和学术研究方面取得了显著的成果,而且积极协助和配合王延松导演进行舞台艺术创作。王延松导演在沈阳师范大学上演的几部戏,张荔都参与了筹划、宣传、排练和演出的全过程。《曹禺"弥留之际"的诗意独白——话剧〈弥留之际〉排演与教学》不仅是张荔对话剧《弥留之际》舞台艺术创作过程的全记录,也是她对王延松导演艺术风格的一

---

* 本文原载于《新世纪剧坛》2017年第2期,收入本书时略有删改。(《曹禺"弥留之际"的诗意独白》,张荔著,中国社会科学出版社2015年版。)

项专题研究，是关于当代话剧舞台艺术的一次探索。

《弥留之际》是老一代中国话剧史学者田本相先生的作品。田本相先生研究曹禺几十年，从20世纪80年代初对曹禺剧作作鞭辟入里的分析，到20世纪90年代再现曹禺人生历程的人物传记，再到后来叩问伟大剧作家苦闷灵魂的"访谈录"……可以说，田本相先生帮助读者逐步打开了曹禺的艺术世界，揭示了曹禺的人生秘密。同时，随着研究的不断深入，"曹禺现象"的一些难题也成为田本相先生心中挥之不去、难以言明的困惑和疑团。因此，无场次话剧《弥留之际》的创作，不妨看作田本相先生以艺术形象的塑造来替代学术难题的攻克，用形象思维的模糊性和包容性来替代逻辑思维的清晰性和排他性的一次写作操练。

《弥留之际》的剧本发表后，引起了话剧界的重视。香港话剧团和天津人民艺术剧院在不同的场合（包括学术场合）上演了学术耆宿田本相先生的这部"处女作"。当沈阳师范大学戏剧艺术学院决定排演这个剧本时，已经在这两家剧院之后了。那么，王延松和他的团队在舞台上会怎样呈现这个剧本，以示与前两次演出有着不同的艺术追求呢？或者，用王延松的话说，要怎样富于个性地将"剧本"改写成"舞台叙述"文本呢？

王延松是与新时期话剧一道成长起来的导演艺术家。当他导演的《搭错车》红遍大江南北的时候，在观众的眼中，商业气息浓重的体育场演出与先锋性追求还是未加区分的。后来，王延松经历了在国内外不同环境下的艺术实践，对不同文化语境中话剧艺术的存在方式进行了考察，终于一步步接近了经典，走入了戏剧艺术史上具有里程碑意义的作品的世界，而他的导演艺术也日益炉火纯青，个人风格与经典精神找到了精妙的结合方式。在这个过程中，王延松对作为中国现代最优秀剧作家的曹禺的作品有了独特的感悟，先后将《原野》《日出》《雷雨》三部剧作搬上舞台，并形成了自己成系列的舞台艺术作品"曹禺三部曲"。在走进曹禺的艺术世界的过程中，他与曹禺作品的权威阐释者田本相先生又结下了深厚的友谊。田本相先生毫无保留地与王延松交流自己的研究心得，王延松也邀请田本相先生在第一时间发表有关他的导演作品的艺术评论。理性的研究成果和感性的二度创作就这样相互交融了。

因此，王延松导演《弥留之际》，就有着不同于此前在香港和天津两地演出的契机，一是他对曹禺作品的浸淫，二是他与田本相先生之间的相互理解和深厚情谊。前者使他获得了从整体人生历程的角度把握和阐释作品主人公"曹禺"这一艺术形象的优越条件，后者使他能够敏锐地把握住剧本的内在气质：这不是一部普通的剧本，是作者研究工作的延续，这部创作与作者的其他研究性著述之间乃是一种互补关系。王延松在导演工作中，首先注重的是剧本的学术意味。他提醒演员，这是一部通常意义上的"戏剧性"缺失的剧本，只有理解田本相先生的学术追求，才能够理解剧中片段化的情节，才能够理解剧中断续的人物关系，才能够理解剧中曹禺剧作与其人生的互文性，理解这些属于不同历史阶段的文本之间的相互关系。王延松恰当地强调了剧本的学术意味，而沈阳师范大学的师生们也充分地理解了剧作的学术性和表演的艺术性的关系。这大概就是《弥留之际》的第三次舞台呈现区别于前两次的独到之处，也是该剧在沈阳和澳门等地成功的重要原因。

关于导演艺术的记录，我们读过的有不少，如《〈××××〉的导演艺术》之类。它们绝大多数都包括以导演为核心的创作团队以第一人称的方式撰写的导演阐述、导演工作台本、舞台调度、布景设计、人物造型、道具设计安排、演员的表演体会等等，是剧组创作过程中各类艺术文献的集合。《曹禺"弥留之际"的诗意独白——话剧〈弥留之际〉排演与教学》有所不同，它是张荔以团队骨干的身份对《弥留之际》的舞台艺术创作过程的记录，其中既有对王延松执导过程的客观记录，又有对这一过程的反思，有对于团队的艺术事件的理性思考和升华。它与同时推出的另两本王延松团队的戏剧学科建设著作一道，记录了近年来沈阳师范大学戏剧专业的师生们在艺术探索道路上留下的足迹，是当代中国高等院校戏剧艺术专业教学、科研与创作成果的生动体现。从整体结构上看，这本书将导演艺术与作品的文本研究相结合，将客观记录与学术总结相结合，视角和容量均超越了单纯的导演工作"记录"，在体例上也有某种开创性，对目前的高等院校戏剧戏曲学学科建设而言，自有其独特价值。

在本书中，张荔完整而生动地记录了王延松的导演工作过程。这一过程大致分为六个阶段：第一，建组，导演面向全体创作人员对剧本进行阐述，介绍创作背景，揭示剧本主题，阐述导演构思；第二，坐排，通过朗读剧本，捕捉语言形象，帮助演员准确把握台词中所蕴含的生活真实，从而在演员心中构筑起一种"生活情境"（符合艺术真实的人物关系）；第三，初排，确认剧本与舞台之间的差异，确立文本解读与舞台创造之间的关系，找到富于个性地再现文本、创造独立而完整的舞台艺术作品的具体方法，准备让表演艺术的想象力腾飞；第四，细排，细致入微地排戏和"抠戏"。作为大学教授的王延松的特点主要集中在这个环节，他不厌其烦地引导和教诲学生，使他们明确如何"向人物更深、更准确的气质性的活动开掘"；第五，联排，导演的创作思维更多呈现为全方位、立体化的"围棋"思维，从借微观把握宏观走向以宏观掌控微观，完成文学叙事向舞台叙事的转换；第六，彩排与演出，通过排演实现生命与生命的对话，以心灵与灵魂的沟通打动观众的心灵。特别值得一提的是，书中屡次写到王延松对学生演员的提示和启发带有一名教师特有的循循善诱和耐心细致，证明身为学科带头人，王延松的确在履行着教育工作者的职责。在导戏的过程中，他把导演艺术家与大学教师的身份适当地作了某种切割，但是，这种切割是有条件的，依场合而定的。一旦进入正式演出，那么，所有的在场人员都成了舞台艺术的创造者，都必须为舞台服务。这时的王延松则变得不苟言笑，如果有谁破坏了创作氛围的严肃性和演出艺术的完整性，将会受到不留情面的批评。书中这类叙述为数不少，把导演过程中王延松身份的多重性揭示得明明白白。也只有对王延松的用心及其艺术创作过程有了切身的了解，才能有如此生动的描述。

在从事戏剧研究之前，张荔在大学里讲授"中国现代文学史"。2006年，她考入中国传媒大学戏剧戏曲学专业攻读博士学位，2009年毕业后进入沈阳师范大学剧场艺术研究所。这些年来，她在王延松导演的领导和指点下，参与戏剧排演创作与教学，实现了知识结构的更新和治学方法的调整，她个人的感觉是："理论之于我不再是艰深晦涩的，而是灌注于排练和演出的生气勃勃。"（见本书《后记》）可见沈阳师范大学的工作环境对她的影响是多么的深刻。

沈阳师范大学戏剧艺术学科同时推出关于王延松执导的三部中外戏剧的艺术实践的著述，体现了这个学科同仁们共同的追求：用著名导演和风格独特的演出推动教学和科研，走出富于个性的人才培养之路和学科建设之路。作为他们的同行，我很高兴看到他们的成果能够付梓，惠及更多的人，也衷心希望张荔教授在沈阳师范大学剧场艺术研究所的良好氛围中更加辛勤地工作，有更多的艺术创作成果和教学、科研成果问世。

后　记

今年，是我的母校，也是我的人事档案中唯一的工作单位中国传媒大学七十周年校庆。记得第一次过校庆是在 1979 年的秋天，彼时，我在新闻系编采专业已经学习了一年半，正开始二年级下半学期的学习生活。北京广播学院二十周年校庆和 1979 级迎新活动是同时进行的。五年后（那时我正在硕士论文的冲刺阶段，准备收尾、打印、答辩），又过了一次校庆，但不是二十五周年，而是三十周年——因为母校的生命历程不再从 1959 年北京广播学院挂牌算起，也不从 1958 年北京广播专科学校成立算起，而改从 1954 年中央广播事业局在良乡举办的一个技术人员训练班算起了。而我个人则是在母校的校园里度过了四十五年的人生（读书七年，教书三十八年）后，于两年前 2022 年的 10 月份官宣退休。

收入书中的文章，就是我在这四十多年的求学、从教生涯中留下的痕迹。当年母校招收研究生，主要目的是为自己培养师资。从 1982 年 3 月到 1984 年 11 月，我一直跟着黄侯兴老师学习中国现代文学史。黄老师对研究生极其负责，只是因为担心不能保证给学生找到满意的工作，竟然只招了一届研究生。所以同门当中既无师兄师姐也无师弟师妹，只有一位长我十岁的"同学"蔡震。1984 年冬天，当我在六号楼二层教务处科研科从吴远香老师手中接过自己的学生档案，转送到同一层楼的人事处人事科，我的身份就从学生转为教师了。三十八年里，我在好几个教研室和学科（专业）待过，起初是语文部现代文学教研室，后来是大学语文教研室（好像存在了两个月吧，因教师人数不够而撤销），然后又回到现代文学教研室，影视艺术学院成立后申请

后 记

"调离"语文部，通过了影视艺术学院领导的面试，到广播电视文学系任教，后来又通过竞聘方式到了图书馆，六年（恰好与义务教育小学阶段年份相同）之后回到文学院即先前的语文部，先后在现代文学教研室和外国文学教研室任教，直至退休。由于母校事业的发展壮大，我于1999年考入新设立的广播电视艺术学专业，跟随周华斌老师在职攻读博士学位，同年转入戏剧戏曲学专业（此前在1994年被学校聘为"戏剧电影文学"二级学科"电视剧研究"方向的硕士研究生导师），开始招收攻读硕士学位的研究生，2004年又被聘为博士研究生导师。由此，我成为母校历史上第一个"三广"人——学士、硕士、博士三段学历均在北京广播学院完成者。

本书中的文章涉及中国现代文学、电视剧研究和话剧、戏曲等领域，它们是我在母校求学、从教经历的体现。用今天的眼光看，这些文章中旧时光的影子或许偏重了一些；好在我还教了一批学生，他们分处在多个大学和研究院所，正处在或即将步入人生的高峰期，其中优秀者的科研业绩和学术成果比我的更加光鲜靓丽——这大概就是教师职业特有的令人欣慰之处吧。

母校举办七十周年校庆，我也退休两年了。能有机会将自己的历年学习成绩单汇总，首先感到高兴，继而有些惶恐。如果人生能够再来一遍，那份汇总的成绩单或许会更加好看一些。

周靖波

2024年2月21日